ANTON DELLINGER

DER ALCHEMIST VON VENEDIG

Die venezianische Sternwarte Anno 1689 rettet Baumeister Fabrizio Mansani seinen aufgrund falscher Anklage zum Tode verurteilten Bruder und will Venedig verlassen. Aber die Tat blieb nicht unbeobachtet. So kann Ducatini, wegen leerer Kassen verzweifelter Kämmerer Venedigs, Mansani dazu zwingen, ihm bei einem Täuschungsmanöver zu helfen. Er soll – unterstützt von Newton und Leibniz – eine Sternwarte mit modernstem Teleskop bauen, welche die des Papstes übertrumpft. Doch Newton – gerüchtehalber erfolgreicher Alchemist – soll vor allem Gold für Venedig herstellen. Ducatini will ihn bei Weigerung als Hexer nach Rom ausliefern. Newton macht sich gezwungenermaßen an die Arbeit, und Ducatini gibt auf das Gold eine geheime Anleihe heraus. Doch die Schöpfung von Gold droht Newton zu misslingen. Der Kämmerer sieht seine Anleihe platzen und hat eine verhängnisvolle Idee.

© privat

Anton Dellinger, Jahrgang 1948, hat an der TU München Informatik studiert. Nach 20 Jahren bei der Bundeswehr wechselte er in die Wirtschaft und war dort bis 2008 als IT-Manager tätig. Im Ruhestand studierte er Geschichte und begann danach zu schreiben. Nach drei Thrillern und einem Kurzgeschichtenbändchen ist »Der Alchemist von Venedig« sein erster historischer Roman. Dellinger hat vier Kinder und lebt mit seiner Lebensgefährtin in Vallendar bei Koblenz.

ANTON DELLINGER

DER ALCHEMIST VON VENEDIG

Historischer Roman

GMEINER

Immer informiert

Spannung pur – mit unserem Newsletter informieren wir Sie regelmäßig über Wissenswertes aus unserer Bücherwelt.

Gefällt mir!

Facebook: @Gmeiner.Verlag
Instagram: @gmeinerverlag
Twitter: @GmeinerVerlag

MIX
Papier | Fördert gute Waldnutzung
FSC® C083411

Besuchen Sie uns im Internet:
www.gmeiner-verlag.de

Im Ehnried 5, 88605 Meßkirch
Telefon 07575/2095-0
info@gmeiner-verlag.de

1. Auflage 2023

Lektorat: Claudia Senghaas, Kirchardt
Herstellung: Mirjam Hecht
Umschlaggestaltung: U.O.R.G. Lutz Eberle, Stuttgart
unter Verwendung eines Bildes von: © https://commons.wikimedia.org/wiki/File:Giuseppe_Bernardino_Bison_-_The_Bucintoro_at_the_Molo,_Venice,_on_Ascension_Day.jpg;
https://commons.wikimedia.org/wiki/File:Astrolabe_en_cuivre._Georgius_Hartman_f._-_btv1b52505768s_(1_of_2).jpg
Druck: CPI books GmbH, Leck
Printed in Germany
ISBN 978-3-8392-0464-1

Bis auf Gottfried Wilhelm Leibniz und Isaac Newton (erst 1705 geadelt) sind die Personen im Roman fiktiv. Real existierende Orte, Gebäude und Institutionen sowie Handlungen historischer Persönlichkeiten sind teilweise künstlerisch verändert.

Für Heidi und die Kinder

1 Der Plan

Meine Maurer und Zimmerleute hatten mich gedrängt, heute Abend einen Becher Wein mit ihnen zu leeren, und ich mochte nicht Nein sagen. Sie arbeiteten schnell und gut. Ich brüllte sie nicht betrunken an wie Beretto. Beretto – seit über 20 Jahren Proto, oberster Baumeister der Stadt Venedig – hatte mit 63 den Zenit seiner Leistungen überschritten. Als zweiter Mann hinter ihm leistete ich das mit meinen Leuten, wofür er das Lob der Räte, des Senats und des Dogen einheimste.

Ich hatte nach Einbruch der Dämmerung die Baustelle des neuen Palazzo für die älteste Tochter des Dogen an der Calle Bande verlassen und mich auf den Weg in die verabredete Taverne gemacht. Meine Männer hatte ich vorgeschickt. Ich musste eine Liste des verbrauchten Materials für den Kämmerer abschließen und war ihnen dann gefolgt. Nicht in die Gegend, in der ich gerne unterwegs war. Es war kühl für einen Aprilabend. Ich raffte den Tabaro enger und zog meine Kappe tiefer in die Stirn, als ich in das dunkle Gässchen nicht weit weg von der Kirche Santa Maria dei Miracoli einbog. In der windschiefen Tür der Taverne hielt ich kurz die Luft an. Verbrauchter Dunst schlug mir entgegen. Das und der Lärm von Rufen, Gesängen und Scheppern von Bechern und Gläsern hätten mich um ein Haar wieder umdrehen lassen. Aber meine Männer erkannten mich trotz des spärlichen Lichts aus flackernden Lampen, die Öl schlechtester Qualität verbrannten. Sie saßen nahe am Eingang um einen Tisch mit einer Schüssel mit venezianischen Moèche, kleinen gebratenen Lagunenkrebsen ohne Panzer, die man mit sämtlichen Innereien isst.

»Messer Mansani, willkommen!«, riefen sie durcheinander. »Einen Becher und einen Teller für Proto Fabrizio Mansani«, schrie einer nach hinten zur Wirtin.

»Ich bin nicht euer Proto«, wehrte ich ab.

»Du bist der wahre Proto der Stadt. Du bist nicht wie Beretto«, sagte der angesäuselte Maurer, neben den ich mich auf die Bank an den Tisch zwängte, und spießte einen der kleineren Moèche auf sein Messer. Er stand auf, zeigte auf den öltriefenden Krebs und sagte:

»Fett, klein, ohne Haare, mit kurzen Beinchen und ...«, er bewegte das Messer in Richtung Mund, »... bald am Ende seiner Zeit!« Er schob sich den Leckerbissen zwischen die Zähne und konnte vor Lachen kaum kauen. Alle prusteten los und prosteten mir zu. Die Männer hatten hart gearbeitet, und es duftete nach Mensch. Ich roch sicher nicht anders, denn ich hatte schweißgebadet beim Abladen eines Holzschiffes mitgeholfen, das spät gekommen war und eine weitere Fuhre vor sich hatte.

»Danke, Männer, aber seid vorsichtig mit solchen Reden«, sagte ich, nahm den Becher, den man mir hinhielt, und trank auf die Tischrunde.

Nicht mein Wein. Zu dünn.

Alle redeten gleichzeitig auf mich ein, wollten mit mir anstoßen und nötigten mich, in die Schüssel zu greifen.

Mirela, meine Frau, machte mir die Moèche mit Polenta. Hier, mit der undefinierbaren Tunke der Wirtin, mochte ich sie nicht. Doch mit jedem Schluck Wein schmeckten sie besser. Ich merkte, wie ich auftaute und das sonstige Treiben in der Taverne wahrnahm. Überwiegend Arsenalotti, die Arbeiter aus der Schiffsfabrik Venedigs, dem Arsenal. Leicht an ihren zu Zöpfen gebundenen Haaren zu erkennen, verprassten sie hier ihren Tageslohn. Dazu eine Gruppe Agenti mit ihrem schon schwer angeschlagenen Capo am Nebentisch. Ihren Uniformen nach zu urteilen, gehörten sie zu den untersten Rängen im Dienste der Signori di Notte al criminal, der Herren der Nacht, die vom Abend bis in den Morgen für die allgemeine Sicherheit in der Stadt sorgten. Den Capo erkannte ich an dem kurzen Degen an der Hüfte und einem breitkrempigen schwarzen Hut, den er neben seinem Becher liegen hatte. Die Männer hingen an seinen Lippen. Zu ihren Füßen achtlos hingeworfen die Laternen, mit denen sie sich in den dunkleren Gassen Venedigs orientierten.

»Wisst ihr, was uns morgen erwartet? Ich verrate euch ein Geheimnis«, lallte er in grauenvollem Dialekt.

»Sag an, Capo, was für ein Geheimnis?«, drängten die Agenti.

»Ihr wisst, unser Condottiere vertraut mir. So …«, er machte eine Pause, schaute bedeutungsvoll in die Runde und hob seinen Becher, »… wie ich euch vertraue. Salute!«

Alle nickten eifrig und prosteten ihm zu.

Der Capo stellte seinen Becher ab und senkte die Stimme: »Er hat mir verraten, wen wir morgen versenken.«

Versenken? Ein Hinrichtungstrupp?

Ich spitzte die Ohren. Mehr aus kribbelndem Interesse.

Diese heimlichen Hinrichtungen in der Nacht, das Werk der gefürchteten drei Inquisitoren aus dem Rat der Zehn, erfüllten jeden Venezianer mit dem wohligen Schauer, nicht betroffen zu sein.

»Oh! Sag, Capo. Mach es nicht so spannend!«, grölten die Agenti durcheinander.

»Nicht so laut, Männer.« Er sah sich kurz um, winkte ihre Köpfe näher zu sich. »Darf ich euch gar nicht sagen. Aber …«, er rülpste und lachte, »ihr werdet ja dabei sein.«

Die Runde stimmte mit ein.

»Morgen Nacht versenken wir einen Aurifex, hat der Condottiere gesagt.«

»Aurifex, was ist das?«, fragten die Agenti nach.

Mein älterer Bruder Marcello übte den Beruf des Orafo, des Goldschmieds, aus. Die Adligen der Stadt, die Nobili, sagten vornehm Aurifex. Aber Marcello konnte nicht gemeint sein.

Das Geheimgericht verurteilt einen Handwerker? Keinen Spion wie üblich?

»Ein Goldschmied«, lallte der Capo.

»Was hat er gemacht?«

»Hat er dem Dogen einen Bleiring für die Heirat mit dem Meer angefertigt?«, fragten die Männer des Capo durcheinander und prusteten vor Lachen.

»Schlimmer.« Der Capo flüsterte, dass ich ihn kaum mehr verstand. »Er hat das jüngste Töchterchen des Dogen geschwängert und ihr vorher Gewalt angetan.«

Fast fiel mir der Becher aus der Hand.

Was hatte Marcello mir vor Monaten erzählt? Er habe mit einer Tochter des Dogen angebändelt. Sie war ihm vor die Mietgondel gefallen, als sie ihr ausgebüxtes Hündchen verfolgte und in eine schlüpfrige Nebengasse geraten und ausgerutscht war. Marcello hatte sie aus dem Wasser gezogen und sie samt Hündchen in seine Wohnung verfrachtet. Dort hatte sie ihre Kleider getrocknet und er ihre Schürfwunden versorgt. Sie verliebten sich ineinander und trafen sich weiter heimlich.

»Du bist verrückt«, hatte ich ihm gesagt. »Der Doge bringt dich um, wenn er das erfährt.«

»Sie liebt mich, wir werden gemeinsam fliehen«, antwortete Marcello keck. Allzu ernst hatte ich das nicht genommen.

Sie ist schwanger von meinem Bruder, und der Doge ist dahintergekommen! Vergewaltigt? Unmöglich. Nicht mein Bruder! Das hat er nie und nimmer getan!

Ein anonymer Hinweis in einem der Briefkästen mit Schlitz in Form eines Löwenmauls, den Bocce di Leone, für die allgegenwärtigen Denunzianten hatte vermutlich eine Rolle gespielt. Niemand war vor ihnen sicher in dieser Stadt. »Lügt der Briefschreiber, frisst der Löwe seine Finger, schreibt er die Wahrheit, geht der Brief zum Dogen«, flüsterte der Volksmund.

Ich muss ihn retten!

Meine Gedanken rasten, ich hörte nicht mehr, was meine Maurer, Steinmetze und Zimmerleute schwatzten. Ich war nüchtern von einem Moment zum anderen. Abwesend und wie im Nebel wartete ich darauf, dass der Capo aufbrach. Er stand auf, ich wollte ihm schon folgen, aber er schwankte nur zur Latrine und kehrte zurück zu seinen lärmenden Agenti.

Eine lange Weile später, in der ich kaum gesprochen, etwas getrunken oder gegessen hatte, stemmte er sich endgültig hoch und torkelte zum Ausgang. Die Handwerker störte mein hingemurmelter unvermittelter Abschied nicht, sie waren mit sich und ihrem Wein beschäftigt genug. Ich staunte jeden Morgen, wie sie es schafften, sich nicht auf die Finger zu schlagen oder vom Gerüst zu fallen.

Ich folgte dem Anführer der Agenti bis um die Ecke und fasste ihm von hinten an die Schulter. Blitzschnell, wie ich es ihm nach der Menge genossenen Weins nicht zugetraut hatte, schnellte er herum und hielt mir den Degen vor die Brust. Wir waren gleich groß.

»Was willst du?«, lallte er.

Ich öffnete meine Arme und sagte: »Ich bin nicht bewaffnet. Ich … ich will ein Geschäft vorschlagen.«

Er ließ die Hand sinken. »Ein Geschäft?«

Ich nickte. In der Zeit des Wartens hatte ich mir den Kopf zerbrochen, ab welcher Summe der Capo mitspielen würde. Gut bezahlt wurden die Agenti nicht, hörte man.

»50 Dukaten, wenn der Verurteilte morgen Nacht nicht gefesselt in den Kanal geworfen wird.«

Der Capo lehnte sich an die Wand, durch ein Fenster fiel spärliches Licht. Er hob die Hand mit dem Degen. Seine Stimme klang unerwartet klar.

»Komm her, Bürschchen, zeig dich. Wer bist du?«

»Der Bruder des Verurteilten«, stammelte ich.

»Hmm, ich verliere eine Hand, nein – den Kopf, wenn das rauskommt. 100 Dukaten!«

Mein halber Jahresverdienst! Das überstieg meine Möglichkeiten völlig. Aber ich nickte kurz entschlossen und presste ein Ja heraus.

»Gut«, sagte er, »Canale dei Maranni. Du weißt, wo das ist?«

Ich nickte erneut. Den Ort, an dem von den Inquisitoren Verurteilte heimlich ertränkt wurden, kannte jeder Venezianer und mied ihn möglichst.

»Wir sehen uns morgen um Mitternacht«, sagte der Capo, lallte wieder und wankte davon.

Massimo Ducatini hatte seine zweite Amtszeit als Camerario comunis, Kämmerer des Senats, vor drei Monaten angetreten. Seinen Aufgabenbereich, die Finanzen und die Aufsicht über die öffentlichen Bauten, hatte er schnell durchdrungen. Als Seitenspross der Datinis, die die ersten venezianischen Banken im Ausland eröffnet hatten, hatte er Erfahrung in London und Paris sammeln dürfen und sprach Englisch und Französisch. Das erleichterte internationale Geldgeschäfte für die Republik. Doge Agostino Poggione und – wichtiger – der Rat der Zehn und der Senat waren mit ihm so zufrieden, dass die unübliche Wiederwahl zum Kämmerer Venedigs reibungslos und ohne Aufsehen über die Bühne ging.

Poggione hatte ihn zu sich gerufen. In sein Arbeitszimmer, die Sala Erizzo im Dogenpalast. Zu später Stunde und allein! Die Republik Venedig kontrollierte ihren Dogen überall und zu jeder Zeit. Ein Gespräch mit ihm unter vier Augen hatte deshalb etwas Ungewöhnliches. Doch in der Sala Erizzo konnte man wenigstens sicher sein, dass nicht – wie so häufig in Venedig – im Nebenzimmer ein bezahlter Spion oder bestochener Bediensteter mithörte, manchmal durch ein eigens dafür gebohrtes Loch in der Wand. Poggione war alt, 71. Trotz der angehäuften

Lebensjahre zeichnete er sich durch energische Aktivität aus, wenn es um Festivitäten ging. Die nicht lange zurückliegende Hochzeit seiner älteren Tochter beschäftigte die Wirte der Stadt über Monate. Die Maurer bauten einen Triumphbogen vor der Hochzeitskirche wie nie zuvor gesehen. Die Maurerzunft lag in der Zuständigkeit von Ducatini, sodass die Kosten für den Dogen im Rahmen blieben, was er dem Camerario dankte. Ansonsten sagte man Poggione nach, unter dem Pantoffel seiner Gemahlin, der Dogaressa Angelina, zu stehen.

Er will sicher wieder Geld für ein großes Vergnügen, dachte Ducatini, als er sich von der Porta della Carta, dem Eingang des Palazzo Ducale, des Dogenpalasts, von der Wache bis zum Arbeitszimmer Poggiones führen ließ. Für Ducatini war es das zweite Mal um diese Zeit. Der Soldat trug eine Uniform aus feinem Stoff, feiner und dadurch teurer, als Ducatini es für nötig hielt.

Verschwendung. Da muss ich nachhaken.

Der Soldat blieb stehen und wartete auf die persönliche Wache des Dogen neben einer Statue des Adonis, die Ducatini zuvor nicht gesehen hatte.

Hoffentlich ein Geschenk und nicht aus der Kasse der Republik.

Er verglich sich insgeheim mit der Skulptur. Schlank war er, aber ein so fein geschnittenes Gesicht wie das des Traumbilds eines Jünglings hatte Ducatini nicht mehr zu bieten. Immerhin gefielen den Damen seine dunklen Augen und hochstehenden Wangenknochen. »Du blickst wie eine zahme Raubkatze«, hatte eine einmal zu ihm gesagt. Das »zahme« hatte er ihr später ausgetrieben. Die Wache unterbrach seine Gedanken und öffnete die mit schwarzem Leder bespannte Tür. Der Soldat hatte geklopft, Zustimmung von innen abgewartet und hielt jetzt die Tür auf. Ducatini trat mit einer Verbeugung ein. Die tannengrünen Wandbehänge und massiven Deckenbalken mit Schnitzereien beeindruckten ihn wie beim ersten Mal. Die blassgrünen Vorhänge vor drei schmalen Fenstern waren bis auf eine Handbreit zugezogen. Der helle Marmorfußboden mit erhabenem doppeltem Rautenmuster reflektierte das Licht zweier Öllampen an der Wand. Poggione empfing ihn breit lächelnd vor seinem Schreibtisch aus dunkel glänzendem Mahagoni sitzend. Hinter sich ein monumentales Gemälde von Tintoretto, das den Camerario Jacopo Soranzo zeigte. Der Doge erklärte niemandem, auch dem jetzigen Amtsinhaber nicht, was ihn mit der Familie Soranzo verband. Ein dünner Mantel aus Seide umhüllte den ausgemergelten Körper Poggiones. Sein Schlafzimmer grenzte an das Arbeitszimmer, und er hatte es sich schon bequem gemacht. »Sei gegrüßt, mein lieber Ducatini. Wir möchten … ach, lassen wir die Förmlichkeiten, wir sind unter uns – ich will mit guten Gedanken einschlafen. Deshalb habe ich dich so spät herbestellt. Ein Glas Wein?« Er griff zu einer dunkelroten Karaffe aus Murano und einem fein geschliffenen Kristallglas, das im Licht von einem Dutzend Kerzen glitzerte, die auf dem Schreibtisch verteilt standen.

Zu viele Kerzen. Er denkt nie an die Brandgefahr …

»Gern«, antwortete Ducatini. »Was kann ich für Euch tun, Exzellenz?«

»Trink erst einmal.« Der Doge hielt ihm das Glas hin. Beide nahmen einen Schluck.

»Setz dich, Ducatini. Ich habe etwas mit dir zu besprechen.« Er griff hinter sich nach einem Papier auf dem Schreibtisch. »Hier die vorläufige Kostenaufstellung für unsere Pestkirche Santa Maria della Salute.« Er bekreuzigte sich. »Du kennst sie sicher.«

»Ich habe sie erstellt, Exzellenz.«

»420.000 Dukaten, unglaublich.«

»420.136 Dukaten genau. Die heilige Jungfrau hat ihren Preis für die Hilfe gegen die Pest, Exzellenz.«

»Lass die Scherze, Senatore!«

»Verzeiht, Exzellenz.«

»Die 100 Dukaten machen unsere Kasse nicht leerer, als sie ist. Habe ich recht?«

Ducatini senkte den Kopf. »Leerer geht kaum.«

»Ich plane ein großes Fest anlässlich des Beginns meines vierten Amtsjahres. Wie bezahlen wir das?«

Am besten aus deiner Privatschatulle …

»Eine Finanzierung aus dem Nichts ist schwierig. Wir müssen moderne Wege …«

»Hast du eine Idee?«

Ducatini lächelte breit.

»Eine nie da gewesene, Exzellenz.«

Der Doge sah den Kämmerer durchdringend an. »Ich höre.«

»Alchemie, Exzellenz. Wir machen uns das Gold, das wir benötigen, selbst.«

Poggione setzte sein Glas hart auf den Tisch.

»Welch Narretei, willst du mich foppen?«

»Mit Verlaub – keine Narretei, Exzellenz.«

Poggione hob sein Glas wieder hoch und schaute Ducatini ungläubig an.

»Du … du kannst das?«

»Nein – nein, aber ich weiß, wer es kann.«

»Wer?«

»Isaac Newton.«

»Der englische Astronom?«

»Genau der.«

»Ein Wissenschaftler mit ungewöhnlichen Ideen, Ducatini. Ich habe von ihm gehört. Er ist Theologe und Astronom, soweit mir bekannt ist. Und Alchemist?«

»Ihr seid bestens im Bilde, Exzellenz. Ich habe darüber hinaus Informationen zu Newtons Leidenschaft. Er betreibt in aller Heimlichkeit Alchemie.«

»Hmm … erfolgreich?«

»Unsere Bankiers in London berichten, dass sie von ihm hergestelltes Gold gesehen haben, nicht in großen Mengen, aber …«

»England, London … *hier* wird das Gold gebraucht. Und ausreichend viel.«

»Alchemisten werden in England wegen … Hexerei verfolgt.«

»Wie bei uns, Ducatini.«

»Ich weiß, aber es ist ein Verbot des Papstes. Dessen Verbote gelten hier nicht unbedingt …«

»Hmm … stimmt. Du hast recht, der Zweck würde die Mittel heiligen.«

»Die Menge schafft er mit der Zeit …«

»Mein viertes Amtsjahr beginnt in neun Monaten.«

»In drei Monaten könnte er anfangen, Exzellenz.«

»Aber, jetzt spann mich nicht auf die Folter, wie willst du Newton hierherlocken?«

»Wir bieten ihm – fürstlich entlohnt – ungestörtes Arbeiten an. Vom Goldmachen überzeugen wir ihn, sobald er hier ist. Englands Arm reicht nicht so weit, und wir schützen ihn vor dem Papst.«

»Hmm.«

»Ich weiß, dass Newton ständig in Geldnot ist, und habe schon bei ihm vorsichtig anfragen lassen …«

»Und?«

»Bisher keine Antwort, Exzellenz. Briefe aus England brauchen mit den schnellsten Boten drei bis vier Wochen.«

»Gut, dann gib Nachricht, sobald du etwas weißt.«

Der Doge lächelte breit.

»Nimm noch ein Glas, Ducatini. Ich glaube, ich werde heute mit besseren Gedanken einschlafen als am gestrigen Abend.«

Ducatini verbeugte sich.

»Allzeit zu Diensten, Exzellenz.«

Ich hatte vor, mich in aller Frühe aus unserem Haus in der Calle Nicoletto in San Polo zu schleichen. Wortlos wollte ich samt Mappe mit Zeichnungen weggehen und öffnete leise die Tür. Mirela stand auf einmal neben mir, ordnete ihr dichtes schwarzes Haar, zog ihren Schlafrock zusammen und fragte:

»Ist dir nicht gut? Du hast schlecht geschlafen, dauernd gestöhnt und jetzt willst du ohne einen Ton aus dem Haus? Ohne Kuss?«

Ich schloss die Tür wieder, nahm sie in den Arm und sagte: »Es ist nichts, Liebste. Ich habe ein Riesenproblem mit Beretto und der Baustelle. Heute muss ich vor allen anderen da sein, um etwas zu überprüfen. Sonst kriege ich meinen Anteil am vereinbarten Lohn nicht.«

Das wird sie verstehen …

Sie verstand, küsste mich und sagte:

»Dann beeil dich. Du weißt, wir brauchen das Geld unbedingt. Sonst wird das nichts mit dem Häuschen auf der Terraferma.«

Und wie ich das wusste. Unser Traum, aufs Festland, raus aus der Stadt. Weg von Berettos Knute und selbstständiger Baumeister – vielleicht in Padua oder Vicenza?

60 Dukaten hatten wir gespart, ein kleiner Anfang. Für den Palazzo der Dogentochter standen 60 Dukaten allein für die Zeichnung an, von denen zehn an mich gehen sollten. Ich hatte den gesamten Plan erstellt. Beretto ging damit bei den Nobili hausieren und strich 50 Dukaten dafür ein. Er konnte nicht einmal ohne Hilfe eine gerade Linie ziehen, ich schaffte freihändig einen nahezu perfekten Kreis. Diese zehn Dukaten hatte ich noch nicht. Sie und unsere gesparten 60 reichten nicht für die 100, die der Capo verlangt hatte. Für die Mitarbeit an der Pestkirche standen weitere 60 Dukaten aus, aber die Stadt zahlte schleppend.

Zehn Dukaten muss ich Mirela lassen … Ich brauche 50 Dukaten bis Mitternacht.

Eine frühe Gondel reagierte auf mein Winken. Zum Glück nicht Tonio, der mich ansonsten fuhr. Musste nicht jeder wissen, wohin ich so früh wollte.

»Zum Getto«, flüsterte ich.

Auf dem Weg ging mir durch den Kopf, warum ich das alles riskierte:

Die Mauer maß knapp 15 Fuß in der Höhe und ragte in die Brenta. Die Jungen in unserem Dorf sprangen mit Begeisterung von dort in das Wasser des Flusses. Ich erinnere mich an mein erstes Mal. Nach oben gelangte man über eine Treppe. Sie war seitlich an die etwa zwei Fuß breite Mauer gebaut, einen Fuß schmal und hatte kein Geländer. Ich fühlte mich sofort unwohl, als ich aus unerfindlichem Grund spontan einem Spielkameraden – an die Mauer gepresst – gefolgt war. Auf halbem Wege wollte ich umkehren, die Höhe machte mir doch zu schaffen. Der hinter mir war älter als ich. Er lachte, als ich mich – starr nach vorn blickend – vorsichtig hinauftastete. »Na, Schiss?«, frotzelte er und gab mir einen Schubs vorwärts. Fast wäre ich abgerutscht. Oben angekommen, wollte ich gleich wieder umkehren. Aber ein anhaltender Strom von Jungen hinderte mich daran. Marcello stand unten und schaute mir zu – Besorgnis im Gesicht. »Geh nicht rauf, wenn du nicht sicher bist«, hatte er gesagt. Ich hätte auf ihn hören sollen.

Immer stand ich abseits, wenn die anderen ins Wasser sprangen und anschließend vor Freude johlend und prustend an Land liefen, um gleich wieder nach oben zu rennen und noch einmal zu springen. Ich wollte das können wie sie. Mir wurde aber schon schlecht, wenn ich vor unserem Kirchturm stand und hochschaute. Mein Magen krampfte sich zusammen, und die Knie wurden weich bei dem Gedanken an die Höhe. Mir kann nichts passieren, hämmerte ich mir ein, als ich jetzt oben auf der Mauer stand und versuchte, nicht zu schwanken und den Druck von hinten abzuwehren. »Du fällst ins Wasser wie jeder andere. Wasser ist nicht weich, aber die Mauer ist nicht so hoch, dass du dir wehtust«, hatte Marcello vor ein paar

Tagen gesagt und es mir gleich vorgemacht. Er war allein oben und nahm Anlauf, um im weiten Bogen und mit einem »Juuuhuuu« ins Nass zu platschen. Triefend kam er zu mir und lachte. »Siehst du, ganz einfach.«

Jetzt gab es keinen Platz mehr auf der Mauer. Es allein und unbeobachtet von anderen zu versuchen, hatte sich erledigt.

»Was ist los da vorne, warum geht es nicht weiter?«, rief einer von der Treppe. »Na los, spring endlich, du Angsthase«, tönte der dicke Nachbarsjunge hinter mir ungeduldig. Ich machte einen vorsichtigen Schritt – zu langsam für meinen Hintermann. Er gab mir einen Stoß, und ich fiel ins Bodenlose, griff ins Leere, fühlte dann einen Schlag und verlor die Besinnung.

Marcello erzählte mir später, ich hätte um mich geschlagen und laut geschrien. Die auf der Mauer hätten nur gelacht. Mein Bruder hatte gemerkt, dass ich nicht sofort wieder auftauchte, war hinterhergesprungen und hatte mich aus dem Wasser gezogen. Ich war nur kurz ohne Besinnung und flüsterte: »Nie wieder. Das mach ich nie wieder! Ich will nach Hause.«

Ich war damals zehn Jahre alt, und mein Berufswunsch stand fest. Vater war Zimmermann, das wollte ich werden – oder Baumeister. Wenn ich ihn begleiten durfte und er auf Gerüsten arbeitete, stand ich unten und bewunderte ihn. Hoch traute ich mich nicht. »Das wird noch, Fabrizio«, sagte er, klopfte mir auf die Schulter und lachte aufmunternd. Marcello hatte mit seinen 14 Jahren eine Lehre bei einem Goldschmied in der Stadt angefangen. Er lebte bei der Familie seines Meisters in Padua und kam nicht mehr oft nach Hause.

Diesen Sommer jedoch wollte er fast zwei Monate bei uns im Dorf bleiben. Der Meister war verreist und hatte seine Lehrlinge solang zu ihren Eltern geschickt.

»Willst du immer noch Zimmermann werden oder Baumeister?«, fragte er mich.

Der Wunsch hatte sich nicht verflüchtigt, aber seit dem ungewollten Sturz in die Brenta sprach ich nicht mehr gern darüber.

»Warum fragst du?«

»Ich habe mit einem Kunden meines Meisters gesprochen, der sich mit der Angst vor Höhe auskennt. Ein arabischer Arzt. Sie hat ihn früher auch gequält.«

»Die Höhe? Früher? Das heißt, er hat sie nicht mehr?«

Marcello nickte.

»Wie das? Was hat er gemacht?«

»Dagegen angekämpft, geübt und geübt. Man muss seine Ängste herausfordern, um sich ihnen stellen zu können, sagt er. Schritt für Schritt, nicht übertreiben und nicht aufgeben.«

Ich überlegte kurz. »Meinst du – ich kann das auch?«

Marcello nickte noch einmal. »Acht Wochen haben wir Zeit. Entweder springst du danach von jeder Mauer und kletterst auf jedes Gerüst oder du solltest dir einen anderen Beruf wünschen.«

Ich holte tief Luft und sagte: »Ich will diese Angst los sein.«

Marcello fing damit an, dass er mich jeden Tag zwei- oder dreimal zu unserem Kirchturm führte. Ich musste den Kopf in den Nacken legen und hochschauen. Das tat ich, und sofort wurde mir flau im Magen. Ich senkte den Kopf, und er sagte: »Gib mir die Hand und schau nach oben, Fabi. Sag mir, ob dir etwas passiert. Fällt dir die Kirche auf den Kopf? Versinkst du im Boden? Schau ...«

Ich ergriff seine Hand und sagte leise zu mir: »Es geschieht nichts, es geschieht nichts.« Und so war es. Am vierten Tag konnte ich ohne Marcellos Hand eine Weile stehen und nach oben schauen. In der zweiten Woche blieb der Magen ruhig, und die Knie schwammen kaum spürbar. Zu Anfang der dritten Woche fragte Marcello: »Fühlst du dich stark genug für die nächste Übung?«

»Ja«, sagte ich, ohne zu zögern.

Mein Bruder machte weiter mit der Treppe an der Mauer. Frühmorgens unbeobachtet, wenn noch kein Junge aus dem Dorf seinen Sprungkünsten frönte.

Stufe für Stufe musste ich hochsteigen und dort verharren. Nach oben, nach unten und zur Seite sollte ich meinen Kopf drehen und schauen, bis ich mir im Innersten sagte, dass mir dort nichts passierte und auch nicht passieren könne. Am Schluss verlangte er, dass ich mich umdrehte und Schritt für Schritt zurück nach unten ging, ohne mich an der Mauer abzustützen. Ich schaffte das tatsächlich jedes Mal von weiter oben, und Marcello freute sich mit mir. Nach fünf Wochen lief ich die Treppe rauf und runter, ohne an die Mauer zu fassen, und stand mit breiter Brust oben auf der Krone. Ich machte zum ersten Mal zwei bewusste Schritte bis zum Rand, und die Angst packte mich mit Gewalt. Alles war wieder da, der Krampf im Magen, die weichen Knie, die Unfähigkeit, in irgendeine Richtung zu blicken.

»Was ... was tue ich hier?«, stammelte ich.

»Deine Angst besiegen«, flüsterte mein Bruder und fasste mich an der Hand. »Dir passiert nichts und du weißt das, Fabi. Denk ganz fest daran. Ich bin bei dir.«

Er zog mich sanft an der Hand. Ich ließ es zu, und wir sprangen beide in die Brenta.

Ich verlor weder die Besinnung noch schrie ich. Ich staunte nur über mich selbst. Nach drei weiteren Sprüngen an der Hand von Marcello wagte ich es das erste Mal allein. Bis auf ein kurzes Zögern und Zittern meiner Knie … passierte nichts. Unbändiger Stolz erfüllte mich und unendliche Dankbarkeit meinem Bruder gegenüber.

Nach ein paar weiteren Tagen mit und ohne Marcello auf der Mauer war die Angst vor Höhe oder Tiefe verschwunden. Marcello hatte recht behalten.

Kurz darauf, als mein Vater im Ort arbeitete, fragte ich ihn, ob ich ihn begleiten dürfe. Er sah mich erstaunt an und nickte. Später stand er weit oben auf dem Gerüst und ich unten, wie er es gewohnt war. Als er nicht mehr auf mich achtete, huschte ich hoch, stellte mich neben ihn. Fast fiel ihm der Hammer aus der Hand.

Ohne Marcello wäre ich kein Baumeister geworden.

Jetzt musste ich das Geld beschaffen, mit dem ich ihn retten wollte. Dem Arzt und Bruder von Salomon Sem, einem Geldverleiher, hatte ich ein Haus im Getto ausgebaut. Ein heimlicher Nebenverdienst. Leicht verdientes Geld. Mit zwei Maurern und einem Zimmermann hatten wir dem berühmten Arzt ein siebtes Stockwerk auf sein Wohnhaus gesetzt. Juden war es verboten, Immobilien zu besitzen. Doch der angesehene Doktor versorgte Patrizier und ihre Familien zu deren vollster Zufriedenheit. Er hatte sogar schon heimlich dem päpstlichen Nuntius geholfen, der an einer anhaltenden Krankheit litt, wie man sagte. Deshalb genehmigte der Hausbesitzer den Ausbau, den der Arzt bezahlte und für den anschließend Miete floss. Salomon kannte mich durch die Arbeit für seinen Bruder. Er würde mir das Geld leihen, hoffte ich.

»Ah, Messer Mansani«, begrüßte er mich verschlafen. »Mein Bruder ist nicht da, schon unterwegs …«

»Guten Morgen, Messer Sem, ich will nicht zu Eurem Bruder, sondern zu Euch.«

»Oh, was kann ich für Euch tun?«

»Ich … ich brauche einen Kredit. Jetzt … genauer … bis heute Abend. 50 Dukaten.«

Er verbeugte sich und machte die Tür weit auf. Drinnen bot er mir einen Stuhl an.

»Viel Geld. Darf ich fragen, für welchen Zweck?«

»Eine … unaufschiebbare Familienangelegenheit.«

Salomon wiegte seinen Kopf hin und her.

»Welche Sicherheiten bietet Ihr mir?«

Mit der Frage hatte ich gerechnet.

»Für die Restarbeiten an der Pestkirche schuldet mir die Stadt 60 Dukaten. Ihr wisst, der Magistrat arbeitet wie eine Schnecke …«

»Ich weiß, Messer Mansani, ich weiß.«

Salomon schaute mich nachdenklich an.

»Gut, 15 Prozent Zinsen, wenn Ihr den Kredit in einem Jahr zurückzahlt. Die Zinsen jeweils zum Quartal.«

Das ist ein guter Zins, üblich sind 20 …

»Ich mache Euch den Kredit so billig, weil mein Bruder Eure Arbeit schätzt. Kommt gegen Mittag, dann habe ich das Geld bereit.«

Mit einem Seufzer der Erleichterung sagte ich: »Einverstanden. Ich bin mittags wieder da.«

Ducatini empfing diesen lästigen deutschen Gelehrten in seinem Arbeitszimmer im Palazzo dei Camerlenghi neben der Rialtobrücke. Rot gefärbtes Leder mit goldener Malerei bespannte die Wände, dazwischen fanden sich reiche Stuckverzierungen. Kunstvoll geschnitzte dunkle Balken teilten die Decke. Blüten und Blätter der Ornamente fanden sich wieder auf den bemalten und vergoldeten Wandbespannungen. Ausgesuchtes Mobiliar sollte den Besucher beeindrucken. Sorgfältig arrangiert, ohne protzig zu wirken. Protz war einem Senator per Gesetz verboten, aber Ducatini hatte das Zimmer von seinem Vorgänger übernommen und nicht verändert. Er empfing Gottfried Wilhelm Leibniz, weil der Doge ihn dazu angewiesen hatte. Der Herzog von Hannover hatte den Hofrat Leibniz nach Venedig geschickt, um mögliche italienische Wurzeln der herzoglichen Familie erkunden zu lassen. Der Herzog selbst hatte zuvor aus dem Anlass ein Jahr in Venedig verbracht und dazu angesichts ständiger Ablenkung durch Einladungen und Feste keine Zeit für die Spurensuche gefunden. Doge Poggione hatte Ducatini den Brief eines hochgelehrten Freundes gezeigt, der schrieb: »Leibniz ist der führende Kopf unseres Jahrhunderts, er korrespondiert mit den Gelehrten der Welt. Es ist mir bislang kein Mensch begegnet, der gelehrter und mit allen Gebieten der Wissenschaften so vertraut ist wie er und der so gründliche

Kenntnisse besitzt.« Beeindruckt genehmigte der Doge Leibniz die erbetene Suche nach Spuren der herzoglichen Vorfahren und hatte Ducatini dennoch angewiesen, ihn am langen Arm im Auge zu behalten – wie jeden ausländischen Besucher in der Stadt.

Wie die Venedig besuchenden deutschen Kaufleute logierte Leibniz im Fondaco dei Tedeschi. Ducatini hatte diese sparsame Unterbringung für ihn organisiert und den Dogen nicht mit der Nase darauf gestoßen. Aus Wissenschaft machte der Kämmerer sich herzlich wenig.

Dieser stark parfümierte, mittelgroße dürre Mann mit den seidenen Strümpfen, silbernen Schnallen auf den Schuhen, der schwarzen Perücke, Dreispitz und dem silberdurchwirkten Rock, der in Paris Mode war, sollte der führende Kopf des Jahrhunderts sein? Er blinzelte mit den Augen, als wäre er kurzsichtig.

Ducatini sprach kein Deutsch, aber in Französisch oder Englisch würde er sich mit Leibniz ohne Helfer verständigen können.

»Seid Ihr mit Eurer Unterbringung zufrieden, Messer Leibniz?«, fragte Ducatini nach der Begrüßung mit einem Händedruck.

Uhhh, hat der kalte Hände, dachte er.

Leibniz verbeugte sich und antwortete in fehlerfreiem Italienisch: »Habt ausgezeichneten Dank, hochwohlgeborener Signore Senatore, ich bin über die Maßen zufrieden.«

Erstaunt antwortete Ducatini in der Sprache, die jeder Venezianer beherrschte, aber im Alltag vermied:

»Das höre ich gern. Wollt Ihr Euch nicht setzen? Was kann ich für Euch tun?«

So weit reichten die Italienisch-Kenntnisse von Leibniz offenbar nicht. Er blieb höflich lächelnd stehen. Ducatini wiederholte auf Französisch.

»Oh, gern«, sagte Leibniz und nahm in einem der hohen Stühle mit filigran geschnitzten Lehnen aus Elfenbein Platz. Er sagte:

»Ihro Gnaden könnten mir assistieren, ein passend Archiv zu finden, in dem ich für meinen Herzog laborieren kann.« Er befingerte gleichzeitig die geschwungene Lehne, beugte sich kurz zur Seite, besah sich die Schnecke und den eingelegten Edelstein und befühlte ihn. »Elfenbein und Rubine? Trefflich, fürwahr!«

Schmeichler … Aber richtig, er sucht ja etwas für diese Familiengeschichte … warum spricht er so gestelzt?

Mit wenigen Worten erklärte Ducatini den Weg zum Archiv im Dogenpalast. Leibniz bedankte sich, machte aber keine Anstalten zu gehen. Vielmehr stand er auf und betrachtete die Verzierungen an den Deckenbalken eingehend. »Verzeihet, meine Augen sind schwach …«

Komischer Kauz …

»… doch ich bewundere die vollkommene Baukunst in dieser Stadt, Signore Senatore. Es hat bis nach Braunschweig gelautet, Ihr habet im Arsenal eine Vielzahl nützlicher Bauten, trefflich Gerät, um große Teile zu bewegen …«

Ein Spion?

»… Bitte interpretieret mich nicht falsch, ich weiß um die große Bedeutung der Schiffswerft für die Republik. Ihr müsset wissen, ich bin zu Hause in Hannover kein Stubengelehrter. Nein, ich konstruiere Vorrichtungen und Maschinen für die Bergbaukunst und suche derethalben überall in der Welt Anregungen. Könnt Ihr mir behülflich sein, den Dogen um die Occasio eines Besuchs zu bitten?«

Was will er denn noch? … Könnte er mir nützlich sein?

»Messer Leibniz, das versuche ich gern, aber Ihr könntet mir im Gegenzug bei einer kniffligen Angelegenheit helfen.«

Leibniz verbeugte sich.

»Wie könnten meine bescheidenen Fähigkeiten Euch nützen?«

»Ihr steht doch im Briefwechsel mit Gelehrten in vielen Ländern. Mit Isaac Newton im Königreich England auch?«

»Ich stehe in trefflichem Diskurs, gar wohl Disput mit ihm über einen neuen Calculus.«

Calculus?

»Hmm. Eine Frage, womit könnte man Newton bewegen, eine Weile hier in Venedig zu … arbeiten?«

Leibniz überlegte nicht lange und antwortete:

»Mich deucht, neben Theologie und Mathematik interessieret ihn die Optik im Übermaß. Er laborieret in einem Observatorium nahe London an der Kunst neuer Teleskope. Er sucht gleich mir nach einem verbesserten Wege zur Funktion so wie ich bei Rechenmaschinen. Seine neuartige Teleskopkunst allhier in einer modernen Sternwarte erproben, das wäre ihm sicher gefällig.«

Wie der spricht …

»Eine ausgezeichnete Idee, Messer Leibniz. Ich denke, ich werde Euch einen Besuch im Arsenal vermitteln können.«

»Danke, Signore Senatore. Und falls Hülfe bei der Constructio der Sternwarte vonnöten sei, ich habe eine

Idee für die Kuppel. Cupola auf Italienisch, richtig? Mein Fürst hält mir das Geld für Neuerungen knapp, aber Ihr?«

Ducatini nickte.

Eins nach dem anderen, mein Freund ...

»Zu freundlich, Messer Leibniz. Ich komme womöglich darauf zurück.«

Ruhelos lief ich den ganzen Tag auf der Baustelle herum. Ich vertat mich bei meinen Anweisungen, sodass ich gezwungen war, eine halbe Wand wieder einreißen zu lassen. In der Mittagszeit huschte ich zu Salomon, der das Geld für mich bereithielt. Fahrig unterschrieb ich den Kreditvertrag, nahm den Beutel mit den Dukaten und vergaß um ein Haar, mich zu verabschieden. Meine Gedanken kreisten um das Leben Marcellos, dann darum, wie ich denn in zwölf Monaten das Geld für die Rückzahlung auftreiben sollte – am besten, ohne dass meine Frau es mitbekam.

Zäh verrann die Zeit, bis es dunkel wurde. Mirela hatte ich gesagt, dass ich unaufschiebbare Arbeiten der Stuckateure zu beaufsichtigen hatte. So saß ich bei den Männern, die bei Lampenlicht feine Muster aus Gips formten, und lauschte den Glockenschlägen der nahen Kirche bis eine Stunde vor Mitternacht. Die Handwerker waren weit in Verzug und hörten nicht auf, als ich mich verabschiedete. Ich musste mich sputen, lagen doch fast eineinhalb Meilen durch enge Gassen vor mir.

Mit zügigen, aber vorsichtigen Schritten und nah an den Hauswänden schlich ich mich im spärlichen Licht der

Laternen in Richtung Lagune zum Canale dei Maranni gegenüber der Insel San Pietro di Castello.

Ich zitterte – nicht wegen der Nachtkühle – und hielt den Beutel mit den Dukaten krampfhaft fest, bis ich Schritte hörte. Eine Gruppe näherte sich. Vorneweg ein Mann, der mit gefesselten Händen einen Sack vor sich hertrug. Ich erkannte entsetzt meinen Bruder Marcello. Die Fessel lief durch einen Ring an dem Sack voller – wie ich wusste – Steine, die ihn in die Tiefe ziehen sollten. Trotz des trüben Lichts sah ich seine vor Angst geweiteten Augen. Der Capo stapfte seinen Helfern hinterher. Den üblicherweise den Todeskandidaten begleitenden Priester suchte ich – zum Glück – vergeblich. Das hatte der Capo vermutlich arrangiert. Dass Geistliche der niederen Ränge käuflich für alles und jedes sein sollten, flüsterte man sich überall in den Kirchenbänken zu. *Zum Glück.* Hastig machte ich einen Schritt aus dem Halbschatten auf den Capo zu und hielt ihm den Beutel Dukaten hin. Er wog ihn prüfend in der Hand, schaute hinein, brummte etwas, das ich nicht verstand, schob mich zurück an die Wand und bellte seine Männer an, stehen zu bleiben.

»Ich mache das heute allein. Geht vor in die Taverne und trinkt auf meine Rechnung, ich komme gleich nach«, schnarrte er. Die Agenti schienen nicht im Geringsten überrascht, ließen Marcello drei Fuß vor der Kante zum Wasser stehen und verschwanden schwatzend in die Richtung, aus der sie gekommen waren. Mir stockte der Atem. Der jämmerliche Anblick meines Bruders zerrte an meinen Nerven. Der Capo wartete, bis seine Männer um die Ecke verschwunden waren. Plötzlich hielt er ein Messer in der Hand und schob Marcello nach vorn. Eine Schrecksekunde dachte ich, er stieße ihn entgegen der Abmachung doch gefesselt in den Kanal, aber die Klinge blitzte kurz auf, und der Sack platschte ohne Marcello ins Wasser. Danach eine zweite, rasche Bewegung des Messers, und der Capo gab meinem Bruder einen Tritt, nicht ohne zu zischen:

»Schwimm, und komm nie wieder, verfluchter Kerl.«

Ich stand wie versteinert, als der Capo an mir vorbeiging und sagte:

»Du machst besser, dass du schnell von hier wegkommst. Die Herren der Nacht sind unterwegs und kontrollieren jeden, der sich in dieser Gegend rumtreibt. Hau ab!«

Was blieb mir anderes, als zu verschwinden. Mehr konnte ich nicht für meinen Bruder tun, als für ihn zu beten. Ich drückte mich um die nächste Hausecke und rannte heim.

»Eine Sternwarte, Exzellenz.«

»Eine was?«

»Ein Observatorium, wie die Specola Vaticana des Papstes in Castel Gandolfo.«

»Die bringt uns doch kein Geld, Ducatini …«

»Verzeiht, Exzellenz, doch. Erlaubt, dass ich mich erkläre. Ihr wisst sicher, dass Galileo Galilei im Jahre des Herrn 1606 dem Dogen Donà einst auf dem Marcusturm ein Fernrohr vorgeführt hat. Es hat ihn nicht sonderlich begeistert. Doch jetzt werden wir die modernste Sternwarte aller Zeiten bauen und finanzieren sie mit einer neuen Anleiheform, die ich mir ausgedacht habe. Das allerneueste Teleskop und eine raffiniert drehbare Cupola werden Besucher aus aller Welt anziehen. Bedenkt, welch große Summen wir jedes Jahr jetzt schon durch Reisende einnehmen.«

»Ich verstehe nicht …«

»Exzellenz, ich rechne mit 70.000 Dukaten Baukosten. Wir geben eine Anleihe in der Höhe heraus, die wir mit 20 Prozent verzinsen werden. Dann stellen wir Isaac Newton und Gottfried Leibniz ein. Der eine baut das Teleskop, der andere einen drehbaren Turm …«

»Halt ein, Ducatini, das sind doch nach wie vor Hirngespinste.«

»Exzellenz, verzeiht. Newton droht, Gerüchten zufolge, in seinem Heimatland ein Prozess wegen Hexerei, berichten mir unsere Bankvertreter aus London. Er wird gern eine Weile ins Ausland verschwinden.«

Der Doge sah ihn mit großen Augen an. Ducatini fuhr fort: »Er ist – wie Ihr wisst – heimlicher Alchemist.«

»Du meinst …?«

Habe ich ihm doch schon erzählt, dachte Ducatini.

»Wir locken ihn damit, dass er hier im hohen Turm der Sternwarte sein neuartiges Teleskop bauen und ausprobieren kann. Für einen Haufen Dukaten. Das tut er nach außen hin … Schon damit der Papst keinen Verdacht schöpft. Ihr wisst, Nuntius Demona hat seine Augen und Ohren überall.«

»Hmm.«

»Dann überzeuge ich ihn – sobald er hier ist – von den großartigen Möglichkeiten, in Venedig der Alchemie zu frönen.«

»Aha.«

»Damit bezahlen wir die Anleihe und die 20 Prozent und Euer Fest und …«

»Und?«

»… wir stechen den Papst aus. Unsere Sternwarte wird größer, höher und moderner dank Newtons Teleskop. Hofrat Leibniz hat eine Drehtechnik für den Bergbau in Braunschweig entwickelt, die der Herzog genial findet, aber nicht finanzieren will. Wir könnten das. Er baut sie in die Kuppel ein.«

»Woher weißt du das?«

Oh, er ist wirklich schon alt …

»Leibniz ist hier in Venedig zu Besuch. Ihr hattet ihn mir doch ans Herz gelegt.«

Der Doge trank einen tiefen Schluck aus seinem Glas, hüstelte und sagte:

»Ach ja, richtig. Du bist wahrlich wohlinformiert und hast Ideen, Ducatini. Gut, dass wir dich wiedergewählt haben. Wie schnell werden wir das Vorhaben angehen können? Glaubst du, dass Beretto das schafft?«

Auf keinen Fall der …

»Eher nicht, Exzellenz. Wenn Ihr zustimmt, geht es in zwei bis drei Monaten los. Die Anleihe ist vorbereitet. Wenn das Geld fließt, können wir Newton einladen und Leibniz verpflichten. Einen guten Baumeister, der das Vorhaben stemmt, habe ich im Auge. Ein Bauplatz wird sich finden.«

»Was ist mit der Zustimmung des Rates der Zehn?«

Mit der Frage habe ich gerechnet.

»Exzellenz, das übernehme ich – aber nur für die Sternwarte als offizielles Vorhaben. Das Goldmachen sollte nicht so publik werden, das eröffnen wir nur den Interessenten der Anleihe.«

Sie werden alle die Anleihen zeichnen, wie ich sie kenne.

»Kann man das geheim halten?«

»Ein gutes Geschäft versiegelt jedem Venezianer die Lippen.«

Die Aussicht auf Gold wird alle überzeugen – wie immer.

Der Doge lächelte breit. »Wenn du meinst, Ducatini. Ich bin einverstanden, mein Lieber.«

»Noch etwas, Exzellenz. Leibniz bittet um einen Besichtigungstermin des Arsenals.«

Der Doge hob die Augenbrauen.

»Will er spionieren?«

»Ich glaube nicht, er ist nur neugierig.«

»Na gut, aber stell ihm einen der Provveditori zur Seite, der ihn nicht aus den Augen lässt. Er soll keine der Neuentwicklungen sehen. Und hinterher will ich einen Bericht, was man ihm gezeigt hat.«

»Wie Eure Exzellenz befehlen.«

»Eine letzte Frage. Mein Fest ist gesichert?«

»Aber natürlich, Exzellenz, wenn wir uns beeilen.«

Poggione schenkte beiden Wein ein und nahm einen tiefen Schluck.

»Der Papst wird schäumen!«

»Das wird er. Und wie.«

»Und die Dogaressa wird sich freuen …«

Sie hätte dir sonst die Hölle heißgemacht, da bin ich sicher …

Ich muss es ihr sagen!

Über eine Stunde lag ich schon wach und schaute unter der Schattenmarkise aus dem offenen Fenster auf den Balkon des gegenüberliegenden Hauses. Es gehörte einem Handwerker wie mir, der jeden Soldo umdrehen musste. Das Balkongeländer wirkte nicht vertrauenerweckend und schrie nach einer Reparatur. Der Putz der Wand blätterte großflächig ab. Der Speicher eines Kaufmanns nebenan sah deutlich gepflegter aus. Zum Glück ging es uns besser. Ich achtete wegen meines Rufs als Baumeister auf Instandsetzung, wo es nötig war. Genau genommen eine Aufgabe des Vermieters, doch der scherte sich nur um die regelmäßige Mietzahlung. Ich könne ja ausziehen, falls es mir nicht passe, sagte er stur, wenn ich ihn wegen irgendwelcher Mängel ansprach. Über kurz oder lang würden wir uns ein Haus in einer besseren Gegend leisten können. So hatten Mirela und ich es geplant. Mit der Rettung Marcellos setzte ich all das aufs Spiel. Mir wurde heiß, wenn ich daran dachte. Mirela schlief friedlich. Ich liebte sie über alles und hatte Angst um sie. Was wäre, wenn meine Bestechung des Capo ans Licht käme? Was würde mit ihr geschehen? Was mir bevorstände, brauchte ich mir nicht allzu lange auszumalen. Der Tod. An der Stelle, an der Marcello in die Lagune gestoßen worden war?

Unruhe packte mich. Ich schlug den Bettvorhang zurück, stand vorsichtig auf, ohne Mirela zu wecken, und ging in die Ecke zur Truhe mit der Waschschüssel. Ich überlegte kurz, ob ich mir das Gesicht und die Hände waschen sollte, wie es Mirela neuerdings jeden Morgen tat, ließ es aber sein. Das Eingießen des Wassers hätte sie aufwecken können.

Ruhelos lief ich ins untere Stockwerk, füllte einen Krug aus der Zisterne, setzte mich an den Küchentisch. Ich goss mir einen Becher ein, nahm einen Schluck. Den schlechten Geschmack im Mund bekämpfte ich, indem ich Wasser durch die Zähne zog, wie mir Salomons Bruder, der Arzt, geraten hatte. Den Rest trank ich. Ich stützte meinen Kopf auf beide Arme und gab mich meinen lärmenden Gedanken hin. Plötzlich hielten mir feuchte Finger von hinten die Augen zu. Mirela hatte sich heruntergeschlichen – und sie hatte sich vorher die Hände gewaschen.

»Guten Morgen, mein Herz. Ist dir nicht gut?«

Ich drehte mich nicht zu ihr um und flüsterte:

»Ich habe nach wie vor ein ernstes Problem mit Beretto. Es ist besser, du gehst für eine Weile zu deinen Eltern und ich bleibe allein hier.«

Mirela nahm die Hände herunter, kam um den Tisch herum und sah mich entgeistert an.

»Was sagst du da? Jetzt, sofort, weggehen?«

Ich konnte nie gut lügen. Meine Frau nahm mich in den Arm und fragte leise:

»Bist du sicher, dass da nichts anderes ist?«

Ich drückte sie an mich, schluckte, dachte: *Jetzt oder nie!*, und flüsterte: »Marcello ist zum Tode verurteilt worden.«

Sie zuckte zusammen, und ihre Hand krampfte sich um meine.

»Das ist ja schrecklich. Weshalb?«

»Er hat eine Dogentochter geschwängert.«

»Deswegen wird er zum Tode verurteilt?«

»Er soll sie vergewaltigt haben.«

Mirela schlug die Hände vor den Mund. Dann sagte sie:

»Der sanfte Marcello? Unmöglich!«

»Von den drei Inquisitoren heimlich verurteilt.«

»Canale dei Maranni?«

»Genau ... aber ich ... ich habe ihn freigekauft, den Capo bestochen.«

»Oh, Gott! Oh, Gott ... Wie viel hast du bezahlt?«

»Hun... 100 Dukaten.«

Mirela erbleichte. »So ... so viel Geld haben wir nicht.«

»Ich ... ich habe mir was geliehen ...«

»Vom Ersparten?«

Ich nickte. Sie sah mir tief in die Augen. »Wie viel ist noch da?«

»Zehn Dukaten.«

Ich sah, wie sie schluckte und Tränen in ihre Augen stiegen.

»Der Rest von 100?«

Ich senkte den Kopf und flüsterte: »50. Mit ... mit 15 Prozent Zinsen. Bei dem Bruder von dem Arzt, dem wir das Haus aufgestockt haben.«

»Bis wann?«

»Ein Jahr.«

»Und wie willst du das zurückzahlen?« Sie betonte jedes Wort.

»Beretto und ... und ... ich werde Pläne zeichnen für die Patrizier. Ich habe einen Namen für gute Zeichnungen und Ideen.«

»Ha! Und das soll funktionieren? Ich werde am besten anfangen zu beten!«

»Wenn es hilft. Aber es ist besser, du sprichst nicht hier zu Gott, sondern bei deinen Eltern auf der Terraferma, Mirela.«

Entrüstet sah sie mich an. »Auf keinen Fall. Ich bleibe bei dir.«

»Es wäre besser. Du bist versorgt und … sicher. Wenn mich jemand gesehen hat oder der Capo sich verplappert, er ist ein Säufer.«

Sie schüttelte den Kopf.

»Der redet nicht. Das kostet ihn den Kopf, einen Verurteilten laufen zu lassen.«

»Stimmt. Aber ich würde mich besser fühlen, wenn du zu deinen Eltern gehst.«

»Hmm«, sagte sie, »ich werde darüber nachdenken.«

Sie hielt mich eine Weile umarmt, dann gab sie mir einen Kuss. »Komm, du bist spät für die Baustelle, oder? Ich muss das erst einmal verarbeiten.« Sie drückte mich ganz fest und sagte: »Egal, was passiert – es ist gut, dass du Marcello gerettet hast.«

Ich weiß nicht einmal, ob er wirklich gerettet ist …

Sie ging nach oben, und ich hörte sie murmeln.

»Ich habe gerochen, dass etwas nicht stimmt mit ihm.«

Gut, dass ich es ihr gesagt habe.

Ein Beamter Ducatinis erschien gegen Mittag auf der Baustelle, der Camerario Comunis ließe mich zu sich rufen. Ich war müde von den Geschehnissen der Nacht und erschrak. Ducatini war oberster Chef über das gesamte Bauwesen der Stadt. Wir arbeiteten für den Dogen. Warum rief er nicht den Proto zu sich? Ich malte mir auf dem Weg in der Gondel von Tonio, der mich oft fuhr, wenn ich in Bauangelegenheiten unterwegs war, die schrecklichsten

Szenarien aus. Könnte der Camerario unzufrieden mit mir sein? Hatte Beretto mich wegen Was-weiß-ich angeschwärzt? Vorzuwerfen hatte ich mir nichts. Meine Männer hatte ich im Griff, weitgehend im Griff. Vielleicht hatte jemand einen Fehler gemacht, den Beretto mir unterschieben wollte. Ich schickte sicherheitshalber ein Stoßgebet gen Himmel, als ich den Palazzo des Senators betrat und man mich zu ihm führte.

Das Gespräch in seinem Arbeitszimmer war meine erste persönliche Begegnung mit ihm. Beretto hatte mich nie mitgenommen, wenn er etwas mit Ducatini besprach. Das Zimmer beeindruckte mich kolossal. Ich baute Palazzi von großer Schönheit mit den gängigen Raffinessen der Baukunst, aber die Innenausstattung übernahmen andere. Solch kostbare Möbel, Wandbehänge und Bilder hatte ich noch nie gesehen und ich fühlte mich klein wie ein Hündchen.

»Seid gegrüßt, Messer Mansani. Eine Freude, Euch zu sehen«, empfing Ducatini mich.

Ich verbeugte mich tief.

»Zu Diensten, hochverordneter Signore Senatore.«

»Setzt Euch. Ein Glas Wein? Ein Stück Obst?«

Er zeigte auf einen reich mit Äpfeln, Birnen und Weintrauben gefüllten Korb auf seinem Schreibtisch.

Ich atmete auf. Es sah nicht so aus, als läge eine Beschwerde gegen mich vor.

»Danke, ich nehme ein Glas Wein.«

Er schenkte sich und mir aus einer edlen Karaffe in zweifarbige Kristallgläser ein und hob sein Glas.

»Auf Euer Wohl. Wie geht es Euch?«

Verdutzt vergaß ich fast zu antworten und schob hastig nach: »Gut, Signore Senatore, sehr gut.«

»Wie läuft die Baustelle für die Tochter des Dogen?«

Pflichtschuldigst antwortete ich:

»Es gibt keinen Grund zur Klage. Proto Beretto hat alles im Griff.«

Ducatini lachte. »Im Ernst? Ich weiß um seine Schwächen und um Eure Fähigkeiten. Ohne Euch wäre er nichts, Messer Mansani.«

Ich senkte meinen Blick und sparte mir eine Antwort.

»Ich sehe den nächsten Proto von Venedig in Euch, Messer Mansani. Davor habt Ihr aber eine große Aufgabe zu erledigen.«

Er machte eine lange Pause, in der ich mir den Kopf zermarterte, was es sein könne. Gleichzeitig warnte mich eine innere Stimme. Ich sollte besser wegziehen, weg aus Venedig, aus dem Bannkreis der Republik, wegen der Angelegenheit mit Marcello. Die Schulden banden mich. Säumige Zahler wurden weit im Lande verfolgt und streng bestraft. Aber … ich hatte Angst.

»Der Doge will eine Sternwarte bauen, größer und schöner als die des Papstes. Ihr sollt sie bauen, Messer Mansani.«

Ich hatte das Observatorium im Vatikan gesehen, verstand grob, was da passierte. Das Gebäude schien mir keine große Herausforderung. Aber … Marcello und Salomon. Wenn …

»Größer und schöner heißt höher als die Pestkirche Santa Maria della Salute und die Sternwarte des Vatikans«, sagte Ducatini mit Ungeduld in der Stimme.

Die genauen Maße kannte ich nicht.

»Falls Ihr die Höhen nicht kennt, die della Salute ist 165 Fuß hoch, die päpstliche Sternwarte 220 Fuß, unser

Observatorium soll mindestens 240 Fuß hoch werden. Traut Ihr Euch das zu?«

Ohne es zu wollen, nickte ich zögernd.

»Wie es schöner als das Bauwerk im Vatikan wird, überlasse ich Euch völlig, Mansani. Eure Palazzi gleichen fast denen von Palladio. Ich bin sicher, Ihr schafft es, den Dogen zu begeistern. Eure Planzeichnungen des Palazzos seiner Tochter haben ihn beeindruckt.«

Davon hat Beretto kein Wort erzählt …

»Nun sagt schon was, Messer Mansani.«

»Ich weiß nicht, Signore Senatore, eigentlich will meine Frau …«

»Eure Frau?«

»Sie plant den Umzug auf die Terraferma.«

»Mansani, Ihr habt mich wohl nicht verstanden? Ich will, dass Ihr für die Republik diese Sternwarte baut, schnell baut.«

»Ich würde mich gern mit meiner Frau besprechen.«

»Steht Ihr unter ihrem Pantoffel wie der D… ?«

Ducatini brach das Wort ab.

Wie der Doge?

»Natürlich nicht, aber …«

Ducatini erhob sich aus seinem Sessel und stellte sich vor mich hin.

»Schluss mit den Ausflüchten, Mansani. Ich will jetzt ein Ja, sonst kann ich anders.«

Ich verstand nicht sofort.

»Was … was …?«

Ducatini holte einen Dukaten aus einer Schublade und hielt ihn über sein Weinglas. »Was passiert, wenn ich ihn fallen lasse, Mansani?«

Was soll das?

»Er fällt hinein, Camerario.«

»Richtig, er versinkt. Wäre das Goldstück – sagen wir – ein Goldschmied und das Glas der Canale dei Maranni, würde er ... na?«

Oh Gott ...

»Er ... er ...«

»Richtig, er würde ersaufen wie dein Bruder vor vier Tagen.«

Gott im Himmel, was faselt der da?

Ducatini fingerte den Dukaten aus dem Glas und fuhr fort:

»Zwei Agenti der Herren der Nacht haben vor vier Tagen beobachtet, wie jemand einem Capo vor einer nächtlichen Hinrichtung etwas zugesteckt hat. Derjenige ist geflüchtet. Der Capo hat gesagt, er habe nur zum Schein mitgemacht, habe zwar die Dukaten genommen, den Verurteilten aber ertränkt. Das Geld stamme von dessen Bruder. Der Verurteilte war Marcello Mansani. Habt Ihr ihn befreien wollen, Euren Bruder, und den Capo zu bestechen versucht?«

O Gott. Das ist das Ende ... Marcello tot? Ich habe doch den Sack ins Wasser fallen hören.

»Der Bericht liegt bei mir, ich habe ihn bis zu diesem Gespräch festgehalten. Was soll ich damit tun, Mansani? Ihn an den Rat der Zehn oder gleich an die drei Inquisitoren weiterleiten oder Euch zu dem wunderbaren Bauauftrag beglückwünschen?«

Mir bleibt keine Wahl.

»Na... natürlich übernehme ich die Aufgabe, Signore Senatore. Gern, überaus gern.«

Ducatini lächelte breit und sagte: »Wenn die Sternwarte zu unserer Zufriedenheit gebaut ist, denke ich darüber nach, den Bericht zu vernichten.« Er hielt mir die Karaffe hin. »Nehmt doch noch ein Glas.«

Mein Mund war zu trocken, um etwas zu sagen. Ich nickte, ließ mir stumm einschenken und trank hastig einen Schluck, bevor ich mich mit einer Verbeugung verabschiedete.

Ich war erst eine Woche allein, nachdem Mirela doch zu ihren Eltern gefahren war, nicht ohne mit der Nachbarswitwe meine Betreuung zu vereinbaren. Sie wusch mir die Wäsche und bekochte mich gegen ein paar Soldi. Abends klopfte es an meiner Tür. Ich öffnete, vor mir stand ein junges Mädchen in einem weiten Umhang und mit einer Haube, die ihr Gesicht verdeckte.

»Messer Mansani, ich bin Anna, die Dienerin von Lucia Poggione. Sie schickt mich.«

»Die Tochter des Dogen?«

Marcello?

Sie nickte. »Die jüngere. Darf ich reinkommen?«

»Natürlich.«

Drinnen setzten wir uns. Sie sah sich suchend um.

»Ich muss dringend Euren Bruder Marcello sprechen.«

»Weshalb?«

Sie flüsterte:

»Ihr wisst vielleicht, meine Herrin und Ihr Bruder lieben sich. Sie treffen sich regelmäßig an einem geheimen Platz.«

»Aha.«

»Er kommt nicht mehr. Lucia darf nicht aus dem Haus, weil sie schwanger ist. Sie hat mich die letzten Male mit Nachrichten geschickt. Wisst Ihr, wo er ist?«

Ich holte tief Luft und fasste ihre Hand.

»Deine Herrin muss stark sein, sehr stark.«

Erschreckt sah sie mich an. »Warum?«

»Marcello ist … hingerichtet worden.«

Sie zog ihre Hand ruckartig zurück und bekreuzigte sich.

»O heilige Maria Muttergottes!«

Ich dachte an das, was der Capo angeblich ausgesagt hatte und an den Steinsack.

Sage ich ihr, dass er vielleicht gerettet ist? Und wenn ich Lucia falsche Hoffnungen mache? Nein, ich sage besser nichts, solang ich es nicht sicher weiß.

»Man hat ihn nachts heimlich ertränkt.«

Sie brach in Tränen aus.

»Gütiger Gott. Weswegen?«

»Ich weiß es nicht.«

»Hat es mit Lucia zu tun?«

»Ich vermute schon, er soll eine Tochter des Dogen geschwängert haben.«

»Lucia! Und deswegen wird er umgebracht?«

»Ich kann nichts mehr sagen. Deine Herrin tut mir leid, sag ihr das.«

»Herr im Himmel, es wird sie umbringen, wenn sie das erfährt«, schluchzte sie.

Soll ich doch …? Nein, wenn er es nicht geschafft hat, ist es noch schlimmer für sie.

»Ich werde für sie beten«, sagte ich. Dabei hatte ich es nicht sehr mit dem Beten.

»Danke, Messer Mansani. Ich werde es ihr sagen und der Dogaressa auch.«

»Die Dogaressa weiß Bescheid?«

Anna nickte. Als sie hinausging, hörte ich sie murmeln: »Wie soll ich es ihr nur beibringen, ohne dass sie tot umfällt oder das Kind verliert?«

Ich hätte nicht an ihrer Stelle sein mögen.

Wenn ich nur wüsste, ob Marcello lebt.

Ducatini beobachtete die Ankunft der vornehmsten Patrizier Venedigs vom Fenster des ersten Stocks seines Palazzos. Er hatte sich vorbereitet. Wenn der Camerario einlud, wussten die Nobili, dass es um Geld ging. Lud er in seiner offiziellen Funktion ein, kamen alle ungern und mit zugenähten Taschen. Zwangsanleihen, die die Republik nur zögerlich und schlecht verzinst zurückzahlte, erfreuten niemanden, auch wenn man sich daran gewöhnt hatte. Doch für dieses Treffen hatte er die Boten eine private Einladung nur den Wohlhabendsten überbringen und als Grund eine freiwillige Anleihe zu hohen Zinsen anklingen lassen. Fast jeder folgte der Bitte. Ducatini hatte Wert darauf gelegt, dass alle Mitglieder des Rates der Zehn dabei waren.

Eine Gondel nach der anderen legte vor dem Palazzo an. Keine trägen Lastkähne störten wie tagsüber, sodass die Gondolieri die mit Familienwappen geschmückten und ansonsten schwarzen Luxusgefährte ihrer Herren gekonnt schwungvoll an den Steg gleiten lassen konnten. Die eingeladenen Patrizier, zum größten Teil Senatoren, entstiegen den Booten mit sicherem Schritt des waschechten Venezianers, ohne dass ihre tiefschwarzen Roben mit den weiten Ärmeln sie behinderten. Ein Diener Ducatinis begrüßte die Herren mit einem Tablett gefüllter Weingläser, ein anderer mit parfümierten Tüchlein zum Reinigen der Hände. Mit dem Glas in der Hand stiegen sie die Treppe zur Empfangshalle empor. Ducatini hörte einen sagen: »Bin gespannt, womit er uns beglücken will«, und einen anderen antworten: »Wenn es tatsächlich keine der üblichen Zwangsanleihen ist, bin ich zufrieden.«

Ducatinis Erwartung wurde nicht enttäuscht. Die reichsten Familien der Republik waren seiner Einladung gefolgt: die Zianis, die Dandolos, die Morisinis, die Gradenigos, die Tiepolos und die Querinis. Sie und andere weniger bedeutende summierten sich auf 20 Gäste, die sich in lockerer Runde um den Gastgeber scharten, der vor einer Büste des großen Dogen Dandolo stand und jeden mit Handschlag begrüßte. Als ein Diener signalisierte, dass sich keine Gondeln mehr näherten, klatschte Ducatini in die Hände und sagte:

»Darf ich die Signori bitten, mir in das Piano Nobile zu folgen und Platz zu nehmen.«

Der Repräsentationssaal des Palazzo war von letztem Tageslicht durch quadratische Fenster durchflutet. Luftig durchbrochenes Maßwerk umrahmte die Öffnungen und warf feingliedrige Schatten auf den Terrazzoboden mit byzantinischen Mustern. Die kostbaren Möbel waren zur Seite gerückt, und man hatte kunstvoll geschnitzte Holzbänke aufgestellt, auf denen seidene Kissen zum Sitzen einluden. Vor jedem Platz wartete ein Glastischchen auf Weingläser. Ein goldenes Schälchen offerierte

Walnüsse in Honig. Auf Wunsch würden Diener Wasser reichen.

Ducatini setzte sich auf einen Sessel in Front.

»Ich freue mich, dass so viele von euch meiner Einladung gefolgt sind«, begann er.

»Ich hoffe, es lohnt sich«, murmelte Enrico Ziani aus der reichsten Familie der Stadt.

»Ich verspreche, euch nicht zu enttäuschen«, antwortete Ducatini. »Die Republik bietet euch ein gutes Geschäft an, wie es noch keines gegeben hat. Wir …«

»Hoffentlich«, unterbrach Ziani, »ich habe Zeit nicht im Übermaß.«

Ducatini zwang sich zu einem freundlichen Lächeln. »Ich verstehe deine Ungeduld, Enrico, aber ich werde mich kurzfassen, wie es meine Art ist.«

»Wenn wir es nicht besser wüssten«, meinte Ziani, und ein großer Teil der Gäste hüstelte zustimmend.

Ich muss heftig einsteigen, sonst entgleiten sie mir, dachte Ducatini.

»Wie ihr wollt. Mindesteinlage 5.000 Dukaten, 20 Prozent Zinsen pro Jahr, Rückzahlung spätestens in fünf Jahren. Umfang 100.000 Dukaten. Anteilscheine der Republik, gezeichnet von Seiner Exzellenz, dem Dogen, persönlich.«

Stille. Ungläubiges Staunen. Ziani rührte sich als Erster.

»Wofür will die Republik das Geld und – wichtiger – wie will sie es zurückzahlen?«

Ducatini lehnte sich breit lächelnd in seinem Sessel zurück. »Wir bauen eine Sternwarte, ein Observatorium.«

Erneutes Schweigen. Kopfschütteln.

»Die soll Geld verdienen?«, fragte Ziani.

»Bin ich in einem Tollhaus?«, fragte ein anderer.

»Lasst mich erklären, Freunde«, sagte Ducatini. »Die Sternwarte wird höher als die Pestkirche, sie wird das neueste Teleskop und eine neuartige Drehvorrichtung für die Cupola haben und …«, er machte eine Betonungspause, »… sie wird höher und moderner als die Specula Vaticana, das Observatorium des Papstes.«

Die Gesichter entspannten sich nur kurz. Ziani sagte:

»Ich verstehe nicht, wie eine Sternwarte eine solche Menge Geld einbringen soll. Erklär mir das, Massimo.«

Jetzt kam die entscheidende Stelle.

»Ich verstehe deinen Vorbehalt, Enrico. Wir haben eine offizielle und eine inoffizielle Geldquelle. Ich muss euch alle bitten, das, was ich jetzt sage, als geheim anzusehen. Ich weiß, wie schwer es in Venedig fällt, Geheimnisse zu bewahren. Aber wenn es um gutes Geld geht …«

Ducatini wusste, er musste den Satz nicht zu Ende führen.

»Lass hören«, tönten alle durcheinander. »Red nicht um den heißen Brei«, meckerte Ziani.

»Offiziell werden wir mit der Sternwarte neue Besucher der Stadt anlocken. Ihr wisst, dass wir jedes Jahr einige 10.000 Dukaten mit Fremden verdienen, die hierherreisen, um die Gebäude, Kunstwerke, den Karneval, Feste und die sonstigen Annehmlichkeiten der Stadt zu bewundern und zu genießen.«

»Und der Rest?«, bohrte Ziani ungehalten.

»Der berühmte Isaac Newton wird das neueste Teleskop in die Sternwarte einsetzen, und der berühmteste Gelehrte der Welt, Gottfried Wilhelm Leibniz, wird eine raffinierte Drehtechnik für die Kuppel einbauen.«

»Berühmt hin, berühmt her«, motzte Ziani mit erhobener Stimme und stand auf, »aber Gold scheißen können die nicht, oder? Was soll der ganze Unsinn?«

»Gold ist das Stichwort. Danke, Enrico. Damit kommen wir zum inoffiziellen Teil, über den ihr – ich wiederhole mich – unbedingt Stillschweigen bewahren müsst.«

Ziani, schon im Gehen, blieb stehen und drehte sich um.

Langsam und jedes Wort betonend, sagte Ducatini: »Newton ist der größte Alchemist Englands. Heimlich zwar, aber er ist es. Er wird neben seiner offiziellen Arbeit Gold für uns machen, mit dem wir die Anleihe tilgen werden.«

Er spürte, wie es in den Köpfen seiner Zuhörer arbeitete.

»Davon habe ich tatsächlich gehört. Interessant«, sagte Ziani nachdenklich und setzte sich wieder.

»Ist das garantiert?«

»Wenn das so ist ...«

»Hat was!«

»Wo kann ich unterschreiben?«, klang es durcheinander.

Zianis Satz hatte alle überzeugt. Ducatini musste nicht auf vorbereitete Zeugenaussagen seiner Londoner Bankiers zurückgreifen.

Die 100.000-Dukaten-Anleihe brachte er ohne Probleme unter die Leute, alle unterschrieben, am Ende kamen 150.000 zusammen. Zum Abschluss musste er die Geheimhaltung nicht weiter betonen. Niemand fragte nach der Zustimmung der Räte. Er kannte die Dukatengier seiner Landsleute und rieb sich die Hände. Sie würden nichts nach außen dringen lassen, um ihr Geschäft nicht zu gefährden.

Das Fest des Dogen war gesichert. Die Dogaressa

würde den Camerario dafür lieben, und er konnte die Einladungen an Leibniz und Newton verschicken.

Als Nächstes hieß es, die Senatoren aus dem Rat der Vierzig, die nicht schon hier saßen, vom offiziellen Teil zu überzeugen.

Es wird ein Kinderspiel, wenn die reichsten Familien mitmachen.

Zehn Wochen später.

Der Doge hatte zugestimmt, die Gelehrten im teuren Palazzo Foscari unterzubringen. Die zugesagte Finanzierung seines Festes durch den Camerario hatte ihn milde und großzügig gestimmt. Leibniz zu überzeugen, an der Sternwarte mitzubauen, hatte sich schnell erledigt; er stimmte sofort zu. Seine Archivsuche war noch im Gange, und Venedig schien ihm zu gefallen. Newton hatte der Vertreter der Datini-Bank in London mit einem großzügigen Salär und der Aussicht gelockt, das neue Teleskop mithilfe der Glasmacherkünste Venedigs zu bauen und praktisch zu erproben.

Leibniz erreichte den Palazzo als Erster. Ungelenk stieg er aus seiner Gondel und wäre fast ins Wasser gefallen, hätte ein Diener Ducatinis ihn nicht am Arm gepackt. Leibniz' dunkelgrünes Wams – mit kleinen silbernen Hasen bestickt – harmonierte mit einer schwarzen Kniebundhose zu grauen Strümpfen und roten Schnallenschuhen. Er rückte Perücke und Dreispitz zurecht und schritt lächelnd auf Ducatini zu.

Er ist nicht so stark parfümiert wie beim letzten Mal, dachte Ducatini.

»Seid gegrüßt, Herr Hofrat«, schmeichelte Ducatini dem Gelehrten, dessen Lächeln breiter wurde.

»Habet Dank für die Einladung, Signore Senatore. Welch wunderschönes Aedificium.«

Aedificium! Kann er nicht Gebäude sagen wie jeder normale Mensch?

»Nicht wahr? Der ursprüngliche Entwurf stammt vom großen Palladio. Seine Fassaden ähneln römischen Bauten. Sie begeistern viele. Wenn es Euch gefällt, zeige ich Euch bei Gelegenheit weitere Beispiele seiner Kunst in der Stadt oder in der Umgebung. Oh, da kommt Messer Newton. Ihr entschuldigt mich.«

Leibniz nickte und griff unsicher nach einem Glas von dem Tablett, das ein Diener ihm hinhielt. Die Sonne schien ihn zu blenden.

Isaac Newton trug einen bodenlangen schwarzen Gelehrtentalar, der seine beste Zeit hinter sich hatte. Er schwitzte unter einer weißen Perücke. Mit einem Tüchlein wischte er sich über die Stirn. Mürrisch schob er das Kinn nach vorn, als er wie Leibniz aus dem Boot stolperte und die angebotene Hand des Dieners abwehrte.

»Mister Newton, es ist mir eine Ehre, Euch hier in Venedig begrüßen zu dürfen«, sagte Ducatini auf Englisch.

Ihm täte etwas Parfum gut …

Newton antwortete:

»Was für eine furchtbare Hitze, können wir hineingehen?«

»Mister Newton, es ist mir ein Plaisir, Euch persönlich

kennenzulernen«, steuerte Leibniz ebenfalls in Englisch bei und hielt Newton die Hand hin.

»Ihr habt meinen letzten Brief nicht beantwortet, Herr Leibniz«, gab Newton spitz auf Latein zur Antwort und beachtete die ausgestreckte Hand nicht weiter.

Noch einer mit Latein! Das kann ja heiter werden …

»Wir sollten uns auf eine Sprache einigen, Signori«, meldete sich Ducatini lächelnd zu Wort, legte die Arme um die beiden Gäste und bugsierte sie an dem hilflosen Diener mit dem Tablett vorbei in den ersten Stock, in dem das Essen wartete. »Kommt, Signori, das Mahl wartet auf Euch.«

Newton, obwohl nur vier Jahre älter Leibniz, mühte sich die Treppe hoch, trat sich auf den Talarsaum und fluchte leise.

Ducatini bemerkte in gleicher Lautstärke:

»Vorsicht, die Stufen sind höher als in Eurer Heimat. Und … bitte nicht auf Venezianisch fluchen, das steht unter Strafe. Vor 100 Jahren hat man einem fluchenden Priester die Zunge herausgerissen. Aber Ihr seid ja Ausländer …«

Newton sah ihn erschreckt an, dann entspannte sich sein Gesicht zu einem gequälten Grinsen:

»Ich kann kein Italienisch.«

Venezianisch ist nicht Italienisch …

»Ist das wahr?«, mischte sich Leibniz ein.

»Ja, es stimmt«, antwortete Ducatini. »Wie gesagt, lange her, heute bekommt man eine Geldstrafe, aber nur, wenn man es am falschen Ort tut. Dort, wo jemand zuhört, der behördlich auf so etwas achtet.«

»Seltsam Gesitte«, murmelte Leibniz.

»Hier zählt das, was Ihr von Euch gebt, nicht, wie Ihr es tut. Bitte nehmt doch Platz«, sagte Ducatini. »Ich habe Euch rechts und links neben mir platziert.«

Ducatini war sich sicher, Leibniz und Newton zu beeindrucken. Zum einen ein blumengeschmückter Speisetisch voller Geschirr aus Gold und Silber, Zuckerskulpturen, Porzellan und kostbares Glas. Goldene Zahnstocher und silberne Forchette alla Veneziana, die anderswo Gabeln genannt wurden. Dazu kunstvoll gefaltete Mundtücher und wohlriechende Waschgefäße, die von jungen Edelleuten als Tafelbedienung gereicht wurden. Die Fülle an mit Riechwässern und angeblich herzstärkendem Goldpulver bestäubten Gerichten tat ein Übriges. Er hatte eine Auswahl an Fischen und Salaten, Früchten und Gewürzen, die die beiden die Tafelsünden vergessen machen sollten, von einem der besten Köche der Stadt zubereiten lassen. Vier Streicher, zwei Violinen und zwei Gamben, sollten das Mahl mit gemessener Musik untermalen. Er war sicher, die beiden Gelehrten aus der kargen Welt des protestantisch-puritanischen Nordens würden Wachs in seinen Händen sein.

Das Essen begann mit gerösteten und gesalzenen Mandeln, danach folgte eine Fischsuppe. Die schmeckte Leibniz so gut, dass der Koch kommen und ihre Zubereitung erklären musste. Newton sagte nichts, aß aber alles auf. Den trocknen Wein aus Friaul rührte er nicht an, nahm nur ein wenig Wasser. Leibniz ließ sich nachschenken und bewunderte das Geschirr, das Besteck und den Tischschmuck. Zum Hauptgericht ließ Ducatini Baccalà zusammen mit geröstetem Rosmarinbrot servieren, das Leibgericht der Venezianer.

»Köstlich. Stockfisch. Das erste gute Essen seit Wochen«, knurrte Newton, genüsslich kauend. »Die Reise war schauderhaft.«

»Also, ich hatte ein herrlich Reise hierher. Die Kutsche des Herzogs ist überaus commod«, murmelte Leibniz zwischen zwei Bissen.

»Mein Gönner ist die Wissenschaft«, blaffte Newton ihn an.

»Der Rahmen vermag den Geist zu beflügeln. Warum so ernst bei so einem vorzüglich Essen?«, parierte Leibniz.

»Ich bin zum Arbeiten gekommen. Eine Sternwarte soll gebaut werden, mit meinem neuen Teleskop. Wer schleift mir die Gläser, fertigt die hohlen Spiegel? Wer baut das Gestell? Und was tut Ihr hier, Herr Leibniz?«

Leibniz hob die Augenbrauen, wollte etwas sagen, da schaltete sich Ducatini ein:

»Gemach, Signori, dieses Mahl verträgt keine solche Schärfe. Nach dem Obst und süßem Tokaier kommt der Baumeister hinzu, und wir reden über die Aufgabe, die vor Euch liegt.«

Newton gab Ruhe, lehnte aber den Wein weiter ab. Leibniz schüttelte kurz den Kopf und genoss sichtbar den Tokaier.

Was habe ich mir da bloß aufgehalst?

Das Gespräch lag brach, bis Mansani hinzukam. Der Tisch wurde abgeräumt. Ducatini wies die Diener an, seine herumlaufenden und auf herabfallende Brocken wartenden Hunde nach draußen zu befördern, und stellte den Baumeister den Herren vor. Mansani sprach nur Italienisch und venezianischen Dialekt, er würde einen Dolmetscher benötigen. Für den Moment übernahm Ducatini die Funktion. Mansani fragte Newton wegen der Ausmaße des Teleskops und der Befestigung; der sagte in den nächsten Tagen eine Zeichnung zu. Leibniz musste seine Drehkonstruktion erklären. Das gelang ihm nicht vollständig. Auch mit einer Skizze nicht, die er auf einem schnell herbeigeschafften Papier nicht ohne Tintenflecke anfertigte. Er entschuldigte sich fahrig und versprach eine lesbare und verständliche für die kommenden Tage und wurde sichtlich unruhig, dass ihm die Skizze nicht auf Anhieb gelang. Newton grinste so laut, dass Leibniz sich wegen Unwohlseins verabschiedete, nicht ohne das Essen und die Musik aufs Allerhöchste zu loben und je einen Dukaten für den Koch und die Musiker dazulassen. Mansani hatte Ducatini das eine ums andere Mal verständnislos angeschaut und schwieg dazu, bis dieser ihn mit dem Auftrag entließ, sich Gedanken um einen passenden Bauplatz für die Sternwarte zu machen. Die gewünschten Unterlagen würde er ja demnächst erhalten.

»Gehen wir doch ein wenig hinaus, uns die Füße vertreten«, schlug der Hausherr seinem letzten Gast vor. Newton atmete hörbar beeindruckt aus, als sie den herrlich angelegten schattigen Garten betraten, an drei Seiten von einer hohen Mauer umgeben. Ducatini erklärte, jenseits dieser Mauer und somit zu beiden Seiten des Wohnhauses liefen Kanäle entlang, die sich am hinteren Ende des Gartens zu einem einzigen vereinigten. Man könne sich wie auf einem Schiff fühlen. Hier im Schatten hörte Newton auf, sich ständig mit dem nassen Tuch über die Stirn zu wischen und gelegentlich die Perücke anzuheben. Ducatini setzte sich auf eine Bank und Newton neben ihn.

Parfum, oh, was gäbe ich dafür, wenn er eines aufgetragen hätte …

»Mister Newton, hier sind wir ungestört, und ich will offen mit Euch reden.«

»Oh? Worüber?«

»Über Eure Aufgaben hier.«

»Aufgaben? Mehrere? Ich denke, ich soll eine Sternwarte bauen?«

»Ja, ja, natürlich. Das wird die ganze Zeit Eures Aufenthalts die offizielle Tätigkeit sein. So wie wir es in den Vertrag geschrieben haben.«

»Und die inoffizielle?«

»Wir haben Euch nicht weit von hier eine Werkstatt für Eure heimliche Leidenschaft eingerichtet, Mister Newton.«

»Ich verstehe nicht.«

»Ich rede nicht drum herum. Ihr seid der beste Alchemist des Königreichs England und Ihr sollt für die Republik Venedig Gold machen.«

Newton sprang auf.

»Das kann ich nicht. Das will ich nicht. Das werde ich nicht tun!«

Ducatini lächelte und sagte sanft:

»Ihr könnt, Ihr wollt und Ihr werdet, Signore Newton.«

»Ihr … Ihr könnt mich nicht zwingen. Niemals!«

»Beruhigt Euch. Setzt Euch wieder. Seht, Ihr seid hier in der Republik Venedig, im katholischen Venedig. Der Nuntius des Papstes hat hier die Macht, die der Doge ihm gibt. Wenn – sagen wir – der Papst einen Menschen aus Venedig wegen Hexerei in den Vatikan ausgeliefert haben will und der Doge stimmt zu, dann …«

»Hexerei?«

»Tut nicht so, als ob Ihr mich nicht versteht, Signore Newton. Alchemie ist Hexerei in den Augen der Kirche und wird item in Eurer protestantischen Heimat verfolgt. Noch mehr und strenger vom Vatikan.«

»Wie … wollt Ihr …?«

»Das beweisen? Kinderleicht. Ich habe Zeugenaussagen von meinen Londoner Bankiers, die beinhalten, dass Ihr bei einer Vorführung Gold gemacht habt.«

»Niemals hat ein Bankier …«

»Muss nicht. Hier muss er das nicht. Dem Nuntius genügt die Zeugenaussage. Wir übergeben Euch dem Vatikan. Dort geht man fürwahr mit der Hexerei verdächtigten Protestanten nicht einfühlsam um. Ihr versteht?«

Newton erbleichte.

»Erpressung! Das ist Erpressung!«

»Nicht so laut. Ich nenne es eine den Umständen geschuldete Basis für die Zusammenarbeit, Signore Newton. Wir brauchen das Gold.«

Newton sank in sich zusammen.

»Und das Teleskop?«

»Das baut Ihr wie vereinbart. Wir haben hier die besten Glasbearbeiter der Welt. Ihr und Leibniz werdet berühmt mit dieser Sternwarte.«

Newton schwieg und schnaufte.

»Sobald Ihr genügend Gold gemacht habt, dürft Ihr Venedig wieder verlassen … wenn Ihr überhaupt noch wollt, Mister Newton. Mit dem fürstlichen Salär und dem zu erwartenden Ruhm lässt sich wahrlich gut hier leben.« Ducatini grinste und fuhr fort: »Ach, und bis dahin stelle ich Euch immer und überall einen Bediensteten zur Seite, damit es Euch an nichts fehle.«

Von Marcello hörte ich nichts. Hatte der Capo ihm die Fesseln doch nicht durchgeschnitten, nur den Steinsack gelöst? Genau gesehen hatte ich es nicht. Die Mündung des Canale dei Maranni in die Lagune als Ort der heimlichen Hinrichtungen durch Ertränken war bewusst gewählt. Eine starke Strömung in der Tiefe trieb die Opfer trotz des Gewichts zuverlässig weg von der Stadt ins offene Meer.

Zeit, mich weiter um das Schicksal Marcellos zu sorgen, hatte ich keine. Ich war beauftragt, einen Bauplatz für die monströse Sternwarte zu finden und sie mit den beiden Sonderlingen zu planen. Ducatini stellte mir einen Dolmetscher zur Seite, der so unsichtbar seinen Dienst verrichtete, dass es mir vorkam, als ob Gespräche mit den beiden flüssig verliefen.

Wo stellt man so einen Bau am besten hin?

Groß rückfragen bei Ducatini wollte ich nicht. Diese Aktion, zum Essen mit den beiden Gelehrten hinzugezogen zu werden, nachdem der Tisch abgeräumt war, hatte etwas Seltsames. Der beiläufig hingeworfene Auftrag, nach einem Bauplatz zu suchen und auf die Planzeichnungen der beiden Wissenschaftler zu warten …

Als ob es Ducatini gar nicht um die Sternwarte geht. Aber Chef ist Chef, und wenn er so darauf besteht, dass ich sie baue, dann tue ich das zu seiner Zufriedenheit.

Der Pfarrer meiner Gemeinde besaß eine große Karte der Stadt. Ich zog ihn ins Vertrauen, was meine Aufgabe anging. Er half mir eifrig und zeigte sich äußerst neugierig. Darüber hinaus schienen die Namen Newton und Leibniz ihm etwas zu sagen. So wählte ich einen Platz im Stadtteil Dorsoduro am Campo San Barnaba, den Lastschiffe über den Canal Grande gut anlaufen könnten und der für Besucher ohne großen Aufwand zugänglich sein würde. Die Karte des Pfarrers wies ein spärlich gepflastertes Grundstück aus, das der Stadt gehörte, neben einem stecken gebliebenen Bauprojekt der Familie Longhena. Ein trauriger Anblick. Die Sternwarte würde den Campo gehörig aufwerten. Ducatini nickte nur und schickte beiläufig nach einem Beamten, das zu klären.

Die Zeichnungen von Leibniz und Newton brauchten ihre Zeit, und ich machte mich daran, das Feld auszumessen. Ich nahm aus Erfahrung eine notwendige Fläche von 200 mal 200 Fuß für ein Bauwerk der gewünschten Höhe an. So stand ich, auf einen meiner Helfer wartend, mit Messpfählen und Schnüren am Campo San Barnaba, als plötzlich die Gondel des Nuntius Sergio Demona anlegte. Erkennbar am protzigen Wappen des Vatikans. Gesehen hatte ich ihn bisher nur von ferne wie die meisten Nobili. Von Nahem traf ich nur die, mit denen ich als Auftraggeber zu tun hatte, und die behandelten mich von oben herab wie jeden Nicht-Nobile. Ein leibhaftiger Kardinal von fünfeinhalb Fuß in bodenlangem Scharlachrot, roten Schuhen und breitem Hut stand plötzlich vor mir. Ein goldenes Kreuz prangte an einer Kette mit dicken Troddeln über der weißen Hemdbrust. Er hielt mir die behandschuhte Hand zum Küssen hin und lächelte mich an. Ich hatte an Himmelfahrt, beim großen Fest der symbolischen Hochzeit des Dogen mit dem Meer, beobachtet, wie man das macht, beugte mich vor und hielt meinen Mund an die Hand.

Was will der denn hier?

»Seid gegrüßt, Messer Mansani«, sagte er zu mir.

Woher kennt er meinen Namen?

Mir fiel ein, wie man ihn anredete, und ich antwortete:

»Zu Diensten, Eure Eminenz.«

Er blickte gönnerhaft auf meine Gerätschaften und sagte: »Du misst etwas aus. Wird hier gebaut, mein Sohn?«

Was darf ich ihm sagen? Hat Ducatini das Wort Geheimhaltung erwähnt? Nein, hat er nicht.

»Eine Sternwarte, Eminenz.«

»Soso, eine Sternwarte. Wozu braucht Venedig eine Sternwarte?«

Woher soll ich das denn wissen?

»Ich bin nur mit dem Bauen beauftragt, Eminenz. Hintergründe kenne ich nicht.«

»Du baust, nicht Proto Beretto, der oberste Baumeister der Republik? Wieso?«

»Fragt besser Camerario Ducatini, Eminenz, ich weiß es nicht.«

»Wie hoch soll sie werden? Das wirst du doch wissen, oder?«

»240 Fuß, Eminenz.«

Demona sog hörbar die Luft ein und sagte:

»Recht hoch, findest du nicht?«

»Der Auftraggeber entscheidet, Eminenz.«

»Und der Baumeister berät kraft seiner Erfahrung, nicht wahr?«

Was will er?

»Ich verstehe nicht.«

»Kann man denn hier überhaupt so hoch bauen? Schon mit der Pestkirche gab es doch Schwierigkeiten.«

Er weiß irgendwoher Bescheid. Klar, mein Pfarrer …

»Ich bin hier, um das zu prüfen. Doch ich denke, es wird gehen.«

»Glaubst du oder weißt du?«

»Ich prüfe.«

»Ich plane, meinen Palazzo von Grund auf zu renovieren, mein Sohn. Dafür suche ich einen fähigen Baumeister. Beretto scheint mir in manchen Dingen zunehmend überfordert.«

???

»Nehmen wir an, Messer Mansani, du – der Fachmann – würdest feststellen, dass man die Sternwarte hier nicht höher als die Pestkirche bauen kann, dann … ich betone … dann hättest du doch Zeit für den Renovierungsauftrag, oder?«

»Ich weiß nicht …«

»Oder die kruden Ideen dieses Newton und dieses anderen verrückten Protestanten lassen sich gar nicht verwirklichen?«

Woher weiß der das alles?

»Verzeiht, Eminenz, aber ich bin dem Camerario verpflichtet. Mit ihm bespreche ich alle Probleme zuerst.«

»Ich verstehe, mein Sohn. Aber bedenke, du als frommer Katholik arbeitest mit Feinden der Kirche zusammen. Ist das gut für dein Seelenheil? Die heilige Kirche sieht nicht gern, wenn der Unglaube sich ausbreitet.«

Mir fiel nicht ein, was ich am besten antworten sollte, da sah ich meinen Helfer für das Ausmessen um die Ecke biegen. Ich verbeugte mich und sagte:

»Verzeiht, Eminenz, aber da kommt mein Gehilfe. Ich muss mich beeilen, Camerario Ducatini erwartet heute Mittag meinen Bericht.«

Auf dem Palazzo Ducale hatte ich einmal gesehen, wie sich Nicht-Nobili gegenüber einem Kardinal verhielten.

Also ging ich drei Schritte rückwärts und wandte mich dann meinem Helfer zu.

»Tumber Tor!«, hörte ich Demona halblaut schimpfen.

Während ich Schnüre spannte, sah ich die päpstliche Gondel ablegen und atmete auf.

2 Die Vorbereitung

Ducatini hatte entschieden, klar und deutlich.

»Du baust die Sternwarte, Mansani, 240 Fuß hoch, nach den Plänen der beiden Gelehrten, ohne Wenn und Aber.« Über den Versuch des Nuntius, mich abzuwerben, lachte er nur und sagte: »Schick ihn das nächste Mal zu mir, wenn er etwas will. Die Republik hat sich für eine Sternwarte entschieden, und sie baut eine, ob es dem Vatikan gefällt oder nicht.«

Diese Vorgabe war unmissverständlich. Newton und Leibniz machten es mir nicht so einfach.

Newton hatte nach viermaligem Nachfragen eine Zeichnung geschickt, die ich nicht in Gänze verstand, aber die für mich wichtigen Einzelheiten vermochte ich ihr zu entnehmen. Die Form, die Abmessungen und das vermutliche Gewicht des Teleskopturms, oder genauer des Teils des Turms, der das Teleskop aufnehmen sollte. Seine zugehörige Anweisung: »Baut dieses Gestell und kommt wieder, wenn es fertig ist. Und bringt mir einen Glasbläser und den besten Schleifer für meine Linsen und Spiegel.«

Damit kam ich so eben zurecht.

Leibniz hatte sich beeilt. Zwei Tage nach dem Mahl, an dem ich nicht teilnehmen durfte, brachte er eine Mappe mit Zeichnungen bei mir zu Hause vorbei. Der Dolmetscher war nicht pünktlich. Das hielt den Gelehrten aber nicht davon ab zu versuchen, mir seine Skizzen zu erklären.

Er legte seine drei mitgebrachten Blätter auf den Boden, kniete sich hin und zeigte auf eine Zeichnung, die aussah wie eine flache Scheibe mit kleineren Scheiben wie Räder drumherum, jede eine Handbreit dick. Was er von sich gab, verstand ich nicht, aber er nahm meine Hand und führte sie im Kreis um die Scheibe und hielt bei jedem der acht Räder an, drückte meinen Zeigefinger drauf und sagte begeistert: »Jegliches drehet für sich.« Auf Deutsch, dessen ich nicht mächtig war und bin. Er unterstrich das Gesagte achtmal mit einem Kreis, den er in der Luft mit seinem Zeigefinger beschrieb.

Was soll das sein?

»Verstehst du?«, fragte er plötzlich auf Italienisch.

»Nein«, sagte ich ehrlich und schüttelte den Kopf.

Verzweifelt sah er mich an und sich dann um. Auf einem Tisch lag ein einzelner runder Holzteller vom Frühstück. Er sprang auf, nahm den Teller, wischte die Brotkrümel weg und legte sich bäuchlings auf den Boden. Er hielt den Teller mit beiden Händen von sich weg, drehte sich dann auf dem Bauch um die eigene Achse und ließ dabei den Teller auf dem Rand abrollen. Als er sich einmal um sich selbst gedreht hatte, sah er mich wieder erwartungsvoll an und fragte: »Verstehst du?«

Ich hatte nichts verstanden – nicht nur, weil ich kein Deutsch sprach – und schüttelte wieder den Kopf. Er griff sich die Zeichnung, machte eine Bewegung, als wolle er etwas schreiben, und sah mich suchend an.

Will er eine Schreibfeder?

Ich holte eine Feder und Tinte. Leibniz strahlte und nickte heftig. Er strichelte die Scheibe auf die Rückseite des Papiers und zeichnete acht kurze Stangen, eher Stummel von Stangen. Dann nahm er den Teller hoch, zeigte auf eines der Räder und bohrte mit dem Finger ein gedachtes Loch in die Mitte und zeigte wieder auf eine Stange.

Aha, das Rad hat ein Loch, da ist die Stummelstange drin.

Er zeichnete an jeden Stummel ein handbreites Rad.

Ich verstand nicht, schüttelte zum dritten Mal den Kopf. Dann tippte sich der Gelehrte an die Stirn, als habe er eine Idee. Er hielt mir den Teller hin und zeigte zwei Finger.

Ich begriff. Er wollte einen zweiten Teller. Kein Problem. Ich holte einen. Leibniz nickte eifrig, zeichnete zwischen zwei gegenüberliegende Räder eine gestrichelte Linie und zeigte dann auf sich. Er stellte sich hin, legte einen Teller zwischen seine Füße und hielt den anderen über den Kopf.

Die Räder sind miteinander verbunden. Sein Körper ist die Linie in der Zeichnung.

Ich nickte.

Er legte sich wieder auf den Bauch, klemmte einen Teller zwischen die Füße und hielt den anderen vom Kopf weg nach vorne und drehte sich mühsam um den Körpermittelpunkt. Er vergaß nicht, den Teller mit den Händen hin und her zu drehen. Und wieder sagte er, schwer atmend:

»Jegliches drehet für sich.«

Ich glaube, ich verstehe ihn. Die Scheibe in der Mitte soll sich mithilfe der Räder drehen.

Ich lächelte ihn an und nickte, holte die Zeichnung, deutete mit dem Finger auf die Scheibe, zog die vier Linien nach, zeigte auf ihn, hielt vier Finger hoch und machte dabei mit der anderen Hand eine Drehbewegung.

Der Gelehrte nickte heftig. Er sagte dabei: »Richtig«, was ich nicht verstand. Aber wir beide strahlten uns an. Was das mit der Sternwarte zu tun haben sollte, war mir nach wie vor nicht klar, bis mir einfiel, dass er eine neuartige Drehvorrichtung für die Kuppel der Sternwarte beisteuern wollte.

Die Scheibe soll den Turm drehbar machen, auf Rädern, genial!

Ich hatte die Sternwarte des Papstes besucht. Sein Turm der Winde hatte ein oben offenes Stockwerk, auf dem ein Fernrohr stand, das man auf den Teil des Himmels hin ausrichtete, den man beobachten wollte. Dieser Deutsche hatte vor, nicht das Fernrohr zu drehen, sondern den ganzen Turm wie bei einer Windmühle oder einem Kran. Aber auf andere Art, als ich sie kannte. Pfiffig.

Ich staunte vor mich hin, da kam endlich der Dolmetscher.

Sofort erklärte mir Leibniz seine Idee so, dass ich sie völlig durchschaute. Jedes Rad an der Scheibe saß auf einer kurzen Achse und drehte sich, damit machte die Scheibe eine Kreisbewegung.

»Es hat ein wenig gehakt, aber ich habe Eure Vorführung verstanden, Messer Leibniz.«

Er lachte und sagte:

»Manchmal ist eine Demonstratio besser denn Rede oder Zeichnung, Messer Mansani.«

»Habt Ihr die Idee von einer Windmühle?«

»Genau. Die drehbaren Türme der Windmühlen faszinieren mich seit langem. Ich laboriere an einer neuen Art der Drehung in den Wind, ganz ohne ein händisch Tun.«

»Mit diesen Rädern?«

»Nein, mit Flügeln. Diese Räder kamen mir erst gestern in den Sinn. Ich nenne sie Räderlager. Glaubet Ihr, dass jemand allhier dies Gerät bauen kann?«

»Sicher. Das Gestell für das Fernrohr von Newton baut ein geschickter Tischler, mit dem ich schon lange zusammenarbeite. Ich bin überzeugt, er wird Eure Scheibe mit Rädern herstellen können.«

Ducatinis Gondel legte mit Newton an Bord neben dem abgelegenen Palazzo am Canal Grande nicht weit von San Geremia an. Newton trug seinen Gelehrtentalar wie jeden Tag und wischte sich ständig über die Stirn. Ein Diener trug ihm einen schweren Kasten aus der Gondel hinterher.

Hat der nichts anderes anzuziehen? Warum trägt er keinen Hut?, dachte Ducatini.

Der Camerario hatte im Erdgeschoss, dort, wo üblicherweise Waren abgeladen und gelagert wurden, eine luftige Werkstatt einrichten lassen. Stolz zeigte er Newton den Ort, an dem hoffentlich die finanziellen Probleme der Stadt beseitigt werden würden. Ducatini hatte sich von einem durchreisenden deutschen Fürsten beraten lassen, der sich an seinem Hof einen Alchemisten hielt. Der hatte ihm versichert, dass sein Alchemist Gold hergestellt hatte. Allein mit ausreichenden Mengen gab es Probleme. Entsprechend groß hatte Ducatini die Werkstatt dimensioniert. Dem berühmtesten Goldmacher Englands sollte es an nichts fehlen, um hier in der Republik Venedig endlich den Stein der Weisen zu finden.

Den 30 auf 30 Fuß großen Raum umlief ein tiefes Regal in Griffhöhe, darunter eine Reihe Holztische, die von drei Öfen unterschiedlicher Größe unterbrochen wurden. Das Regal füllten Mörser, Destillierkolben und -helme in verschiedenen Größen, Tiegel, Pfannen, Retorten, Serpenten, zwei Waagen, Flaschen mit Tinkturen und Gläser mit Schwefel, Salpeter und Antimon. Auf den Tischen lagen Zangen, Kellen, Papier, Feder und Tinte. Ducatini hatte von seinen Bankiers gehört, dass Alchemisten sich oft Notizen machten. Ausnehmend stolz war er auf ein Exemplar des *Speculum Alchemiae* in Englisch, der geheimnisvollen Schrift über das Wesen der Kunst des Goldmachens, die jeder Alchemist bei der Arbeit zur Hand haben wollte.

Newton inspizierte stumm, was ihm geboten wurde. Sah in die Öfen, nahm die Instrumente in die Hand, wog die Fläschchen, roch an ihrem Inhalt.

»Hmm«, sagte er, »die Öfen, sie sind zu klein. Zu Hause habe ich sechs verschiedene Größen. Für die Herstellung von Mercurius dulcis oder Mercurius sublimatus sind sie unerlässlich. Ich zeichne Euch die Anordnung auf. Beim Einbau will ich dabei sein.«

Mein Gott!

»Wir werden besorgen, was Ihr braucht, Mister Newton.«

Newton hielt prüfend eine Hand hoch und sagte:

»Ein Luftzug, das ist gut. Ich brauche ausreichend frische Luft. Außerdem ist es dann nicht so heiß.«

Das hatte mir der deutsche Berater gesagt.

Newton inspizierte danach die Flaschen mit Materialien eingehender.

»Vom Antimonerz ist zu wenig da. Eisen fehlt ganz. Ebenso Kupfer und Silbererz. Die Tische will ich nicht so. Ich brauche eine große Platte zur Arbeit in der Mitte des Raums. Und ein Kreuz, ein Kreuz an der Wand.«

Er spinnt …

»Ein Kreuz?«

Mit leuchtenden Augen antwortete Newton:

»Ja, Alchemie verlangt Reinheit. Vor der Arbeit muss ich mit Gott im Reinen sein. Schließlich will ich unedle Metalle in Gold wandeln, den göttlichen Schöpfungsakt nachvollziehen, der Metalle von den schmutzigen und unedlen hin zum reinen Gold wachsen lässt. Ich bin dem Multiplikator sehr nahe, der mich das Ziel schnell erreichen lässt.«

Multiplikator? Egal …

»Ich wünsche Euch viel Glück, Mister Newton.«

Newton sah Ducatini an, als stiege er aus einer anderen Welt zurück auf die Erde.

»Wer weiß, vielleicht ist es mir bestimmt, hier in Venedig den Stein der Weisen zu finden und nicht in meiner Heimat.«

Hoffentlich hast du recht.

Nuntius Demona konnte seine Nervosität kaum kontrollieren. Er lief ungeduldig im Palazzo Pitti auf und ab, beachtete weder die kostbaren Gemälde noch das ausgesuchte Porzellan, das ihm gewöhnlich Freude und Entspannung schenkte. Da lief etwas im Dogenpalast und im Palazzo Foscari, das er nicht durchschaute. Ducatini, diese gerissene Ratte, log ihn mit vermeintlich gewinnendem Lächeln an, wenn er fragte.

»Wir bauen eine Sternwarte zum Wohle Gottes und der Republik; sie soll Besucher aus aller Welt anziehen.«

Auf die Frage, warum sie höher als die des Vatikans und höher als die Pestkirche werden solle, hatte er nur hintergründig lächelnd geantwortet: »Warum nicht?«

Demonas Netz an Informanten war dicht, aber im engeren Umfeld Ducatinis hatte es Löcher. Wie gut, dass ein Bediensteter im Palazzo, der die gelehrten Helfer beim Bau des Observatoriums beherbergte, wusste, was er seinem Gott schuldig war. Die Dukaten waren gut angelegt.

Eben hatte er vom Besuch Ducatinis und Newtons in einem heruntergekommenen Palazzo bei San Geremia berichtet. Ausführlich, weil er den Engländer begleitet und einen Kasten Gepäck hineingetragen hatte. Dabei hörte er den Teil des Gesprächs mit, der dem Nuntius klarmachte, worum es Ducatini ging.

Alchemie also. Was geht da denn noch vor? Das muss der Heilige Vater wissen, dachte Demona.

Eilig schickte er nach einem Boot, das ihn von der Nuntiatur ans Festland bringen sollte. Papst Sebastiano II. weilte in Siena, wie er wusste. Die Reise war schnell organisiert.

Ich holte die Herren, die mich beim Bau der Sternwarte beraten sollten, wie verabredet morgens vom Palazzo

Foscari in Tonios Gondel ab. Er wohnte nicht weit von mir, seine Gondel lag oft zustiegsbereit nah vor meiner Haustür, und wir hatten uns angefreundet. Ein aufrechter, ehrlicher Mann, der sein Gefährt perfekt beherrschte. Wir holten den Dolmetscher ab, der mich begleitete und unsichtbar wie immer unterstützte.

Leibniz begrüßte mich in luftiger Kleidung freundlich auf Italienisch und stürzte sich sofort auf die ausgemacht schön mit Schnitzereien verzierte Ruderstange des Gondoliere.

»Ei, schaut, welch exzellent Tischlerwerk.« Er besah sie von nahem und befingerte die Gabel, in der der Riemen steckte.

Das brachte Tonio beinahe aus dem Takt.

»Verzeihet«, sagte Leibniz. »Ich wollte nicht die Arbeit stören«, und setzte sich auf die hintere Bank.

Der Gondoliere lachte nur und sagte:

»Komischer Kauz.« Der Dolmetscher übersetzte es nicht.

Newton kam verspätet, wie üblich im Talar, schaute mürrisch und knurrte: »Wohin fahren wir?«, wobei er sich in die Bank mitten vor Leibniz setzte.

Ich erklärte den Weg zum geplanten Bauplatz, hatte mich darauf eingestellt, den Herren die Sehenswürdigkeiten am Weg zu erklären. Denn von der ersten Biegung des Canal Grande hatte man einen weitreichenden Blick vom Ponte di Rialto bis zum Ospedale Santa Maria della Carità im Süden.

»Könnt Ihr ein Stück zur Seite rücken, Ihr nehmet mir den Blick, Mister Newton«, sagte Leibniz in Englisch. Der Dolmetscher übersetzte flüsternd für mich.

»Wenn Ihr selbst ein wenig rückt, seht Ihr doch gut«, antwortete Newton, ohne sich umzudrehen.

Die haben irgendeinen Streit.

Aber das ging mich nichts an.

»Signori, schaut doch den wunderbaren Canal Grande, wie er auf die Rialtobrücke zuläuft.«

Um diese Tageszeit waren nur wenige geschmückte und verzierte Gondeln unterwegs. Newton kommentierte spöttisch:

»Ich sehe nur, dass Lastkähne den Kanal verstopfen, und rieche, dass er stinkt.« Ausnahmsweise wischte er sich nicht mit seinem weißen Tüchlein den Schweiß von der Stirn, sondern hielt es sich vor die Nase.

Beides stimmte. Wenn nicht genügend Wasser abfloss und von Frischwasser aus der Lagune ersetzt wurde, legte sich eine übel riechende Duftwolke aus den Sickergruben über das Wasser. Der Venezianer war daran gewöhnt, und es war ja nicht ständig so. Das erklärte ich, und Leibniz nickte verständnisvoll.

»Auch Hannovers Odeur ist von Weile zu Weile störend, insbesondere bei den Heimen niederer Bürger.«

Die Gondel schwenkte zur Kirche San Samuele, und ich zeigte in Richtung auf das Ospedale.

»Dort, Signori, seht Ihr das Gebäude der ältesten Bruderschaft der Republik, der *Scuola Grande di Santa Maria della Carità*.«

Newton schien das wenig zu interessieren. Er drehte sich um zu Leibniz und sagte:

»Ich verstehe immer noch nicht, was Ihr hier tut, Herr Leibniz. Das Wichtigste an einer Sternwarte ist das Teleskop, und das baue ich.«

»Ich bewundere gar wohl Eure Erkenntnisse über die Optik. Euer Teleskop in der Sternwarte nahe London ist bemerkenswert, Mister Newton. Doch verzeihet, ohne Turm ist ein Fernrohr nur von mäßig Nutzen.«

Mir leuchtete das ein.

»Herr Leibniz, man kann ein Fernrohr auf den Boden stellen.«

»Oh ja, sicher. Und dann sieht man bis zur nächsten Mauer, zum nächsten Baum und wird von allem und jedem gestört. Das Sichtfeld ist beschränkt.«

»Ich will nur nach oben beobachten, flache Winkel, wer braucht das?«

»Die Erde ist eine Kugel, jedwede Erhöhung ist von Vorteil, Mister Newton. Und ... sei der Turm drehbar, erleichtert sich die Benützung des Fernrohrs.«

Die Gondel bog in den Rio di San Barnaba ein, und ich sagte:

»Signori, schaut doch die herrliche Kirche San Barnaba.«

»Ich habe bisher keinen Turm gebraucht und könnte hier ohne auskommen«, schnarrte Newton.

»Unser Auftraggeber will, dass ich einen Turm baue«, warf ich ein.

»Und ich mache ihn drehbar, wie keiner zuvor getan«, ergänzte Leibniz.

»Ihr wollt fürwahr immer Erster sein, Herr Leibniz?«, ätzte Newton und schaute ihn grimmig an.

»Ach, Mister Newton, Ihr habet meinen *Calculus Differentialis* noch nicht überwunden?«, fragte Leibniz lächelnd.

Ich verstand kein Wort, und der Dolmetscher musste

einen Moment überlegen, bis er mir übersetzte. Ich hörte die Wörter, der Sinn blieb dunkel.

»Hohe Herren, ich verstehe nicht, worüber Ihr streitet, aber haben wir nicht eine gemeinsame Aufgabe?«

Leibniz nickte mir zu und sagte:

»Messer Mansani hat recht. Wir sollten zusammen all unsere Kraft auf die Specola konzentrieren.«

In dem Moment, als Newton etwas entgegnen wollte, stieß Tonio ungewohnt unelegant hart an die Mauer, und der Engländer fiel um ein Haar aus der Gondel. Leibniz fasste ihn so eben am Arm und verhinderte es.

»Seht Ihr, Ihr brauchet mich, Mister Newton.«

Newton quälte sich ein »Danke« ab und schimpfte in Richtung Gondoliere: »Stümper« und zu mir: »Hier stinkt es noch mehr.«

Ich sagte nichts, stieg aus.

»Wir sind da, folgt mir bitte. Vorsicht, es könnte rutschig sein«, sagte ich und schickte ein Gebet zum Himmel. Ich freute mich jeden Tag mehr auf die Zusammenarbeit, vor allem mit diesem englischen Gelehrten.

Ich musste Mirela sehen, sie fehlte mir. Die Nachbarswitwe bekochte mich wie vereinbart und wusch meine Wäsche, aber was war das gegen meine Frau? Wie gern hätte ich ihr von meinen Sorgen mit der neuen Baustelle erzählt, anstatt seit zwei Monaten allein im kalten Bett zu liegen. Hatte sich Marcello bei ihr gemeldet? Der Postdienst der Stadt war kostspielig und bevorzugte Briefe der Bankiers und Nobili. Meine Schwiegereltern bewirtschafteten einen kleinen Bauernhof nahe Paluello an der Straße nach Padua und verkauften geerntete Früchte und Gemüse in der Universitätsstadt. Verbindungen nach Venedig hatten sie nur, wenn mein Schwiegervater die begehrten schwarzen Sommertrüffel aus dem Gebiet der Colli Euganei auf dem Rialtomarkt anzubieten hatte. Im Moment fehlten sie im Angebot. So musste ich warten, bis sich eine Gelegenheit ergab, Mirela zu besuchen. Tatsächlich lieferte einer der hochnäsigen Glasbläser von der Muranoinsel Glas zur Universität nach Padua, und Beretto erzählte mir davon. Zwar war er mehr als erbost, dass ich den Auftrag zum Bau der Sternwarte erhalten hatte und nicht er, aber Ducatini hatte ihn mit einer Sonderzahlung besänftigt. Darüber hinaus sollte meine Bevorzugung eine Ausnahme sein. Da dem Proto zu dämmern schien, dass seine Zeit bald vorbei sein würde, beugte er sich der Realität, und wir bekriegten uns nicht. So begleitete ich die Glaslieferung und ließ mich bei meinen Schwiegereltern absetzen. Den Rückweg plante ich mit der teuren, aber schnellen Fähre von Padua auf der Brenta bis Venedig. Die prächtigen Patriziervillen an ihren Ufern studierte ich immer gern und entnahm ihnen Anregungen für meine Arbeit.

Mirela sah mich auf den Hof kommen und ließ fallen, was sie in der Hand hielt.

»Du lieber Gott, Fabrizio, mein Liebster, wie wundervoll, dich zu sehen!«, rief sie, rannte auf mich zu. Wir fielen uns küssend in die Arme, ich stammelte:

»Mirela, Liebste, ich vermisse dich so, du glaubst nicht, wie du mir fehlst.«

»Und du mir. Und du mir«, schluchzte sie.

Wir lagen uns eine Weile schweigend in den Armen, bis mein Schwiegervater sich räusperte.

»Komm, Fabrizio, begrüße mich auch. Mutter, komm her, Fabrizio ist da.«

Meine Schwiegermutter stürzte freudestrahlend aus dem Haus, umarmte mich und fragte:

»Wie geht es dir? Wie lange bleibst du? Hast du was gegessen?«

Ich löste mich aus ihren Armen und sagte: »Drei Tage habe ich Zeit. Ein Glashändler hat mich mitgenommen. Hunger habe ich nicht.«

»Ich mach uns was ganz Besonderes, wir müssen sowieso feiern«, sagte sie.

»Was gibt es denn zu feiern? Bin ich der Anlass?«, fragte ich.

Mein Schwiegervater sah zu Mirela, ihre Mutter schaute mich an und nickte. Ich verstand nicht.

Mirela errötete, griff meine Hand und führte sie an ihren Bauch.

»Ich bekomme ein Kind«, flüsterte sie und strahlte mich an.

Es dauerte eine Sekunde, bis ich begriff.

»Was? Wann?«, schrie ich, fasste Mirela und hob sie hoch. »Das ist ja wunderbar.«

»Und es ist gut, dass sie hier bei uns ist. Da ist sie wenigstens versorgt«, bemerkte mein Schwiegervater trocken. »Lass uns auf den werdenden Vater trinken.«

»Und auf die werdende Mutter«, ergänzte seine Frau. »Ich gehe Wein holen.«

»Und Wasser für mich«, rief Mirela ihr hinterher, schmiegte sich an mich und sagte: »Ein halbes Jahr dauert es noch, und es geht mir gut. Vor allem jetzt, wo du da bist.«

Ich kann nicht lange bleiben …

»Setzt euch«, sagte mein Schwiegervater. Er saß schon am Tisch vor dem Haus und füllte Becher mit Wein. Wir schwatzten über Gott und die Welt. Mirelas Mutter tischte bald darauf auf: stark gewürzte Bohnensuppe, frisches Brot, Lauch, dazu Bacallà, Nüsse und Kastanienkuchen. Ich langte zu wie lange nicht mehr, obwohl ich keinen Hunger hatte. Mit »Auf den jungen Vater« nötigte mich mein Schwiegervater zu mehr Wein, als ich vorgehabt hatte. So sehr ich mich nach Mirela gesehnt hatte, diese Nacht tat sich deshalb nichts. Doch die werdende Mutter schmiegte sich an mich, das bekam ich immerhin mit. Mein schlechtes Gewissen am Morgen lachte sie weg. Dafür liebte ich sie ein Stück mehr.

Wir spazierten nach dem Frühstück durch die Felder, hielten uns an den Händen wie frisch Verliebte. Als wir uns an einem lauschigen Platz hingesetzt hatten, sagte Mirela:

»Da ist noch etwas, Fabrizio.«

»Ja, was?«

»Marcello, er lebt.«

Ich sprang auf. »Was? Woher weißt du? Wo?«

»Ein Bauer hat mich in Padua auf dem Markt angesprochen. Marcello hat ihm beschrieben, wo Vater sein Gemüse verkauft.«

»Er lebt, er lebt! Hat sich mein Einsatz doch gelohnt!«

»In Pieve di Soligo bei Treviso.«

Ich überlegte.

»Eine Tagesreise?«

»Knapp, mit einem Fuhrwerk.«

»Was macht er da?«

»Er arbeitet als Knecht.«

»Ein Goldschmied als Knecht!«

»Hauptsache, er lebt, oder?«

»O Gott. Die Tochter des Dogen, die ein Kind von ihm bekommt, muss es erfahren.«

»Ich verstehe nicht.«

Ich erzählte Mirela vom Besuch der Dienerin und dass ich nichts über die Rettung sagen konnte, weil ich selbst nicht sicher war.

»Du musst einen Weg finden, sie muss es erfahren.«

»Ich werde es versuchen, ich verspreche es.«

»Das arme Mädchen. Sie wird trauern.«

Ich fasste ihre Hand.

»Du hast recht. Sie muss es wissen. So viel Glück auf einmal. Ich werde Vater, und mein Brüderchen ist am Leben!«

Warum hat sie …?

Ich sah ihr tief in die Augen.

»Du … du hast deinen Eltern nichts gesagt?«

»Nein, sie hätten dich nicht verstanden und zu viel Angst um mich.«

Ich nickte.

»Du glaubst nicht, wie viel Angst ich um dich hatte und habe!«, schob sie ärgerlich hinterher.

Wenn sie jetzt noch wüsste, dass Ducatini mich erpresst.

Ich drückte sie fest an mich.

»Du musst keine Angst haben, Liebste. Alles wird gut. Wenn die Sternwarte gebaut ist und ich die Schulden bezahlen kann, verlassen wir Venedig.«

Hoffentlich …

»Bis dahin wird unser Kind drei Jahre alt sein«, sagte Mirela tonlos mit Tränen in den Augen.

Da sie recht haben konnte, widersprach ich nicht.

Ich blieb drei Tage und Nächte. Mirela und ich holten ausgiebig nach, was der Wein ihres Vaters anfangs verhindert hatte. Abschied zu nehmen, fiel mir naturgemäß schwer, aber bis die Fähre in Venedig ankam, hatte sich mein Schmerz gelegt. Zwischen Stra und Mira fesselten mich die traumhaft schönen Villen der reichen venezianischen Familien mit ihrer Architektur. Warum sollte ich nicht für die Pisanis, Foscari, Gradenigos oder Soranzos bauen, wie es Palladio getan hatte? Die große Aufgabe des Baus einer Sternwarte musste ich schnell hinter mich bringen. Ich wollte weg aus Venedig, mit Mirela und dem Kind ohne Schulden und Angst zusammenleben. So stürzte ich mich auf das Zeichnen der Pläne.

Ducatini hatte mir ausreichend Papier und Tinte bereitstellen lassen. Ich brütete am Abend in meiner Kammer über der Zeichnung des Turms von Leibniz, die ich mittlerweile annähernd verstand, als der Geldverleiher Salomon mich aufsuchte. Es war spät, aber nicht so spät, dass er zurück ins Getto musste, bevor die Tore für die Nacht geschlossen wurden.

»Ich habe Sorgen«, kam er ohne Umschweife zur Sache, »Sorgen um mein Geld.«

»Aber warum? Wollt Ihr nicht Platz nehmen, ein Glas Wein?«

Er schüttelte den Kopf und blieb stehen.

»Nein«, sagte er. »Ich weiß von Proto Beretto, dass Ihr nicht mehr an der Pestkirche beschäftigt seid und auch nicht weiter an dem Palazzo für die Dogentochter mitbaut, Messer Mansani.«

Ach, das ist es …

»Das stimmt, aber …«

»Das war die Grundlage für den Kredit, Messer Mansani. Wenn die Voraussetzung wegfällt, wird das Geld fällig. Das haben wir so vereinbart.«

Ich nickte, holte zwei Becher und eine Karaffe Wein.

»Trinkt einen Schluck, Messer Sem. Was Ihr sagt, ist richtig. Ich arbeite nicht mehr für Beretto, sondern als Proto für Senatore Ducatini, ich baue eine Sternwarte.«

»Oh! Ihr seid das?«

»Ja, ich bin es. Es wird nur nicht rausposaunt, um Beretto nicht zu verschrecken.«

»Hmm«, Salomon griff nach dem Becher, »und wie werdet Ihr bezahlt?«

Ich lachte und hob meinen Becher.

»Besser, Messer Sem, deutlich besser.«

Salomon setzte sich, trank einen Schluck und lächelte.

Wir saßen eine Weile. Dann erzählte ich ihm von der Anleihe, von der ich erfahren hatte, und er lächelte noch mehr.

Leibniz hatte mir alle Größenmaße in den hannoverschen Angaben geliefert. Es kostete mich einige Zeit, sie in venezianische zu übertragen. Aber es gelang. Seine Konstruktion des drehbaren Turms, auf Rädern gelagert, stellte eine

Sensation dar, das sah schon ich – der kleine Baumeister. Dieses Prinzip wolle er in seinen Bergwerken künftig ebenfalls umsetzen, hatte er gesagt. Die Sternwarte wäre ein praktischer Versuch. Bei dem Wort »Versuch« war mir nicht wohl, doch der Gelehrte beruhigte mich.

»Ich werde von der ersten bis zur letzten Minute des Baus der Cupola assistieren«, sagte er mit großem Eifer und leuchtenden Augen. Das ließ mich besser schlafen.

Wenn ich einen Turm baue, der zusammenfällt, verliere ich meinen Kopf.

Aber wenn meine Bruderbefreiung ans Licht kommt, verliere ich ihn auch.

Und mein Kind muss ohne Vater aufwachsen …

Mir blieb keine Wahl. Ducatini bestand darauf, dass ich die Vorgaben von Leibniz und Newton umsetzte.

»Die größten Köpfe unserer Zeit helfen dir, Mansani. Erweise dich ihrer würdig. Keine Ausflüchte«, bekundete er schroff, wenn ich Zweifel anzumelden versuchte.

Zufrieden betrachtete ich mein Werk. Die Sternwarte des Dogen strahlte schon auf dem Papier Würde und Größe aus, die das Ansehen der Republik erhöhen würde. Es fehlte nur noch das Teleskopgestell, das im Turm unterzubringen war. Newton hatte mir eine neue Skizze schicken lassen, die ich noch weniger verstand als anfangs die von Leibniz. Um Erläuterung bitten wollte ich ihn nicht, weil er so mürrisch mit mir umging. Das Gestell diente der Aufnahme und Positionierung des Teleskops, um das er so ein Geheimnis machte. »Hohlspiegelteleskop« nannte er es und verlangte den besten Glasschleifer Venedigs für die Herstellung von »optischen Linsen und Spiegeln«, um das Licht zu »bündeln«, wie er sagte. Ich hatte ihn zur Insel

Murano gebracht, wo er fand, was er suchte. Es änderte aber nichts daran, dass nach Umrechnung der englischen Maße für mich deutlich wurde, dass das Gestell des Fernrohrs nicht in die Kuppel von Leibniz passte.

Vorgaben der beiden umzusetzen, ist leicht gesagt, aber was, wenn die Vorgaben nicht zusammenpassen?

Nun hatte ich den Turm skizziert und wenig Lust, Newton um Änderung zu bitten. Mir fiel die hilfreiche Unterstützung von Leibniz beim Gestell des Drehturms ein.

Warum ihn nicht um Hilfe bitten? Vielleicht hat er eine Idee oder kann auf Gelehrtenniveau mit Newton sprechen?

Ich machte mich auf den Weg zum Dolmetscher, um danach Leibniz aufzusuchen.

Der Heilige Vater Sebastiano II. giere nach Information aus erster Hand zum Geschehen in Venedig, hatte er Demona geschrieben. Der Patriarch, Bischof Senile, schien nicht zuverlässig genug für die Belange der heiligen Kirche einzutreten. Der Papst traute ihm nicht so wie Demona.

Der hatte sich sputen müssen, weil der Papst ihn auf Reisen empfing. In Siena hatte es eine großzügige Spende an antiken Schriften für die Biblioteca Piccolomini gegeben, die Sebastiano II. sich ansehen und in Händen halten wollte. So ersparte er Demona die Reise nach Rom.

Der Anblick des Doms von Siena überwältigte den Nuntius jedes Mal, wenn er ihn besuchte. Die kleine päpstliche Bibliothek schien das allergrößte Kleinod der

Bischofskirche zu sein. Diese herrlichen Malereien und Fresken ließen jeden schwärmen.

Hier zeigt sich die wahre Macht des Glaubens, dachte er, als er den Nebenraum der gewaltigen Kirche betrat. Der Heilige Vater erwartete ihn. Ein abgegriffenes Büchlein studierend, hielt er ihm die Hand hin, die Demona kniend küsste.

»Sei gegrüßt, Demona. Sieh her, ich lese in der Reiseausgabe der *Vulgata*, die die Brüder in Deutschland herausgegeben haben, um der protestantischen Irrlehre immer und überall widerstehen zu können.«

Demona kannte das *Novum Testamentum Domini Nostri Jesu Christi, Vulgatae editionis: iuxta exemplar Vaticanum, anni 1592* genau.

Eine antike Ausgabe ist das nicht …

»Man kann nie vorsichtig und früh genug sein, den ketzerischen Umtrieben Einhalt zu gebieten, Eure Heiligkeit.«

Der Papst legte das Buch zur Seite.

»Womit wir beim Thema wären. Der Patriarch von Venedig schwärmt mir vor, welch großartige Idee der Doge hatte, oder genauer dieser Ducatini. Sie wollen eine Sternwarte zur Ehre des Herrn bauen …«

Wie bitte?

»Das muss ein Irrtum sein, Eure Heiligkeit.«

»… ein Observatorium höher als das unsere und höher als die Kirche Santa Maria della Salute, sagt er. Stimmt das?«

»Die Maße wohl. Der Zweck nicht.«

»Ducatini hat …«, der Papst bekreuzigte sich, »… protestantische Berater hinzugezogen?«

»Das ist die Wahrheit, Eure Heiligkeit.«

»Der Doge glaubt, er kann mich hinters Licht führen! Bischof Senile hat mir hoch und heilig versichert, dass Poggione ihm erklärt hat, die Sternwarte werde zur Ehre Gottes gebaut.«

»Bischof Senile ist gutgläubig gegenüber dem Dogen, und die Republik bindet ihm oft die Hände.«

»Hat er keine Spione wie alle anderen? Spricht er nicht mit dir?«

Dieser unfähige Trottel?

»Bischof Senile ist, mit Verlaub, nicht mehr allzu ... beweglich, Eure Heiligkeit.«

»Verstehe. Ich werde mich darum kümmern. Aber was tun wir? Was rätst du?«

»Es sind nicht nur Protestanten am Werk. Zugegeben, berühmte Gelehrte, Leibniz und Newton. Sie sind, genauer, einer von ihnen ist Alchemist. Newton.«

»Zum Teufel!«

»Ich vermute, sein Auftrag ist nicht – wie er vorgibt – der Bau eines Teleskops für die Sternwarte. Er soll Gold für die klamme Kasse der Republik machen.«

»Das ist gegen Gottes Willen, gegen Seine heilige Schöpfung. Hexerei! Sie gehören vor die Inquisition!«

»Eure Heiligkeit haben nur allzu recht, aber ...«

»Was – aber?«

»Gesetzt den Fall, Newton hat Erfolg? Ihm wird nachgesagt, im Königreich England Gold geschaffen zu haben.«

»Wirklich?«

»Einige venezianische Bankiers sollen es mit eigenen Augen gesehen haben.«

»Hmm, wie dieser deutsche Fürst im Norden?«

»Ja, und was noch schwerer wiegt: Ducatini hat eine

hochverzinste Anleihe ausgegeben, an der sich alle, auch die reichsten Familien, beteiligt haben.«

Der Papst stützte den Kopf auf eine Hand und dachte nach.

»Das heißt also, dass es nicht unmöglich ist?«

»Ja, Eure Heiligkeit, es scheint so. Ich habe über einen Strohmann 5.000 Dukaten eingesetzt.«

»Venezianische oder römische?«

»Venezianische natürlich, aus meinem Privatvermögen.«

»Demona. Du überraschst mich nicht. Dein Hang zum Mammon verträgt sich wieder einmal nicht mit deinem Armutsgelübde.«

»Verzeiht, Eure Heiligkeit, ich werde Buße tun, wenn Ihr es wollt.«

»Wir werden sehen, Demona, wir werden sehen.«

Der Papst sah Demona tief in die Augen.

»Was tun wir mit dem Protestantenpack, diesen Ketzern und Hexern?«

»Ich schlage vor, wir beobachten sie und schlagen im geeigneten Moment zu … nach dem Gold.«

Der Papst schlug ein Kreuz, schüttelte sich und sagte:

»Ich will sie hier im Vatikan!«

Wir sind in Siena …

»Natürlich, Eure Heiligkeit. Venedig tut nichts gegen Ketzerei und Hexenwerk.«

»Gut. So sei es. Aber sei vorsichtig. Du weißt, Venedig – diese Quelle ewigen Ärgers – ist kein gutes Pflaster für den Herrn.«

3 Die Ausführung

Ich hatte die Nacht kaum ein Auge zugetan. Heute sollte ich den Stand der Pläne für die Sternwarte dem Pien Collegio vorstellen, der Versammlung aller Mitglieder des Senats. Zur Vorbereitung einer späteren Senatssitzung. Ich würde das erste Mal in meinem Leben vor den wichtigsten Persönlichkeiten der Stadt reden. Jeden Tag versammelte sich das Pien Collegio im Kollegiumssaal, auch Sala dell'Audiencia genannt, weil der Doge dort seine Audienzen abhielt.

Mit zitternden Händen meldete ich mich am Eingang des Palazzo Ducale. Die Mappe mit den Zeichnungen hielt ich krampfhaft an mich gepresst. Tonio hatte mich in seiner Gondel beruhigt, es würde nicht so schlimm werden. Doch was wusste der schon ... Ein hochmütig blickender Soldat der Palastwache führte mich in die Loggia. Gebannt schaute ich auf den steinernen Markuslöwen an der Wand, vor dem der berühmte Doge Francesco Foscari kniete. Der Soldat durchschritt den Innenhof zügig, ließ mir nicht mehr Zeit als für einen kurzen Blick auf die feingliedrigen Säulen der Gänge in drei Geschossen. Dieser Ort war das Jahr über zugänglich für jeden, hier fand die Krönung des Dogen statt, Feste und Rennen wurden veranstaltet. Ich hatte einmal teilgenommen, aber ohne jubelnde und drängende Massen wirkte der Innenhof des Palastes auf mich umso erhabener. Die Treppe ins Obergeschoss, die Scala dei Giganti, flankierten zwei unglaublich große Skulpturen von Mars und Neptun, denen ich vorher nie so nah gekommen war.

Im Vorraum des großen Saals hätte ich zu warten, bis man mich hineinrufen würde, sagte der Soldat und ließ mich stehen. Ich schwitzte in der besten Kleidung, die ich besaß. Ein hellblaues Hemd mit Schnürkragen, darüber eine kurze Weste aus feiner Wolle mit silberfarbenen Knöpfen, die mir mein Schwiegervater zur Hochzeit geschenkt hatte, meine einzige Kniebundhose, dunkle Kniestrümpfe und kurze Lederstiefel. Meine Kappe hielt ich ebenso in der Hand wie die kostbare Mappe. Um mich herum standen und saßen auf Bänken hohe Herren in prächtigen Kleidern, alle mit Anliegen an das Kollegium. Darunter einige in fremdländischer Kleidung: Turbane, Pluderhosen, seltsam spitze Schuhe, flache breitkrempige Hüte, Chinesen. Mehrere Wartende trugen Kästen und eingepackte Dinge, vermutlich Geschenke für den Dogen. Ich erkannte Ducatini, drängte mich durch zu ihm und sprach ihn an. In seiner schwarzen Toga mit der roten Senatorenstola und runder, schwarz glänzender Mütze sah er beeindruckender aus als üblich. Er reichte mir die Hand, ich hatte keine frei, legte Mappe und Kappe auf ein Bänkchen, neben dem er stand, verbeugte mich tief und sagte:

»Seid gegrüßt, Signore Senatore.«

»Na, alles vorbereitet, Messer Mansani? Aufgeregt?«

»Alles im … Griff, Signore Senatore.«

»Habt keine Angst, sprecht frei und klar, wenn Ihr aufgefordert werdet. Ach, da kommen die Signori Leibniz und Newton.«

Er wandte sich von mir ab und ging auf die beiden Gelehrten zu, begrüßte sie überschwänglich. Leibniz mit schulterlanger Perücke und dem Wams mit den Häschen konnte kaum einen Blick von den Deckenornamenten lassen; Newton im Gelehrtentalar hatte Schweiß auf der Stirn. Dabei schien es mir herrlich kühl in diesem Raum.

Ein Diener rief Ducatini, er gab uns ein Zeichen. Leibniz und Newton folgten ihm, ich griff meine Mappe und hastete hinterher. Knapp bevor der Diener die Tür schloss. Das erste Mal in meinem Leben stand ich in der Sala del Collegio. Der Doge thronte am Ende einer mindestens zehn Fuß breiten Treppe auf einem Stuhl, prachtvoll wie ein Thron, neben ihm seine Berater, wie ich wusste. Alle in bodenlangen scharlachroten Roben, die des Dogen unter einem Brokatmantel und pelzbesetzt. Er trug keine Krone, sondern seine wie ein Horn geformte Dogenkappe. Die Reihen der Edelmänner setzten sich links und rechts fort, ich konnte die schwarzen, violetten, blauen Togen und Stolen nicht zählen. Das waren die Savi, die mit besonderen Aufgaben betrauten Senatoren. Auf halber Treppe stand der Dolmetscher, den ich ja schon kannte.

Während Ducatini sprach, schaute ich ehrfürchtig nach oben an die prächtige Decke, die, wie ich gehört hatte, das Paradies darstellen sollte, gemalt von den berühmtesten Malern der Republik. Leibniz neben mir schien beeindruckt wie ich, er hatte den Kopf in den Nacken gelegt und blickte mit offenem Mund nach oben. Newton wischte sich Schweiß von der Stirn und betrachtete ernst den kunstvoll verzierten Kamin zur Linken der Treppe. Meine Augen saugten sich an der Decke fest und studierten feine Details. Mit halbem Ohr hörte ich, wie der Doge Leibniz begrüßte:

»Herr Hofrat Leibniz, es ist uns eine Ehre, den klügsten Kopf der bekannten Welt zu begrüßen. Wir danken Euch, dass Ihr uns, den Dogen der Republik Venedig, und Signore Ducatini bei unserem großen Vorhaben unterstützt.«

Der Angesprochene nahm seinen Dreispitz ab und antwortete in beinahe fehlerfreiem Italienisch:

»Die Ehre liegt bei mir, Sua Eccellenza. Ich bedanke mich für die Invitatio.«

Invitatio? Der Dolmetscher neben mir raunte mir zu: »Lateinisch für Einladung.«

Einladung? Ich denke, er soll hier arbeiten?

»Ich werde für die Warte ein Unikum von drehbarem Turm konstruieren«, fuhr Leibniz fort. »Die Republik Venedig zu honorieren, werde ich die Constructio ›Cupola Veneziana‹ nennen.« Dabei verbeugte er sich fast bis zum Boden. Der Dolmetscher musste nicht übersetzen. Alle Nobili sprachen und verstanden Italienisch und ich das lateinische Wort.

Der Doge nickte würdevoll, dankte Leibniz und begrüßte Newton:

»Mister Newton, es ist uns eine gleich große Ehre, den größten Astronomen unserer Zeit an unserem Hof zu begrüßen und erleben zu dürfen, wie Ihr Euer neuartiges Fernrohr in unser Observatorium einbauen werdet.«

Newton verbeugte sich erstaunlich elegant und sagte:

»Es ist mir eine Ehre und Freude, dies zu tun. Ich werde mein Fernrohr nicht nur ›Specola Veneziana‹ nennen, sondern die neue Spiegelkonstruktion ›Specchio Poggione‹, Euer Exzellenz.«

Der Doge lächelte offensichtlich geschmeichelt.

»Welch großartige Köpfe Ihr doch hier versammelt habt, Signore Senatore«, sagte der Doge zu Ducatini. »Und neben Euch steht der neue Proto, nehme ich an, um das geplante Werk vorzustellen?«

Ducatini stieß mich an und zischte:

»Messer Mansani, Ihr seid dran. Sprecht zu Seiner Exzellenz.«

Mit gesenktem Kopf machte ich die drei Schritte zu dem Holzrahmen, den ein Diener für mich aufgestellt hatte, damit ich meine Pläne zeigen konnte. Den Entwurf für eine Sternwarte, wie sie die Welt noch nicht gesehen hatte: Ein Turm von 240 Fuß Höhe mit quadratischem Grundriss, der sich nach oben verjüngte und von einer drehbaren Kuppel aus Holz gekrönt wurde. Darin das filigrane Gestell für Newtons Fernrohr, das durch einen Schlitz bis zur Senkrechten auf den Himmel ausgerichtet werden konnte. Eine gewundene hölzerne Treppe führte nach oben. Eine dreidimensionale Gesamtansicht und Detaildarstellungen für die wichtigen Elemente Kuppel und Gestell, worauf ich vor allem stolz war, sollten einen überzeugenden Eindruck des künftigen Bauwerks liefern. Ich nahm meine Mappe mit schweißnassen Händen hoch. Die lederne Schleife, mit der ich sie verschlossen hatte, hing offen herab.

Habe ich sie nicht zugebunden?

Ich klappte die Mappe auf, und der Schreck fuhr mir in die Glieder. Sie war leer!

»Sabotage«, zischte Ducatini und knirschte mit den Zähnen.

Ich konnte mir nicht erklären, wie die Mappe verschwunden war. Als ich ihn im Vorzimmer begrüßen wollte, hatte ich sie auf ein Bänkchen gelegt und mich keinen Meter davon entfernt, bis wir in den Kollegiumssaal gerufen wurden. Natürlich musste ich mir selbst eingestehen, dass ich durch Leibniz und Newton für kurze Zeit abgelenkt worden war. Da musste es geschehen sein. Jemand hatte die Zeichnungen aus der Mappe gestohlen!

Völlig aus dem Tritt und stotternd erklärte ich die Grundmaße der Sternwarte ohne Anschauungsmaterial, und die beiden Gelehrten retteten am Ende die peinliche Situation, während ich Ducatinis blitzenden Augen auszuweichen versuchte. Leibniz veranschaulichte mit Händen und Füßen und anhand einer Skizze, die er dabeihatte, sein Drehprinzip. Newton zog eine frisch geschliffene Probelinse aus dem Ärmel seines Talars und ließ den Dogen durchschauen. Poggione lächelte beeindruckt und bedankte sich bei allen – außer bei mir, wünschte viel Glück und einen guten Verlauf. Im Weggehen fragte er Newton beiläufig, ob alle sonstigen Vorbereitungen zur Zufriedenheit gediehen seien. Dieser hatte sich bedankt und genickt, was ich nicht verstand. Aber ich stand nach dem Schock mit der Mappe in meinem eigenen Nebel, und Ducatini musste mich am Arm wegziehen. Er hatte kein Wort mehr gesprochen, bis die Gondel uns in seinem Palazzo abgesetzt hatte.

»Eindeutig Sabotage. Es kann nur der Nuntius sein, niemand außer dem Vatikan hat ein Interesse am Scheitern der Sternwarte.«

»Messer Mansani, könnt Ihr die Zeichnungen neu erstellen?«

Ich nickte heftig. Ducatini gab mir drei Tage Zeit dafür und befahl seinen Beamten, den Dieb zu suchen.

Demona betrachtete die Zeichnung der Sternwarte, die Mansani hatte präsentieren wollen, und hörte, was ihm der Dolmetscher von dem Treffen der Beteiligten beim Dogen berichtete.

Nachdem ihm der Diener im Palazzo gemeldet hatte, wer die Aufgabe des Übersetzers im Vorhaben Ducatinis übernommen hatte, setzte er alle Hebel in Bewegung, den Dolmetscher in sein Spionagenetz zu ziehen. Das gelang mithilfe seines Beichtvaters, der sich leicht ermitteln ließ. Ein kleiner Hinweis auf Gottes Augen, die alles sähen, überzeugte zusammen mit einer ansehnlichen Summe Dukaten.

Die Zeichnungen hatte einer der Palastdiener für Demona gestohlen, der sich im Gewusel des Vorzimmers für den Kollegiumssaal unauffällig bewegen konnte. Mansani war anhand seiner einfachen Kleidung und der mitgeführten Mappe leicht zu beschreiben gewesen. Hätte er die Mappe nicht kurz abgelegt, wäre die Zeichnung jetzt nicht hier und der Diener nicht um zwei Dukaten reicher.

Der Herr hat geholfen, dachte Demona.

Jetzt war er im Bilde und schäumte. Es würde genauso werden, wie er es befürchtet und dem Heiligen Vater schon berichtet hatte.

Höher als die Kirche Santa Maria della Salute, höher als die Sternwarte des Papstes. Und der Doge fragte, ob alles Sonstige vorbereitet ist. Hexerei!

Dieses Komplott gegen die Kirche Gottes muss verhindert werden!

Drei Tage!

Ich wusste nicht, wo mir der Kopf stand. Hätte Leibniz mir nicht wie schon beim Einpassen von Newtons Gestell in die Kuppel geholfen, zeitgleich mit mir eine übliche Kopie der Zeichnung für den Camerario zu fertigen, hätte ich es nicht geschafft. Der klügste Kopf der bekannten Welt stellte sich bestens an. Ein Blick über meine Schulter, und meine Striche erschienen wie von Zauberhand auf seinem Blatt.

Diese Kopie hätte ich von der verschwundenen Zeichnung ohnehin erstellen müssen. Ein Segen, dieser Mann aus deutschen Landen. Wo dieses Hannover nur lag? Ich hatte keine Vorstellung.

Weniger segensreich agierte Newton. Er nervte mich, dass er besseres Glas benötigte. Wäre er nicht sicher gewesen, dass der Doge nicht sehen würde, was ihm selbst vorher aufgefallen war, hätte er die Linse nicht vorgeführt, wiederholte er mindestens zweimal pro Stunde.

»Das Glas muss reiner werden, absolut rein, die Bläschen müssen weg!«

Wenn ich doch nur für einen Tag zu Mirela fahren könnte …

Aber das war ausgeschlossen, und es blieb mir nichts anderes übrig, als mit ihm nach Murano zu den Fioleri, den Glasmachern, zu fahren. Der Dolmetscher begleitete uns. Leibniz wollte unbedingt mit. Ich überredete ihn, eine weitere Kopie anzufertigen, die wir neben der für Ducatini meinen Steinmetzen und Maurern an die Hand geben konnten. Nicht die übliche Vorgehensweise, aber ich konnte mir vorstellen, dass es hilfreich sein könnte.

Die ganze Zeit auf dem Weg nach San Cipriano zu

dem Glasmachermeister sprach Newton kein Wort mit mir, fragte nur einmal ungeduldig, wie lange es noch dauern würde.

Der Dolmetscher sagte es ihm, und er knurrte etwas, das der Dolmetscher nicht übersetzte. So unterhielten wir uns miteinander und mit dem stets gleich gelaunten Tonio über übliche Tagesgerüchte der Stadt und die diesjährige Sposalizio del Mare, die symbolische Vermählung des Dogen mit dem Meer während der Festa della Sensa, des Himmelfahrtsfestes. Das Fest der Feste, das den Karneval einleiten würde.

Ducatini hatte uns angekündigt. Der Meister erwartete uns am Steg, als die Gondel anlegte. Newton hatte gelernt und stieg aus, ohne zu stolpern. Er hielt sich nicht lange mit einer Begrüßung auf, knurrte etwas, das der Dolmetscher in eine Höflichkeitsfloskel übersetzte, und wollte Gläser und Spiegel sehen.

Er zog die Linse aus dem Ärmel, die er dem Dogen vorgeführt hatte, und hielt sie dem Fiolero vor das Gesicht.

»Dieses Glas ist nicht durchsichtig genug. Es sind zu viele Bläschen drin.«

Der Meister besah sich das Stück eingehend und sagte: »Kommt mit, Signore.«

Er führte uns in einen Raum hinten in seiner Werkstatt, in dem Glasöfen standen. Vor einem blieb er stehen und verbeugte sich vor Newton.

»Hier machen wir das reinste Glas der Welt, Signore. Seht selbst.«

Er langte in ein Wasserbecken und zog eine ungeschliffene runde Glasscheibe heraus, eine Handbreit im Durchmesser. Newton nahm sie in die Hand und sagte:

»Hmm. Nicht schlecht. Ich will es geschliffen, Meister, und größer. So erahne ich, aber sehe nicht. Ich will dabei sein, wenn das geschieht.«

Der Meister wand sich.

»Wir können sehr wohl größere Scheiben schleudern, Signore. Aber durchsichtig geschliffenes Glas …«

Der Dolmetscher benötigte ein bisschen zu lange, und Newton knurrte:

»Könnt Ihr oder könnt Ihr nicht?«

Hilfesuchend fragte der Meister mich:

»Weiß er nicht, dass ich ihm das nicht vorführen darf?«

Den Glasmachern war es bei Todesstrafe verboten, ihre Geheimnisse der Glasherstellung und -bearbeitung Fremden zu offenbaren. Sein Verhalten war in Ordnung. Aber Ducatini hatte mich darauf vorbereitet.

»Er darf alles sehen, was zur Herstellung seiner Linsen nötig ist. Macht das dem Fiolero klar.«

Ich erklärte dem Meister die Ausnahmesituation. Man sah ihm deutlich an, wie es ihm widerstrebte, seine geheime Kunst zu erklären. Ich sah zu und verstand nichts, aber Newton schien zufrieden. Dann wollte er sehen, wie Spiegel gefertigt wurden. Ungeduldig zeichnete er einen auf, der aussah wie ein abgeschnittenes Stück von einer Kugel, das ein wenig in die Länge gezogen war. Der Meister nickte zögernd, brachte ein Teil. Das gefiel Newton nicht, er zeichnete neu, mit einem verlängerten Kugelstück. Der Meister zuckte mit den Schultern und sagte:

»So etwas haben wir noch nie gemacht, Messer Newton.«

»Könnt Ihr es? Ich weiß, dass es so ein besseres Teleskop wird. Es hat nur bisher niemand geschafft, einen solchen Spiegel herzustellen.«

»Wir werden es versuchen«, versprach der Meister und tippte sich an den Kopf, als Newton wegschaute und nicht weiter nachhakte.

Aha, es wird schwierig …

Zurück bei der Gondel, plauderte Newton am Steg unvermittelt los, mitten in einer Menge Wartender.

»Was für eine schöne Insel, Messer Mansani, und so nah an der Stadt.«

Wir haben doch gar nichts von der Insel gesehen?

»Es freut mich, Mister Newton, wenn Euch meine Heimat gefällt.«

»Hier ist es nicht so heiß und es stinkt nicht so.«

Das kann ich nicht feststellen.

Tonio schaute mich an, als wollte er fragen:

»Steigt er nun ein oder nicht?«

Newton sog die Luft tief ein, lockerte seine Perücke, schloss die Augen und breitete die Arme aus.

In diesem Moment stieß mich jemand von der Seite an. Ich drehte mich um und erschrak.

Marcello!

Da stand mein Bruder in abgerissener Kleidung, mit Bart und langen Haaren. Seine Haut war sonnengebräunt, und er war magerer, als ich ihn in Erinnerung hatte. Aber er war es. Seine Augen leuchteten, wie ich sie kannte. Ich flüsterte: »Was machst du hier?«

»Pst. Ich suche Arbeit.«

Newton stand wie eine Statue am selben Fleck. Dolmetscher und Gondoliere schauten in den Himmel, als ob sie herausbekommen wollten, was den Engländer so begeisterte. Ich zog Marcello zur Seite, griff in meine Börse, gab ihm ein paar Soldi und sagte:

»Nimm eine Gondel. Wir treffen uns heute Abend bei mir. Sei vorsichtig.«

»Ein Bettler, fast schon wie beim Rialto, nirgendwo ist man vor ihnen sicher«, sagte ich so unbeteiligt wie möglich, als ich wieder zu Newton aufgeschlossen hatte. »Es freut mich, wenn es Euch hier gefällt, Mister Newton. Kann ich Signore Ducatini berichten, dass Euch der Glasmachermeister zufriedenstellen konnte?«

Newton zögerte kurz, dann strahlte er und sagte:

»Ja, das könnt Ihr, Messer Mansani.«

Er kann sogar lächeln.

Marcello erschien wie abgesprochen.

Kaum hatte er das Haus betreten, fielen wir uns in die Arme und ließen uns nicht mehr los. Er schluchzte, und ich weinte mit.

»Danke, Fabrizio. Danke, dass du mich gerettet hast.«

Ich schwieg und drückte ihn fester.

»Ich konnte dich doch nicht ersaufen lassen wie eine räudige Katze, Marcello.«

»Das werde ich dir nie vergessen, Fabrizio, nie, nie, nie.«

»Lass gut sein. Komm, setz dich, willst du etwas trinken? Hast du gegessen?«

»Hunger habe ich nicht. Die Bauersfrau hat mir Essen mitgegeben. Trinken gern.«

Ich holte Wein und Wasser und schenkte uns zwei Gläser ein.

»Ich bin so froh, dass du lebst. Mirela hat mir erzählt, dass du sie benachrichtigen konntest.«

Er nahm einen tiefen Schluck aus seinem Becher.

»Ich dachte, ich wäre tot, als man mich ins Wasser stieß. Merkte erst nach ein paar Sekunden, dass der Sack mit den Steinen weg war und ich meine Hände bewegen konnte.«

»Ich hatte den Capo bestochen, weil ich zufällig gehört hatte, dass er einen Goldschmied ertränken solle, der die Tochter des Dogen geschwängert hat. Ob du weggeschwommen oder aufgetaucht bist, konnte ich nicht sehen.«

»Getaucht. Zuerst bin ich weggetaucht und dann vielleicht eine viertel Meile geschwommen, gegen die Strömung, zum Ufersteg. War anstrengend. Dort habe ich mich erschöpft in eine dunkle Ecke gelegt und geschlafen. Die Tage in den Pozzi haben mich total kaputtgemacht. Kaum Essen, kaum Trinken, die Hitze und dies entsetzliche Ungeziefer in der Nacht haben einen nicht schlafen lassen. Eine Tortur ohnegleichen.«

Ich ergriff seine Hand.

»Armer Bruder.«

»Hast du viel bezahlt?«

»Ich musste mir Geld leihen.«

»Ich danke dir, hoffentlich kann ich es dir irgendwann zurückzahlen.«

»Mach dir keinen Kopf, das Wichtigste ist, dass du lebst …«

»… und bei mir in Sicherheit bist«, wollte ich anfügen, ließ es aber. Er war nur solang sicher, wie niemand ihn erkannte und es dem Dogen nicht zu Ohren kam. Das Letztere war zwar unwahrscheinlich, aber nicht ausgeschlossen. Venedig hatte Augen und Ohren überall, zu jeder Zeit, außer im Karneval, wenn sich jeder hinter einer Maske verstecken konnte.

»Wie bist du dann auf die Terraferma gelangt? Geld hattest du doch keines?«

»Das war weniger schwierig, als ich dachte. Ich habe mich als Tagelöhner zum Abladen von Lastkähnen verdingt und an einem abseitigen Kanal in einem verlassenen Lagerhaus in Dorsoduro geschlafen und mich dort auch gewaschen.«

»War sicher nicht schön für einen Goldschmied.«

»Das kannst du wohl sagen. In meine Werkstatt und meine Wohnung habe ich mich nicht getraut. Als ich genug zusammen hatte, bin ich mit der Fähre rüber und habe mich bis Treviso und dann nach Pieve di Soligo durchgeschlagen. Die Bauern suchten Arbeiter für die Ernte, ich habe mitgemacht. Konnte es erstaunlich gut mit meinen Goldschmiedhänden.« Er lachte. »Einer hat mich dann als Knecht eingestellt.«

»Wunderbar. Und jetzt bist du hier und suchst Arbeit. Als Goldschmied?«

»Egal, Hauptsache irgendetwas in der Nähe von Lucia.«

»Hat man dir gesagt, weswegen du zum Tode verurteilt worden bist?«

Marcello lachte trocken.

»Ich soll einem Mädchen Gewalt angetan haben. Sie hatten einen Zeugen, der gelogen hat.«

»Hat man dir gesagt, wem?«

»Nein.«

»Es soll deine Lucia gewesen sein.«

»Was?«

»Das hat man der Hinrichtungsmannschaft erzählt.«

»Teuflisch. Grausam.« Er stützte seinen Kopf auf die Hände und seufzte: »Ich wüsste gern, wie es ihr geht.«

Ich erzählte ihm von dem Besuch der Dienerin. Er schaute mich entsetzt an.

»Dann weiß sie nicht, dass ich lebe? Sie denkt, ich bin tot?«

Ich nickte.

Er ballte die Faust.

»Dann muss ich unbedingt Anna erreichen.«

»Anna?«

»Lucias Dienerin.«

»Wie willst du das tun?«

»Ich weiß, wo sie einkauft. Da werde ich sie treffen und ihr eine Nachricht an Lucia mitgeben.«

Den ersten Tag traf Marcello Lucias Dienerin nicht. Niedergeschlagen saß er auf einer Bank vor dem Haus, als ich geschafft von der Baustelle kam. Ich holte einen Krug Wein, wollte meinen Bruder ablenken und ein bisschen aufheitern. Er war mittlerweile im Haus verschwunden, und ich setzte mich allein hin, schenkte uns die Becher ein.

Plötzlich hörte ich Mirela freudig rufen:

»Fabrizio, mein Liebster, ich bin wieder da!« Fast wäre mir der Becher aus der Hand gefallen. Sie lief das letzte Stück von der Hausecke zu mir, ließ ihr Bündel fallen, schlang mir die Arme um den Hals und küsste mich ab.

»Du … du … was machst du hier? Du sollst doch bei deinen Eltern bleiben! Wie geht es dem Baby?«

Ich musste mich setzen. Ihr Bäuchlein war dicker geworden.

»Alles gut. Freust du dich gar nicht?«, schmollte sie.

»Aber natürlich. Und wie. Komm, setz dich.«

»Oh«, sie zeigte auf den zweiten Becher, »du hast einen Gast?«

Bevor ich antworten konnte, trat Marcello in die Tür.

»Ja, Mirela, mich.«

»Mein Gott! Und ihr sitzt hier vor dem Haus, wo euch jeder sehen kann?«

»Schau mich an, Mirela, mich erkennt keiner mehr.«

»Ich habe dich erkannt. Dann tun es andere auch.« Sie umarmte ihn, gab ihm einen Kuss. Dann zog sie ihn ins Haus. »Bart und lange Haare hin oder her, wir gehen hinein.«

»Widerrede zwecklos«, sagte ich zu Marcello. »Die Hausherrin ist wieder da.«

Ich räumte den Krug und die Becher vom Tisch und begann mich zu freuen.

Marcello erzählte stockend, wie es ihm ergangen war, und Mirela hielt seine Hand wie einem kranken Kind.

»Du Armer, und was willst du jetzt tun?« Marcello erklärte ihr seinen Plan, mit Lucia Kontakt aufzunehmen. Ich hörte schweigend zu und freute mich, meine Frau anzusehen und ihr zuzuhören.

»Jetzt aber zu dir, mein Schatz«, sagte ich. »Weshalb bist du nicht bei deinen Eltern geblieben, in Sicherheit?«

Sie sah mich mit dem Blick an, mit dem sie mich immer weich machte.

»Du hast mir gefehlt. Du hast mir so gefehlt, dass wir es nicht mehr ausgehalten haben.« Sie zeigte dabei lachend auf ihren Bauch. Dann wurde sie ernst und sagte: »Außerdem hat mein Vater mich genervt. Er macht dich schlecht, macht dir Vorwürfe, du hättest mich in Gefahr gebracht. Meine Mutter hat ihm zugestimmt. Das hat mir dann gereicht.«

»Aber du warst doch in Sicherheit dort. Sicherer als hier«, sagte ich.

»Und ich mach es noch schlimmer, wenn ich hierbleibe«, warf Marcello ein.

»Schluss damit!«, sagte Mirela. »Wir gehören alle zusammen und stehen es gemeinsam durch.«

Ob sie das sagen würde, wenn sie wüsste, dass Ducatini Bescheid weiß?

Einen kurzen Moment überlegte ich, es ihr zu sagen. Ließ es aber sein.

»Und was ist mit dem Baby? Deine Mutter hat doch Erfahrung?«

»Mach dir keinen Kopf. Hier gibt es mehr Erfahrung in einer Straße als in dem ganzen Dorf meiner Eltern. Unsere Nachbarin, die dich hoffentlich gut versorgt hat, hilft seit Jahren den Frauen der Stadt, ihre Kinder zur Welt zu bringen. Sie hat das sogar schon für eine Dogaressa bei einer späten Geburt getan, weil die Ärzte sie empfahlen.«

»Gut, gut. Ich merke, ich habe keine Chance«, sagte ich.

»Will ich dir auch raten, ist Frauensache.« Dann wurde sie ernst. »Ich bin müde, die Fahrt hierher war anstrengend. Habe ich noch meinen Platz im Bett?«

Jetzt sah ich erst, wie abgekämpft sie war. Ich nahm sie in den Arm.

»Der ist immer frei für dich«, sagte ich, »Marcello schläft in der Kammer.«

»Ich will nicht stören«, bemerkte Marcello, »ich gehe zu Bett. Muss morgen früh raus.«

»Er arbeitet als Tagelöhner, solang er Lucias Dienerin nicht findet«, erklärte ich Mirela.

Wir gingen ins Schlafzimmer.

»Hoffentlich hat er Glück«, sagte Mirela und schaute mich müde an, als sie ihr Kleid abstreifte. Ich spürte, wie meine Hose spannte. Sie bemerkte es und sagte:

»Morgen, mein Schatz. Ich bin wirklich müde.«

Ich nickte und umarmte sie zärtlich. Die Fähre brauchte einen halben Tag, und vom Dorf bis Padua … Die Nacht schlief ich schlecht, obwohl es ein wunderbares Gefühl war, ihr Atmen neben mir zu hören und ihren warmen Körper zu spüren. Das Baby konnte ich noch nicht fühlen.

Ist sie nicht doch in Gefahr hier? Tun wir das Richtige?

»Nun, Mister Newton, arbeiten unsere Glasmacher zu Eurer Zufriedenheit?«, begrüßte Ducatini seinen Gast. Mansani hatte berichtet, aber Ducatini wollte aus erster Hand erfahren, wie es in Murano gelaufen war.

»Um ehrlich zu sein, Mister Ducatini, ich bin überrascht, welche Qualität sie schon liefern. Allerdings …«

»Allerdings was?«

»Das Glas muss perfekt geschliffen sein, besser als das, was man mir bisher gezeigt hat, und …«

Was denn noch?, dachte Ducatini.

»… ich brauche größere Linsen und mehr davon. Und Spiegel, auf raffinierte Weise geschliffen.«

Das hat Mansani nicht erzählt.

»Das werden die Glasmacher in Murano schaffen, seid versichert, Mister Newton.«

»Ich will aber …«

»Was ist mit der Einrichtung in der Alchemistenküche? Wann könnt Ihr mit der Arbeit anfangen?«

»Es sind noch nicht alle Materialien geliefert. Die Spiegel müssen in jedem Fall ...«

»Wir haben nicht alle Zeit der Welt, Mister Newton.«

»Ohne meine Stoffe kann ich keine Versuche machen. Wenn die Sternwarte einen Sinn haben soll, dann ...«

»Was fehlt denn noch? Wieso Versuche?«

»Ich habe eine Liste erstellt und Eurem Beamten übergeben. Für die Spiegel habe ich eine genaue ...«

»Versuche reichen nicht, Mister Newton. Ich setze große Hoffnungen in Eure Ergebnisse.«

»Die Schöpfung lässt sich nicht ohne Versuche nachahmen, Mister Ducatini.«

»Wie viele werdet Ihr benötigen?«

»Drei, möglicherweise vier.«

»So wenige?«

»Für die neue Anordnung im Rohr reicht das. Ich habe die Lichtumkehr so im Griff.«

»Ist die Werkstatt nicht hell genug?«

»Da fehlt es nicht an Licht.«

»Vier, so wenige?«

»Bei der Sternwarte in Greenwich bin ich noch mit zweien ausgekommen.«

»Offen?«

»Ich verstehe nicht.«

»Ihr betreibt Eure Kunst im Königreich England offen in Eurer Sternwarte?«

»Warum nicht?«

»Wozu mussten wir Euch hier eine geheime Werkstatt einrichten?«

»Ich spreche von meinen Linsen und Spiegeln für das Fernrohr, Ihr von der Suche nach dem Stein der Weisen?«

»Natürlich, wovon denn sonst?«

»Ich denke, ich soll eine Sternwarte mit einem modernen Teleskop bestücken.«

»Schon, offiziell, wie ich Euch gesagt habe. Inoffiziell und – ich betone das – wichtiger ist, dass Ihr uns Gold herstellt, Mister Newton. In vier Versuchen, habe ich verstanden.«

»Falsch, Mister Ducatini. Dafür kann ich keine Zahl nennen.«

Ducatini rollte mit den Augen und holte tief Luft, dann sagte er:

»Aber ich, Mister Newton. Sechs ist die Zahl, sechs Monate gebe ich Euch, bis wir dem Dogen berichten, dass Ihr Erfolg habt. Strengt Euch an und sagt mir nicht, dass Ihr es nicht könnt. Ich habe Zeugen, die es gesehen haben.«

»Dann haben sie mehr gesehen als ich«, protestierte Newton.

»Ihr sagt also, Ihr könnt es nicht?«

»Das … das sage ich nicht. Ich war schon sehr nah dran, nur der letzte Schritt, er ist schwer. Ob ich ihn hier in Venedig schaffe, weiß ich nicht.«

Newton wischte sich mit dem bekannten Tüchlein die Stirn. Ducatini roch, dass es nicht oft gewaschen wurde.

»Aber *ich* weiß es«, herrschte er den Gelehrten an. »Ich hoffe es für Euch. Denkt daran, was ich Euch über den Papst gesagt habe. Das gilt nach wie vor.«

Marcello war wieder weg. Sechs Wochen hatte er bei uns in einem Bett geschlafen und versucht, die Dienerin von Lucia auf dem Markt zu treffen. Vergeblich, bis er dem Schwatz zweier Marktfrauen entnahm, dass der Doge seine schwangere Tochter mit ihrer Dienerin aus den Augen der Öffentlichkeit verbannt und auf die Terraferma geschickt hatte. Daraufhin hatte mein Bruder sich entschlossen, vorerst nach Florenz zu gehen und dort – fern der venezianischen Justiz – Arbeit als Goldschmied zu suchen. Seine Goldschmiedewerkstatt hatte man ihm als Folge des Todesurteils weggenommen, sie war der Stadt zugefallen. Er versprach, eine Nachricht zu schicken, wenn er erfolgreich wäre. Ich hatte nichts von ihm gehört, war aber beruhigt, ihn in Sicherheit zu wissen.

»Das hat er richtig gemacht, in Venedig hat immer die Möglichkeit bestanden, dass ein früherer Kunde ihn zufällig erkennt und es rumerzählt«, sagte Mirela. Ich hielt sie im Arm, nachdem wir uns ausgehungert und atemlos im wieder leeren Haus geliebt hatten. Zum Anbeißen sah sie aus mit ihrem Babybäuchlein. Wir küssten uns, und sie zog mich ins Schlafzimmer.

»Wir sind allein, ich bin ausgeschlafen. Komm, ich will dich«, sagte sie und schnalzte mit der Zunge.

»Aber … das Baby, ich will nicht, dass …«

»Nichts passiert ihm, es ist von Mutter Natur bestens geschützt.« Sie lachte, streifte ihr Kleid ab und nestelte an meiner Hose. »Soll spüren, dass da noch jemand in seinem Leben ist. Komm schon. Das geht bis sechs Wochen vor der Geburt, hat meine Mutter mir erzählt.«

Das ließ ich mir nicht zweimal sagen.

In wenigen Sekunden hatte ich alle Sorgen um Marcello, die Baustelle, die Schulden vergessen.

»Ich glaube, es ist ihm nicht leichtgefallen, er liebt Lucia sehr«, nahm sie später das Thema wieder auf.

»Er hat sie nicht aufgegeben, ganz sicher«, sagte ich.

»Noch dazu, wo er Vater wird so wie du.«

Ich küsste sie zärtlich und sagte: »Aber er kann die werdende Mutter nicht lieben wie ich.«

»Armer Kerl. Komm, wir machen es gleich noch mal.«

»Ist dir das nicht zu viel?«

»Muss ich mich wiederholen? Oder geht's bei dir nicht schon wieder? Müssen wir warten?«

»Ich bin 37 Jahre alt, Mirela, nicht 73!«

Ich zeigte ihr den Unterschied zu ihrer Zufriedenheit.

Der große Tag war da, zumindest für mich. Ducatini schien sich nicht für den Baubeginn zu interessieren. Er hatte meine Wahl des Bauplatzes ohne Kommentar abgenickt, und einer seiner Beamten ließ mir das behördliche Plazet als Urkunde zukommen. Er sollte sich auch darum kümmern, dass die Bauruine der Familie Longhena verschwände. Die repräsentative Sternwarte sollte nicht durch ein Denkmal des um sich greifenden Geldmangels der Nobili abgewertet werden. Meine Zeichnungen waren das eine, die Planung des Bauvorhabens das andere. Eher Routine als der Gebäudeentwurf einer Sternwarte mit speziellen Anforderungen und Wünschen. Ich scharte also meine Handwerkermannschaft um mich, um sie einzuweihen: Sechs Steinmetze, vier Maurer, vier Zimmerleute, zwei Schmiede arbeiteten regelmäßig für mich. Sollte ich weitere Handwerker benötigen, würden mir ihre Beziehungen helfen, sie anzuwerben. Die nötigen Bestellungen an Sand, Holz und Steinen hatte ich auf üblichem Weg über Ducatinis Behörde eingeleitet, Termine waren abgemacht. Den Handwerkern sagte ich per Handschlag den von Ducatini genehmigten Lohn zu. Die Soldi für die Tagelöhner brachte mir jeden Morgen ein Beamter an die Baustelle. Ich musste den Empfang säuberlich quittieren und das ausgegebene Geld notieren und den Rest – wenn nötig – zurückgeben.

Zunächst prüfte ich endgültig die Beschaffenheit des Bodens für das Fundament. Eine Million Pfähle unter Wasser wie bei der Pestkirche stützten den gepflasterten Campo nicht, aber er würde mein Werk halten. Die erste Schicht – fünf Fuß Steine aus der Terraferma – sollten bald per Lastkahn kommen. Meine Steinmetze würden sie nur grob behauen müssen. Ich wartete auf die Tagelöhner, die mein Zimmermannsvorarbeiter Luigi vom Markt am Dogenpalast, direkt neben dem der Seeleute, besorgen sollte. Die Uhr von San Barnaba schlug 7 Uhr, niemand zu sehen.

Seltsam …

In diesem Moment bog der Lastkahn ein. Geschickt stakte der Kahnführer sein Boot quer an das Kanalufer, band es fest und stieg aus.

»Ihr könnt abladen!«, rief er fröhlich, setzte sich auf den Boden und wickelte ein Brot aus einem Tuch.

Abladen befand sich unter der Würde eines ehrbaren venezianischen Handwerkers, dafür heuerte jeder Bauherr Tagelöhner an.

»Wo bleiben die Helfer?«, fragten meine Männer. Ich schüttelte den Kopf und sagte: »Ich weiß nicht, warum es so lange dauert.«

Da bog mein Vorarbeiter um die Ecke – allein.

»Nanu, wo sind die Tagelöhner?«, fragte ich ihn erstaunt.

Er zuckte mit den Schultern.

»Proto, ich verstehe es nicht. Normal drängen sie sich um diese Zeit am Palazzo Ducale. Heute war keiner da.«

»Alle weg?«

»Ich habe die letzten Seeleute, die bis dahin keine Arbeit gefunden hatten, gefragt. Es hatten etwa 20 Tagelöhner Arbeit gesucht. Sie wurden alle auf einmal eingestellt.«

»Von wem?«

»Sie kannten ihn nicht. Er sah ein bisschen aus wie ein Mönch, sagten sie. Nicht so angezogen, aber sein Haar war kurz, sehr kurz.«

»Ein Mönch? Wofür braucht der Tagelöhner?«

»Keine Ahnung.«

Die Steinmetze hatten die Steine im Kahn in der Zwischenzeit begutachtet und wirkten zufrieden. Der Kahnführer kam kauend auf mich zu.

»Was ist nun? Ich habe noch zwei Fuhren heute vor. Die Steine müssen runter vom Kahn.«

»Männer, packt an, es geht nicht anders«, rief ich in die Runde. Begeistert sahen sie mich nicht an, fluchten leise. Es begann zudem, leicht zu regnen. »Ich teile die Soldi der Tagelöhner unter euch auf«, sagte ich und griff meinen ersten Stein. Der Regen wurde stärker, die Männer grummelten, aber packten zu.

Verdammt schwer, das Zeug.

Am Ende war der Kahn leer. Ich war nass vom Regen und vom Schweiß, aber der Steinhaufen war bereit, unter den Händen der Steinmetze für die untere Schicht des Sternwarteturms bearbeitet zu werden.

Wer hatte mir zielgenau alle arbeitsuchenden Tagelöhner dieses Morgens weggeschnappt?

Ducatinis Beamter wollte nicht glauben, was ich berichtete. Er akzeptierte aber, dass ich den Lohn aufgeteilt hatte. Die Dünkel venezianischer Handwerker waren ihm nicht unbekannt.

Die Abwerbung sämtlicher Tagelöhner, bevor wir einen einzigen einstellen konnten, blieb kein Einzelfall. Üblicherweise stellten sich die Arbeitsuchenden ab 5 Uhr morgens an die Ecke des Dogenpalastes, spätestens um 6.30 Uhr hatten alle eine Arbeit für den Tag. Es wurde ständig gebaut, und Arbeiter brauchte man überall in der Stadt. Ab sofort schickte ich meinen Vorarbeiter eine halbe Stunde früher zum Markusplatz.

Ich hatte für heute besten Sand bestellt, und fünf Helfer sollten das Umladen auf den Bauplatz übernehmen. Wir würden große Mengen Mörtel benötigen, und er sollte von bester Qualität sein. Meine Maurer murrten, als sie das Ausladen wieder selbst übernehmen mussten. Das Austeilen des Tagelöhnerlohns beruhigte sie nicht wirklich. Plötzlich rief einer, der Kahn war noch dreiviertel voll:

»Kommt mal her, Proto Mansani. Hier stimmt was nicht.«

Ich ging hin zu ihm.

»Das ist alter Scheiß!«, rief er aufgebracht. »Das Zeug taugt nichts, zumindest nicht für äußere Wände.«

Von Sand verstand ich, dass – wie schon mein großes Vorbild Palladio geschrieben hatte – in Venedig drei Sorten auf dem Bau genutzt werden: Grubensand, Flusssand und Meeressand. In den Gruben der Toscana trocknen unterirdische Feuer kohlefarbenen Sand zu bester Qualität, ohne jede Feuchte und belastbar. Der beste Flusssand ist der aus reißenden Stromschnellen. Der Meeressand ist der schlechteste, weil er wegen seines Salzgehalts Feuchtigkeit zieht. Grubensand ist zäh, eignet sich für Mauern und lange Gewölbe. Flusssand ist ausgezeichnet für Tünchen und Putz. Meeressand ist aber kaum belastbar, und der Mörtel von ihm wird oft rissig.

»Sehr her, Proto«, sagte der Maurer und kam mit einer Handvoll Sand auf mich zu. »Dieser ist zwar aus Treviso, doch wenn man ihn genauer anschaut …« – er ließ den Sand gegen die Sonne durch die Finger rieseln, zerrieb den Rest zwischen den Handflächen und hielt ihn mir hin –, »… es bleibt brauner Dreck zurück.« Er klopfte den Schmutz von den Fingern. »Er hat zu lange ohne Abdeckung im Freien gelegen. Erde und Pflanzensamen sind reingeweht, Regen hat ihn nass gemacht. Man darf sich nicht wundern, wenn später Blumen aus den Mauern unserer Sternwarte wachsen. Dieser Sand taugt nichts, Proto.«

Ich nahm auch von dem Sand in die Hand und musste ihm recht geben. Dass manchmal Farne und sogar Feigenbäume aus Mauern wachsen, hatte ich schon gesehen.

»Ich habe beste Qualität bestellt«, sagte ich zu dem Kahnführer. »Wo hast du den Sand her?«

»Aus … aus Treviso wie immer, Messer Proto, warum?«, antwortete der Kahnführer. Er schwitzte.

Da stimmt was nicht …

»Ich hatte besten Grubensand bestellt. Das ist altes Zeug, das sieht doch ein Blinder«, herrschte ich ihn an.

»Du lieferst doch nicht zum ersten Mal Sand für Senatore Ducatini, den Camerario.«

Der Kahnführer zuckte zusammen.

»Ducatini? Das ... das wusste ich nicht.«

»Wo ist der Sand her? Sag es endlich.«

»Der ... der gute Sand war weg. Weggekauft. Der Händler hatte keinen anderen mehr. Ich wollte ... wollte nicht leer hier ankommen, Signore.«

»Signore? Schleim mich nicht an, Kerl.«

Ich drehte mich um zu meinen Männern.

»Was meint ihr?«

Alle nickten und grölten:

»Jawohl, gib ihm 'ne Schaufel.«

Ich drückte ihm eine in die Hand, die man mir hinhielt.

»Damit werden wir nicht arbeiten. Du bekommst keinen Soldi für deine Fahrt. Lad ihn wieder auf! Aber schnell.«

Bis auf einen kleinen Rest schaufelte er den Sand zurück. Meine Handwerker amüsierten sich. Ich überlegte noch, wer dahinterstecken könnte, als Ducatinis Gondel anlegte.

»Ich wollte sehen, wie die Bauarbeiten anlaufen, Messer Mansani«, begrüßte er mich und winkte den Männern huldvoll zu. Der Kahn mit dem Sand legte ab.

»Nanu«, meinte er, »warum wird der Sand weggefahren? Braucht ihr ihn nicht?«

Ich erklärte ihm, was geschehen war, einschließlich der fehlenden Tagelöhner.

»Kann nur einer dahinterstecken«, knurrte er.

»Der Nuntius.«

Ducatini nickte mit grimmigem Blick.

»Seht zu, Messer Mansani, dass Ihr das richtige Material und die Arbeiter bekommt. Ich übernehme das andere.«

»Danke, Signore«, sagte ich. »Ich werde mich ab sofort um alles persönlich kümmern.«

Es gab noch so viel, das ich bestellen oder besorgen musste: Ziegel aus Mestre, Kalk für den Mörtel aus Padua, Holz aus Istrien und Treviso. Täglich gebrauchte Kleinteile wie Seile, Laufrollen, Vorschlaghämmer und Nägel kauften die Handwerker selbst im Arsenal. Das musste ich nur mit ihnen abrechnen. Ducatinis Beamte überzeugten nur Quittungen. Newtons und Leibniz' Sonderwünsche durfte ich daneben nicht vergessen.

Ducatini schritt vorsichtig von der Gondel in Newtons Reich, das die Republik nicht ganz uneigennützig aufgebaut hatte. Der englische Gelehrte hatte vor einigen Tagen die Frage des Dogen bejaht, ob die Vorbereitungen zu seiner Zufriedenheit abgeschlossen seien. Ducatini hatte eine Unmenge über Alchemie gehört und gehörigen Respekt.

Zum spärlichen Licht, das durch verhängte Spitzbögen fiel, gesellten sich Flammen, die aus den tönernen Öfen loderten. Dazwischen standen mehrere Retorten und länglichen Kürbissen gleichende Glaskolben, in denen es brodelte. Der Inhalt war nicht zu erkennen, weil die Gefäße mit schwarzem Lehm ummantelt waren. Nur die Hälse der Retorten und die Schnäbel gläserner Destillierhelme ragten heraus. Aus ihren Enden fielen ölige Tropfen in kleinere Kolben. Es roch stechend nach Schwefel und dem Qualm der Brennöfen. Die anfangs aufgebaute

Ordnung war verschwunden. Brennholz und Lehmbrocken lagen herum, eiserne Zangen und eine Unzahl weiterer Gefäße: Becher, Tiegel, Kolben.

Plötzlich ein Knacken, danach ein Zischen und ein Kraftausdruck Newtons, für den Ducatinis Englisch nicht ausreichte. Ein Retortenhals hatte sich gesenkt, die Destilliervorlage war abgerutscht. Newton griff – erneut fluchend – nach einer Zange.

»Alles in Ordnung, Mister Newton?«, fragte Ducatini vorsichtig.

Newton antwortete, ohne ihn anzusehen:

»Eine Retorte ist zu heiß geworden und geschmolzen.«

Das Gefäß aus grünlichem Waldglas war zu einem faltigen Sack zusammengefallen.

»Wir müssen es wegwerfen.« Newton hielt es mit der Zange und ging zum Fenster.

»Haltet ein, Mister Newton. Es ist bei strenger Strafe verboten, Abfälle in den Kanal zu werfen. Gebt es dem Dienstboten. Er ist für so etwas da.«

Newton stoppte, sah sich suchend um und ließ das heiße Teil achselzuckend auf den Terrazzoboden fallen. Der Diener kam hinzu, sah unsicher zu Ducatini, der ihn anbellte:

»Bring es aufs Müllboot, wenn es abgekühlt ist. Du musst ein bisschen mitdenken.«

Ducatini hatte keinen Schimmer, was Newton gerade tat. Ihm ging es darum zu erfahren, ob und wie der Alchemist vorankam.

»Habt Ihr schon Gold gemacht, Mister Newton?«, fragte er rundheraus.

Der Angesprochene zog seine Handschuhe aus, wischte sich über die Stirn – er trug keine Perücke – und sagte:

»Die göttliche Alchemie sichert durch das Wirken des Geistes die Existenz aller Dinge, die aus Körper, Seele und Geist bestehen, seien es nun vegetabile Mineralien oder Lebewesen.«

»Ich verstehe nicht, Mister Newton.«

»Die göttliche Alchemie unterscheidet sich von der auf Betrug ausgerichteten gewöhnlichen durch ihr Ziel, zu erkennen und wahre Heilmittel zu entdecken.«

Was will er mir sagen?, dachte Ducatini.

Newton begriff Ducatinis Blick und ergänzte, wobei er auf das Kreuz an der Wand zeigte:

»Metalle und Pflanzen gehorchen in der göttlichen Alchemie denselben Wachstumsprinzipien. Metalle wachsen im Bauch von Mutter Erde wie die Wurzeln eines Baumes. Wachstum und Umwandlung der Metalle ist beendet, wenn als letzte Reifestufe die Umwandlung in Gold erreicht ist.«

Ducatini nickte, sein Blick hatte sich nicht verändert.

»Ich erkläre es ganz simpel, Mister Ducatini. Ich nehme wertlose Metalle wie Antimon und Mercurium und entziehe ihnen durch unterschiedliche Schmelzverfahren das Überflüssige, bis der Urstoff – Gold – übrig bleibt.«

»Aha«, sagte Ducatini, »verstehe.«

»Deshalb die sechs Öfen. Ich benötige sechs Schmelzschritte. Möglich scheinen mir auch fünf.«

»An welchem Schritt seid Ihr?«

»Das Schmelzen ist langwierig, hängt von der Qualität der Öfen, der Ausgangsstoffe und der verwendeten Gefäße ab. Die Öfen scheinen zu genügen. Die Materialien, na ja. Die Gefäße … Ihr habt es eben selbst gesehen.«

»Also seid Ihr guten Mutes. Was kann ich dem Dogen berichten? Bleibt Ihr in der Zeit?«

Newton zögerte einen Moment, dann sagte er:

»Sagt dem Dogen, dass mich die Hand des Herrn in die richtige Richtung führt.«

»Und die sechs Monate?«

»Ich tue mein Bestes, Mister Ducatini. Ich werde es schaffen, wenn man mich nicht aufhält.« Er drehte Ducatini brüsk den Rücken zu und wandte sich einem der Öfen zu, aus dem es heftig zu qualmen begann.

Ducatini verstand und verabschiedete sich. Im Vorbeigehen herrschte er den Diener an, der immer noch vor dem geschmolzenen Glas stand:

»Müllboot! Nicht in den Kanal!«

Leibniz und sein Dolmetscher besuchten mich häufig, Newton bisher nicht. Auch wenn der Deutsche andauernd in Archiven nach Dokumenten suchte, hielt er Verbindung mit der Entwicklung der Sternwarte. Sein Drehturm war noch lange nicht dran. Wir hatten das Fundament fertig und mauerten die Wände. Jeweils 5.000 Ziegel kamen pro Lastkahn. Nachdem ich einige Tage persönlich um 5 Uhr auf dem Tagelöhnermarkt gewesen war, löste sich das Problem mit Helfern. Sie luden, trugen, schwitzten zur Freude der anderen Handwerker für kargen Lohn, der nur für das Nötigste reichte. Einige sollen sogar damit Familien ernährt haben. Innen wuchs die Treppe mit. Für diese hatte ich eine Idee. Unsere Schiffsfabrik produzierte Schiffe in Rekordzeit dank Vorfertigung von Teilen. Sie bauten auch Schiffstreppen dort. Statt dass die Zimmerleute die Treppe vor Ort zimmerten, kaufte ich fertige

Halbtreppen vom Lager im Arsenal. Meine Handwerker entwarfen und bauten vor Ort eine Umkonstruktion, in die die Teile eingehängt werden sollten. Das sparte Dukaten in erheblicher Menge und freute Ducatini.

Dazu benötigte ich Flaschenzüge und einen Kran. Die Kräne und Flaschenzüge im Arsenal passten nicht auf meine Baustelle, so gern ich sie mir ausgeliehen hätte. Das wäre ohnehin nicht möglich gewesen, sagte mir der zuständige Provveditore, als ich den Wunsch nur andeutete. So entwarf ich einen Kran nach genauem Studium im Arsenal.

Ein Lastkahn des Baufuhrunternehmers, zu dem wir nach dem Fiasko mit dem Sand gewechselt waren, mit Holz für den Kran legte zeitgleich mit Tonios Gondel an. Der Übersetzer und Leibniz stiegen aus.

Er beherrscht den Wechsel von Wasser zu Land mittlerweile fast wie ein Venezianer.

»Ihr steigt aus der Gondel wie einer von hier. Respekt, Messer Leibniz.«

»Danke, Messer Mansani. Zu viel der Ehre.«

Neugier blitzte aus seinen Augen, er zeigte auf das Holz.

»Ist das schon für den Turm?« Er blickte auf die etwa 30 Fuß hohe Baustelle und lachte. »Ich korrigiere mich. Ein wenig zu früh, oder?«

»Daraus wird ein Kran, Messer Leibniz.«

»Ein Kran? Ein Drehkran oder ein starrer?«

»Ein starrer. Das reicht für den Zweck.«

»In meiner Bergbaukunst habe ich von starren auf Schwenkkräne umgestellt. Aufgaben differieren, und so harmoniert es besser.«

»Die Aufgabe hier wechselt nicht.«

Der Führer des Lastkahns winkte hektisch die Helfer zum Abladen herbei. Dabei brüllte er:

»Beeilt euch! Das Holz muss runter! Der Kahn sinkt!«

Der Kahn sinkt?

Ich lief zu ihm hin.

»Was ist los?«

Sein Gesicht war rot angelaufen, er schwitzte, seine Stimme zitterte.

»Ein Anschlag. Über Nacht. Wir wollten eigentlich nachts mit der sperrigen Ladung hierher. Aber wir mussten gestern Abend am Campo San Pantaleon festmachen, weil zweien meiner Männer nach einem Imbiss in Campazzo Tre Ponti schlecht wurde. Ich habe den Kahn mit Mühe und Not allein manövrieren können. Heute Morgen kam es mir so vor, als läge er eine halbe Handbreit tiefer als normal, aber ich schob es auf die schwere Ladung. Auf dem Weg hierhin haben wir alles untersucht, wir kommen nicht überall an den Boden. Drei Stiche haben wir gefunden.«

»Stiche?«

»Jemand hat mit einem Messer, einer Lanze oder so Löcher in die Wand des Kahns gestochen. Wasser läuft ein. Ganz langsam, aber es läuft. Wir konnten es nicht stoppen. Wir haben wohl nicht alle Löcher gefunden. Vielleicht, wenn das Holz raus ist.«

»Packt an, Männer. Schnell!«, rief er den Tagelöhnern zu.

Die Handwerker griffen mit zu. Ich nahm mich nicht aus. Tonio, der Dolmetscher und Leibniz waren sich ebenfalls nicht zu schade. Mit vereinten Kräften schafften wir es. Das Bauholz lag an Land, und im Kahn standen über drei Handbreit Wasser.

Immerhin wäre das Holz nicht untergegangen …

»Kommt«, sagte der Kahnführer zu den Tagelöhnern. »Helft mit, das Wasser auszuschöpfen. Ich will die Löcher dicht machen. Der Kahn ist zu neu, um ihn absaufen zu lassen.«

»Absonderlich«, bemerkte Leibniz, bückte sich, steckte seinen Zeigefinger durch eines der Löcher, zog ihn wieder heraus. »Schräg von oben. Das Holz der Bootswand ist zweifingerdick. Wie gelingen da Löcher?«

»Und wer? Und warum?«, sagte ich.

»Vielleicht ein Bohrer?«, fragte Leibniz, ohne dass jemand antwortete.

»Und wann?«, fragte der Kahnführer.

»Der, der uns die Tagelöhner wegkauft und den guten Sand«, sagte ich, »damit die Sternwarte nicht fertig wird.«

»In der Nacht, wenn das Boot nicht bewacht ist«, murmelte Leibniz.

»Oder morgens im ersten Licht«, sagte der Kahnführer. »Als ich heute früh zum Steg kam, fuhr eine Gondel weg. Schwarz, ohne Zeichen oder Wappen. Der Gondoliere trug eine Maske. Das tun sie üblicherweise nicht um diese Zeit.«

»Mich dünkt, ein lang Lanz und Kraft wie ein Ochs, dann könnt es gehen«, murmelte Leibniz weiter, der die Bordwand noch einmal befühlte, »oder wirklich ein Bohrer.« Er stand auf, schaute mich an und zuckte mit den Schultern. »Das Loch gleichet einem gebohrten und auch nicht. Fürwahr absonderlich.«

»Ist doch egal, *wie* es passiert ist«, sagte ich. »Es ist geschehen. Wir haben einen neuen Sabotageakt, und es deutet alles auf den Papst. Ducatini muss was unternehmen.«

Woher wissen die, wann ich was bestelle und wann ich Helfer brauche?

Heute sollten endlich der Kran eingeweiht und die ersten Treppen geliefert werden. Ein Drehkran, denn Leibniz hatte mich doch überzeugt, dass er besser geeignet wäre als ein starrer. Er hatte sich wieder angesagt. Tonio brachte ihn zur Baustelle, der Dolmetscher war schon da.

Leibniz stürzte sich mit einer Skizzenmappe in der Hand auf die Zimmerleute. Die hatte ich darauf vorbereitet, dass er ihnen seine drehbare Kuppel erklären wollte. Sie sollten sie für ihn bauen. Ich hatte ihnen Geduld empfohlen. Sie scharten sich um ihn, und ich sah ihn gestikulieren. Tonio sprach mich an.

»Ich muss dir was erzählen, Fabrizio. Über diesen seltsamen Deutschen.«

»Bin ganz Ohr.«

»Ich erzähle, was passiert ist, und du sagst mir, was du daraus schließt.«

»Gern, aber mach es nicht so spannend.«

»Also gestern – du weißt, dass ich ab und zu Newton und Leibniz rumfahre.«

»Ich weiß.«

»Ich habe Leibniz rumgefahren.«

»Nun mach schon.«

»Er sagte, er wolle was erleben.«

»Hmm.«

»Ich habe ihn zu den Lustgondeln gebracht.«

»Zum Canale della Misericordia?«

»Ja.«

»Wollte er da hin?«

»Hat er nicht gesagt. Nur, dass er etwas erleben wollte.«

»Und?«

»Also, ich lege an. Er steigt aus, der Dolmetscher mit ihm. Er fragt, was man denn Schönes besichtigen könne …«

»Was?«

»Ich habe gelacht und auf eine der speziellen Gondeln gezeigt. Du weißt, die mit eingebautem Alkoven und den Damen mit den Sträußchen hinter den Ohren.«

»Und?«

»Er ist freudestrahlend rein …«

»Ach ja.«

»… und der Dolmetscher ist mit …«

»Was?«

»… wegen der Verständigung, Bezahlung und so, meinte er.«

»Ich glaub es nicht.«

»Nach zwei Minuten waren beide wieder zurück.«

»Wie?«

»Ja. Leibniz puterrot im Gesicht, mit offener Hose. Der Dolmetscher konnte sich das Lachen kaum verkneifen.«

»Was war?«

»Leibniz ist rein. Hat die Dame höflich begrüßt, mit einer Verbeugung und einem lateinischen Ausdruck, den der Dolmetscher nicht verstand. Sie war angezogen wie eben die Huren in den Gondeln, nur mit einem Schleier und dem Blümchen hinter dem Ohr. Sie heiße Atergona, sagte sie, und drehte sich sofort, wie für sie typisch, auf den Bauch und spreizte die Beine. Soll gelüstig ausgesehen haben, meinte der Dolmetscher. Sie ist dem Deutschen dann gleich an die Hose und hat dabei ihren Preis genannt.«

»Wie viel?«

»50 Soldi für das volle Programm.«

Ein halber Dukaten! 'ne Menge Geld …

»Und?«

»Du glaubst es nicht, er ist zur Salzsäule erstarrt, hat sie abgewehrt und ist aus der Gondel geflüchtet. Die Hure hat hinterhergeschimpft wie eine Furie. Der Dolmetscher hat es nicht übersetzt.«

»Hat ihm wohl nicht gefallen, die Dame?«

»Du fasst schnell auf, Fabrizio.«

»Wieso?«

»Ich hatte doch angekündigt, dich zu fragen, was du aus dem Erzählten folgerst.«

»Er hat es nicht mit solchen Damen?«

»Oder mit Damen überhaupt, denke ich.«

»Du meinst …?«

Tonio nickte.

»Sprich es nicht aus. Du weißt, es ist gefährlich. Wir haben noch keinen Karneval.«

Ich wusste, was er meinte, konnte aber nicht weiter nachdenken, denn das Boot mit den Treppen aus dem Arsenal legte an.

Der Kran ruhte auf einem quadratischen Untergestell, auf dem vier dicke Balken in der Mitte zu einem Sockel für den Kranpfosten zusammenliefen. Der Kran lagerte beweglich auf diesem Kopf, und über einen nach unten zum Pfahl abgestützten doppelten Ausleger lief ein Seil über eine Rolle, an dem Lasten befestigt werden konnten. Das Seil wurde von einem mannshohen Laufrad betrieben, für das wir zwei Tagelöhner einstellen würden. Die modernste Konstruktion seiner Zeit, versicherte mir der Meister im Arsenal. Dem hatte Luigi, mein bester Zimmermann, zugestimmt und Leibniz auch. Er kannte die Konstruktion aus Frankreich.

Die Teile hatte das Arsenal geliefert, ohne Probleme, und wir bauten den Kran unter fachmännischer Beaufsichtigung durch ihn zusammen. Newton schien abgetaucht und ließ sich in dieser Phase des Bauvorhabens nicht blicken. Der Dolmetscher erzählte, dass er täglich in dem Palazzo am Rio di San Polo bis in die Nacht arbeitete. Woran, wusste der Übersetzer nicht. Ich war beruhigt, dass ich mich nicht allzu viel um das Teleskopgestell kümmern musste. Dass da später einiges auf mich zukommen würde, war mir klar. Im Übrigen fiel mir auf, dass ich Newton und Leibniz selten zusammen erlebte. Und wenn, dann stritten sie um irgendeinen Calculus. Mir schien es, dass sie in herzlicher Feindschaft miteinander verbunden waren. Kluge Köpfe eben …

Der Kran sollte die Treppen in den täglich wachsenden Turm einbauen helfen. Meine Idee, von der eine Menge abhing. Ich war angespannt, hatte am Morgen kaum etwas gegessen. Ducatini würde es nicht goutieren – wie er zu sagen pflegte, wenn meine Spartreppen nicht passten. Leibniz sprach mir gut zu, er fand die Idee brillant.

»Fertigteile sind überaus vorteilhaft an jedem Ort einzusetzen. Ich bin begeistert. Das sparet Zeit und Geld, Messer Mansani. Ich werde das im Geiste mitnehmen und in Braunschweig kopieren.«

Mühsamer als erwartet gestaltete sich der Zusammenbau des Krans dann doch. Es fehlte an passenden Nägeln, und wir mussten Tonio mit seiner Gondel zum Nachkaufen ins Arsenal schicken. In der Zwischenzeit unterhielt sich Leibniz mithilfe des Dolmetschers mit meinen Handwerkern.

»Warum nehmet Ihr einen hölzernen Hammer, um mit dem Meißel den Stein zu behauen, und nicht einen eisernen?«, fragte er einen meiner Steinmetze.

»Nur mit dem Holzhammer kann ich die Seele des Steins freilegen. Ein eiserner Hammer schlägt nur Stücke ab. Das Holz ...«, er überlegte einen Moment, »formt den Stein, streichelt ihn in die gewünschte Form.«

»Hmm«, sagte Leibniz, »mit Eisen wäre doch minder Kraft vonnöten, oder?«

Die zuhörenden Handwerker lachten laut.

»Messer Leibniz, das denken alle, die nichts vom Beruf des Steinmetzes verstehen. Kraft ist dumm wie Eisen, das richtige Maß ist fest und geschmeidig zugleich. Denkt mit, wie Holz eben.«

»Aber ein Schaufel aus Holz zum Beispiel ist doch minder gut als ein Schaufel aus Eisen?«, entgegnete Leibniz.

»Es kommt immer darauf an, was man tut, Messer Leibniz. Ihr kämmt Eure Perücke nicht mit der Harke, sondern mit einem Kamm«, antwortete der Steinmetz.

Leibniz lachte auf.

»Gut geantwortet, Messer. Mich deucht, ich komme nicht gegen venezianische Handwerker an. Ihr seid mir über, und ich lasse Euch besser arbeiten und behellige Euch nicht mit ungebührlichem Disputieren.«

»Wir freuen uns über jeden, der sich für unsere Arbeit interessiert«, sagte der Steinmetz und klopfte dem deutschen Gelehrten freundschaftlich auf die Schulter.

Tonio legte an, und wir machten weiter mit dem Aufbau des Krans. Jetzt fehlte noch der Ausleger mit seiner Stütze. Zwei Männer nagelten ihn zusammen, da fiel mir auf, was nicht zu sehen gewesen war, als das Holz auf einem Stapel lag. Der Ausleger war um mehr als einen Fuß zu kurz, die Abstützung um einen Fuß zu lang. Ich holte Leibniz hinzu und fragte ihn, was er davon hielt. Er legte die Balken auf den Boden, so wie sie am Kranpfosten angebracht würden, wiegte den Kopf hin und her und sagte mit Blick auf die Treppenteile, die so an ihren Platz gezogen werden sollten:

»Wenn ich nicht wüsste, dass es nicht sein kann, würde ich sagen, dass da jemand verhindern will, dass Ihr überhaupt eine der Treppen einbaut. Sobald Ihr sie an den Kran hängt und hochziehen wollt, fällt der Kran um und liegt ... pardauz ... auf dem Boden!«

Es kann sein!

Ich dachte an die Tagelöhner und den Sand. Wer hörte da nicht auf, gegen mich zu arbeiten? Ducatini hatte bisher nicht berichtet, dass er etwas in Erfahrung gebracht hätte. Auch über den Diebstahl meiner Mappe mit der Zeichnung der Sternwarte hatte ich nichts mehr gehört.

»Was gibt es so Wichtiges, dass Ihr mich stört, Messer Mansani? Ich stecke in Regierungsgeschäften«, begrüßte Ducatini mich.

Ich hatte keinen Blick für seine wunderschöne Officina wie sonst.

»Darf ich gleich zur Sache kommen, Signore Senatore?«, fragte ich.

»Ich bitte darum, mach schnell.«

»Es ist wegen der Sabotage auf der Baustelle.«

Ich berichtete, was in der Zwischenzeit seit dem Diebstahl der Mappe passiert war.

»Hmm«, sagte er, »ich habe Nachforschungen angestellt, ohne Ergebnis. Habt Ihr einen Verdacht?«

»Es muss jemand aus meinem engen Umfeld sein. Möglicherweise einer der Arbeiter, auch wenn ich für die alle meine Hand ins Feuer legen würde.«

»Man verbrennt sich schneller, als man denkt, Messer Mansani.«

»Vielleicht sollte man ihm eine Falle stellen?«

»Allen? Das verspricht keinen Erfolg. Habt Ihr nicht einen Bestimmten im Verdacht?«

Darüber hatte ich schon nachgedacht, und mir war widerstrebend nur Luigi eingefallen. Er hatte die Tagelöhner einstellen sollen, den Kran im Arsenal mit ausgesucht. Aber das Sandboot? Wie sollte er das angestellt haben?

»Nur einen unsicheren Verdacht, Signore Senatore.«

Ich schilderte meine Vermutung bezüglich meines Zimmermannvorarbeiters.

»Dann gebt ihm eine Information, die ihn bloßstellt, wenn er sie nutzt.«

»Welche?«

»Was für eine dumme Frage, Mansani!« Ducatini schien verärgert. »Ihr kennt Euch aus im Baustellengewerbe. Besser als ich. Euch wird etwas einfallen. Danke, Messer Mansani. Oder habt Ihr noch etwas?«

Ich wollte ihn fragen, ob wir nicht eine Wache für die Baustelle einrichten sollten, ließ es aber. Das würde Geld kosten, und auf diesem Ohr war Ducatini gewöhnlich taub.

Demona musste den Heiligen Vater über den Stand der Sternwarte unterrichten. Das tat er immer gern, weil es ihn heftig in Gestalt einer jungen Dame nach Rom zog. Er war ihr mehr, als es einem Gottesmann geziemte, zugetan. Das beichtete er regelmäßig und entlastete sein Gewissen nach jedem Besuch aufs Neue, nicht ohne sich in Venedig sofort zurück nach ihr zu sehnen.

Er hatte keine Ahnung, ob es der Papst wusste oder ahnte, aber Sebastiano II. machte gelegentlich Andeutungen, die Demona beunruhigten. Umso mehr bemühte er sich, ihn mit Auskünften aus dem Spionagenetz der Nuntiatur Venedigs zufriedenzustellen. Der Papst empfing ihn in seinem Arbeitszimmer, informell gekleidet.

»Na, die Contessa de Birigli schon besucht?«, begrüßte er seinen Gast.

Er weiß es, durchfuhr es Demona.

Demona erbleichte, küsste die hingehaltene Ringhand und beeilte sich zu sagen:

»Ich eile unverzüglich zu Euch, Heiliger Vater, wenn ich in Rom bin.«

»Ihr werdet sicher keine Lesung ihrer Gedichte auslassen, denke ich. Vergesst nicht, wer Ihr seid, Demona.

Aber keine Sorge, ich bewahre Euer Geheimnis, bis es mir nutzt. Wie weit ist der Goldmacher?«

»Newton arbeitet ununterbrochen in seiner Werkstatt, Heiliger Vater. Ducatini unterrichtet sich regelmäßig.«

»Und dein Spion, hat er schon Gold gesehen?«

»Der Engländer tut geheimnisvoll. Außerdem qualmt und stinkt es die ganze Zeit. Man kann sich gar nicht vorstellen, dass daraus am Ende etwas werden soll.«

Der Papst stand auf und ging hin und her, wobei er den Petrusring um den Ringfinger drehte.

»Ich habe geheime Berichte wie Eure, dass es funktioniert.«

»Mein Spion wird etwas mitbekommen. Ich habe ihn angewiesen, wann immer es geht, Newton aufzusuchen und nach Wünschen zu befragen. Er ist sein Dienstbote.«

»Hmmm. Gut, warten wir ab. Und die Sternwarte? Und Leibniz?«

»Mein Spionagenetz ist dicht. Ich habe einen Helfer, der mich auf dem Laufenden hält, und wir sabotieren, so gut wir können.«

»Sie bauen noch?«

»Wir behindern sie.«

»Werden sie fertig?«

»Ich hoffe … ehrlich, ich weiß es nicht.« Demona erzählte ausführlich über die bisherigen Aktionen und schloss: »Dieser Leibniz treibt sich ständig auf der Baustelle herum und hilft Mansani, so sehr ich diesem auch Knüppel zwischen die Beine werfe. Aber …«

»Aber?«

»Ich weiß, wie wir ihn ausschalten können, Eure Heiligkeit. Bald beginnt der Karneval.«

Der Papst hörte auf, an seinem Ring zu drehen, und streckte die Finger.

»Diese Feinheiten überlasse ich dir, Demona. Was ist mit dem Fernrohr von Newton? Kommt er damit voran, oder ist es nur Schein?«

»Er besucht Murano, lässt Linsen schleifen und Spiegel herstellen, wie mir berichtet wird.«

»Also ist es ihm ernst?«

»Ich vermute es. Er ist ein berühmter Astronom.«

»Mich interessiert, wie er damit vorankommt, Demona. Die Jesuitenmission in China hatte schon große Erfolge mit der Vorausberechnung einer Sonnenfinsternis vor 45 Jahren. Wenn wir weitere Entdeckungen machen könnten … Du weißt, unsere Liturgievereinbarung mit dem Kaiser der Chinesen wankt. Halte mich auf dem Laufenden in der Sache.«

»Wie Eure Heiligkeit wünschen.«

Dass Mirela im Haus war, zeigte sich in erster Linie an der Ordnung, die plötzlich wieder herrschte. Ich bemühte mich, nicht so spät von der Baustelle zu kommen. Es gab Mahlzeiten, auf die ich mich freute. Mirela kaufte regelmäßig auf dem Markt ein. So bog sich der Tisch wieder unter Obst und Gemüse. Ich liebte Salate, das wusste sie. Die Nachbarin hatte mir in all den Wochen ohne meine Frau keinen einzigen angeboten.

Und dass sie wieder das Bett mit mir teilte, genoss ich, so oft es ging. Die Sechswochenfrist bedrohte den ehelichen Verkehr noch nicht. Aber sie näherte sich so, wie der Bauch Mirelas wuchs. Sie hatte keine Beschwerden, und ich drängte vergeblich, dass sie einen Arzt aufsuchte. Dabei dachte ich an Salomons Bruder. Ich hatte den Geldverleiher gefragt, als ich ihm die erste Zinszahlung brachte. Er wollte es seinem Bruder sagen, der nach wie vor voll des Lobes über sein ausgebautes Stockwerk war.

Doch das Allerschönste an Mirelas Rückkehr war der Umstand, dass ich nach getaner Arbeit jemanden hatte, der mir zuhörte. Ich erzählte ihr, was an der Baustelle geschah, was ich erlebte, und sie äußerte freimütig ihre Meinung dazu.

Nach dem Besuch bei Ducatini fragte ich sie, wie wir Luigi eine Falle stellen könnten.

»Es darf nichts völlig Außergewöhnliches sein, damit er keinen Verdacht schöpft. Aber eine solche Gelegenheit, dass er sie nicht auslassen kann«, riet sie.

»Verstehe, sie muss sich für Sabotage anbieten.«

»Genau. Und er muss das Wissen allein haben, damit ein Irrtum ausgeschlossen ist.«

Ich dachte nach.

»Ich hab's. Bei Ducatini habe ich die Gelegenheit verpasst, ihn nach einer Nachtwache um die Baustelle zu fragen. Das wäre ein Weg.«

»Du sprichst in Rätseln.«

»Pass auf: In einer Woche haben wir Himmelfahrt. Der Karneval beginnt. Da ist es doch nur logisch, dass wir für diese Zeit die Baustelle bewachen.«

Mirela lachte.

»Was kann denn da passieren? Stiehlt jemand Ziegel oder Holz?«

»Nein. Es muss etwas Wertvolles sein und …«

»… es muss wichtig sein für das Bauen. Es muss richtig wehtun, wenn es fehlt.«

»Liebste, du begreifst schnell.« Ich gab ihr einen Kuss.

»Und? Hast du so was?«

»Ich habe eine Idee.«

Ich informierte Luigi, dass wir vor Himmelfahrt eine Wache für die Baustelle einrichten würden. Und dass die überarbeiteten Balken für den Kran sowie extra angepasste Eisenbeschläge dafür geliefert würden, auf die wir Wochen gewartet hatten. Die Sternwarte war für die Herren im Arsenal eben völlig unwichtig. Dass die grölenden, betrunkenen Massen eine Gefahr für diese Teile darstellten, solang sie nicht verbaut waren, leuchtete Luigi sofort ein. Ohne den Kran würden wir weiter in Verzug geraten. Ich schärfte ihm ein, dass er als Einziger informiert wäre, dass derartig wertvolles Baumaterial herumläge, nur halb mit Leinen zugedeckt. Er solle es und seine Mithandwerker im Auge behalten. Wir wollten niemand anderen in Versuchung führen.

Dass ich ihm das so sagte, war Mirelas Idee. Sie ließ meinen Einwand nicht gelten, so einfältig könne Luigi nicht sein. Der Verdacht fiele doch sofort auf ihn, wenn etwas wegkäme.

Die Gier werde ihn dazu treiben, seinem Auftraggeber einen weiteren – vermutlich gut entlohnten – Erfolg zu melden. Außerdem werde er wie alle Venezianer glauben, sich herausreden zu können.

Sie kannte meine Handwerker besser als ich. Die Eisenbeschläge verschwanden in der Nacht nach ihrer Lieferung. Ducatini übergab Luigi, der anfangs alles abstritt, dem zuständigen Chef der Agenti des Stadtsechstels, dem Capo de Sestiere. Schon die Androhung von Folter genügte, ihn zum Sprechen zu bringen. Er gestand alle Sabotageakte, doch konnte er den Auftraggeber nicht nennen. Ein maskierter Edelmann habe ihn eines Tages angesprochen. Der habe gewusst, dass Luigi hohe Spielschulden hatte. Der Maskierte bot ihm an, diese zu begleichen, wenn er die Augen offen hielte und Gelegenheiten für Anschläge auf das Bauvorhaben auskundschaftete und meldete. Das geschah durch eine Nachricht hinter einem lockeren Stein in der Mauer der angrenzenden Bauruine der Familie Longhena. Er habe den Unbekannten nicht mehr getroffen. Nach seinen Nachrichten und den Anschlägen habe er stets Geld hinter dem Stein gefunden. Das Gericht verurteilte ihn, und Luigi verschwand für zwei Jahre in den Pozzi.

Wir hatten den Denunzianten, aber nach wie vor keinen Auftraggeber. Außerdem musste ein neuer Vorarbeiter her.

Der Tag des Himmelfahrtsfestes warf seine Schatten voraus. Händler schmückten ihre Verkaufsstände auf der Piazza de San Marco mit Blumen und Girlanden aus buntem Papier. Zimmerleute bauten für jene Gäste ein Podest auf, die nicht auf dem Bucintoro, der Prunkgaleere des Dogen, mitfahren durften. Ducatini hatte Newton und Leibniz dorthin eingeladen. Er selbst würde mit einem Platz in der Nähe des Dogen gewürdigt.

Ich sollte die beiden Gelehrten begleiten. Der Dolmetscher musste erstaunlicherweise überzeugt werden mitzukommen. Ich machte ihm klar, dass er sonst nie Zugang zum Podest bekommen hätte. Vom Molo, auf der die weniger wichtigen Zuschauer standen, würde er nie und nimmer so gut sehen.

Mirela hatte mich eingekleidet. Mein dunkelgrüner samtener Tabaro, den sie mithilfe einer befreundeten Schneiderin aus Samtresten – kaum erkennbar – zusammengestückelt hatte, stand mir gut. Dazu eine schwarze Kniebundhose, zweifarbige Strümpfe in meinen einzigen Lederstiefeln, ein kecker Hut und eine grüngoldene Maske ließen mich wie einen Edelmann aussehen, wie sie betonte. Sie blieb wegen des Babys im Bauch zu Hause, weil sie sich vor dem Gedränge fürchtete. Ich bedauerte sie, weil die venezianischen Frauen der guten Sitten wegen nur während des Karnevals ohne besonderen Anlass und Begleitung das Haus verließen. Die Jahre zuvor hatte sie es, wenn auch geziemend mit mir, sehr genossen.

»Das holen wir alles nach«, sagte sie und wünschte mir viel Spaß mit den beiden Gästen. So richtig warm war ich nur mit Leibniz geworden. Er interessierte sich für meine Arbeit, kam oft zur Baustelle, wenn er nicht in den Archiven der Republik nach Spuren der Vorfahren seines Fürsten suchte. Newton vergrub sich fast nur in seiner Werkstatt. Nach dem Besuch in Murano hörte ich kaum etwas von ihm. Aber heute, zur symbolischen Vermählung des Dogen mit dem Meer, der Sposalizio del Mare, wollte er mitkommen.

Tonio holte mich ab, und wir sammelten die beiden Gelehrten ein. Newton kleidete sich fast wie sonst, er trug nur eine schwarze Maske mit kardinalsrotem Rand und einen flachen Hut in gleicher Farbe. Für mich glich er so ein bisschen einem der Hölle entsprungener Teufel. Sein schwarzer Talar und seine Perücke fielen auf, weil alle Ratsherren diese Amtstracht im Karneval gern ablegten und sich hinter knallbunten Gewändern und Masken ohne Perücken unsichtbar machten. Leibniz kam mir bunter als sonst angezogen vor. Er hatte das künstliche Haar und den Dreispitz weggelassen, trug eine grünblaue Maske und verschiedenfarbige Hosenbeine zu einer längs gestreiften Pluderhose, die über die Knie reichte.

»Ihr könnt glatt als Einheimischer durchgehen, Messer Leibniz«, schmeichelte ich ihm.

… wenn Ihr nur etwas weniger Parfüm auftragen würdet, verkniff ich mir gerade noch, denn ich mochte ihn.

»Oh, ich habe mich von meinem Fürsten beraten lassen. Er hat dem Karneval schon beigewohnt und ihn hochgelobt«, antwortete er gut gelaunt.

Newton brummte etwas Unverständliches, das der Dolmetscher erst gar nicht übersetzte. Wir waren früh aufgebrochen, doch Tonio kam bereits jetzt nur langsam voran. Der Canal Grande war dicht voller Gondeln, Boote, Barkassen und was sonst noch schwamm. Kaum ein Fleckchen freies Wasser war zu sehen. Jeder hatte dasselbe Ziel. Wir schrieben den 19. Mai 1689, Himmelfahrtstag, der Tag des Sensa-Rituals. Der Tag, an dem alle Einwohner der Stadt am späten Morgen nach San Marco strömten und sich auf dem Molo und an der Riva degli Schiavoni drängten. Es galt, einen guten Platz mit freier Sicht auf den Auszug zum schönsten Fest des Jahres in Venedig, der

Vermählung mit der Adria, zu ergattern. Kein Venezianer, der etwas auf sich hielt, durfte das versäumen. Wir näherten uns dem Mittelpunkt des Geschehens und tauchten in buntes und ausgelassenes Treiben ein. Die Menge am Ufer wogte in Vorfreude. Wir hörten, dass die Ersten ins Wasser gefallen waren und unter Gejohle und Gelächter von Bootsführern herausgezogen wurden. Ich bat Leibniz und Newton, eng beisammenzubleiben. Der Dolmetscher und Tonio kannten das seit ihrer Kindheit. Vom Podest für die Ehrengäste aus, das wir nach Nennung der Namen von Leibniz und Newton alle betreten durften, war vor Booten der ungezählten Zuschauer kaum mehr Wasser zu erkennen. Ohne sich die Füße zu benetzen, hätte man von der Punta della Dogana zur Piazzetta spazieren können. Dann begann endlich die herbeigesehnte Zeremonie. Doge und Signoria, die höchsten Würdenträger der Republik, und die Spitzen des Klerus schritten in leuchtenden Talaren und Roben ans Ufer, um an Bord des Bucintoro zu gehen. Dahinter betrat die maskierte Dogaressa die Barkasse in ausladendem Brokatkleid mit goldenem Schleier, dem Zeichen ihrer Würde. Vier Arsenalotti an jedem der 42 langen Ruder schoben das prächtige Boot durch die Lagune. Meine Gäste folgten staunend mit den Augen dem Dogen, dem Nuntius und dem Patriarchen. Die Männer aus dem Arsenal legten sich in die karmesinrot gestrichenen Riemen, und die Galeere glitt elegant übers Wasser. Obwohl ich es schon oft erlebt hatte, fesselte mich das farbenfrohe Treiben. Die Ruder Hunderter mit bunten Bändern und Fahnen geschmückter Fahrzeuge, die dem rot-goldenen Bucintoro folgten, ließen das Wasser der Lagune brodeln.

»Es sollen sogar Besucher aus China hier sein«, bemerkte ich zu meinen Gästen, die den Mund nicht mehr zubekamen. Das hatte Ducatini mir erzählt.

»Unglaublich, wenn man es nicht observieret«, sagte Leibniz. Newton schwieg wie so oft, aber seine gebannt blickenden Augen sprachen Bände.

Die Dogenbarkasse hatte angehalten, um sie herum bildete sich ein Kreis, von dem aus die Zuschauer in ihren Wasserfahrzeugen die Zeremonie genau beobachten konnten.

»Jetzt, jetzt geschieht es. Der Patriarch wirft eine Phiole mit Weihwasser ins Meer, dann der Doge … Seht selbst«, flüsterte ich meinen Gästen zu. Langsam hob der Doge seine rechte Hand. Die Menge quittierte das Aufblitzen eines Goldrings mit erwartungsvollem Raunen. Venedig verdankte seine Macht, seine Größe und seinen Reichtum den namenlosen Meeresgöttern. Ihnen war der Ring geweiht. Der Doge hielt ihn hoch in die Luft. Mit einem Schlag herrschte atemlose Stille. Der Doge sprach die beschwörenden Wörter voller Inbrunst und Kraft:

»Desponsamus te, mare, in signum veri perpetui que domini. – Wir vermählen uns dir, o Meer, zum Zeichen unserer wahren und dauernden Herrschaft über dich!« Der Doge holte aus und schleuderte den Goldring in weitem Bogen in die Wellen. Die Menge hielt den Atem an. Erst als das aufspritzende Wasser zeigte, dass die Lagune die Brautgabe gnädig angenommen hatte, brachen die begeisterten Zuschauer in Jubel aus. Unzählige Kränze und Blumen flogen dem Ring des Dogen hinterher.

In diesem Moment musste ich an Marcello denken, der vor Jahren einmal diesen Goldreif für den Dogen hatte fertigen dürfen. Jetzt, offiziell ertränkt, befreit und verfolgt, wenn es Ducatini gefiel. Und ich … und meine Familie …

»Jetzt wird ein Salut geschossen, dann legt der Bucintoro nahe San Nicolò an. Dort feiern Patriarch und Doge eine Messe, die das offizielle Fest beendet«, erklärte ich.

»Die Impressio ist überwältigend«, sagte Leibniz.

Newton äußerte sich und klang nicht mürrisch wie sonst. »Respekt. So etwas hatte ich noch nie gesehen, nun habe ich es. Was kommt jetzt?«

»Auch meine Frage«, sagte Leibniz.

Ich hatte nichts vorbereitet. Ducatini hatte mir keine weiteren Anweisungen gegeben. Über Geld für irgendwelche Bewirtungen verfügte ich nicht. Was tun?

Tonio bemerkte meine Unsicherheit und raunte mir grinsend zu:

»Du weißt, Ponte delle Tette, wo was los ist.«

Das Viertel der Huren und der Hausfrauen, die sich einmal im Jahr auch so verhalten wollen … Aber, Tonio hat mir doch von Leibniz und der Lustgondel erzählt?

Ich nickte trotzdem und schlug es Newton und Leibniz kurzerhand vor. Sie waren einverstanden, Leibniz erstaunlicherweise auch, und wir machten uns auf den Weg durch das Gedränge zu Tonios Gondel. Der Dolmetscher folgte widerstrebend, bis ich ihm klarmachte, dass sein Dienst nicht zu Ende sei. Die Stadt bezahlte ihn dafür.

Wir machten in einem der neu aufgemachten Kaffeehäuser halt, nachdem wir uns durch das Gedränge auf dem Wasser und auf den Straßen gekämpft hatten. Leibniz hatte deutsche Kaufleute davon schwärmen gehört, wollte unbedingt das schwarze Wasser probieren und lud uns alle ein. Newton bat Tonio, ihn zu seinem Palazzo zu bringen, er habe zu arbeiten.

Seltsamer Kerl! An so einem Tag.

Tonio wollte uns in einer Stunde abholen. So suchten wir uns einen Platz in diesem Haus am nördlichen Markusplatz, in dem dieses Getränk seit ein paar Jahren öffentlich ausgeschenkt wurde. Schon beim Betreten roch es fremdartig. Ich kannte diesen Caffè, den wir den Osmanen verdankten, bisher nur als Medizin. Leibniz bestellte für jeden von uns ein Glas dieses Bohnengetränks bei einem Livrierten. Dank unserer auf den Karneval ausgerichteten Kleidung fielen wir nicht sonderlich auf. Ich hatte gehört, dass sich hauptsächlich Nobili und gut gestellte Cittadini diesen Genuss leisten konnten. Der Dolmetscher bekam den Mund vor Staunen nicht mehr zu, mir ging es ähnlich. Wir kannten die bürgerlichen Gasthäuser, die Tavernen und die Spelunken der Stadt. Ein so nobles Etablissement hatten wir beide vorher nie von innen gesehen. Zahllose Kronleuchter aus Murano, Fresken im Eingang, aufs Kunstvollste geknüpfte Seidenteppiche, Spiegel an der Wand sowie vergoldete Stuckaturen an der Decke machten mich sprachlos. Tischchen und Stühle von so feiner Tischlerkunst, dass ich mich kaum hinzusetzen traute. Unser deutscher Gast hingegen schien sich wohlzufühlen, begann mit einem Besucher am Nebentisch zu sprechen und musste den Dolmetscher mehrfach bitten, ihm zu helfen. Ehrlich, ich konnte dem Sud aus Türkenbohnen nichts abgewinnen, mein Landsmann genauso wenig. Leibniz schwärmte und ließ sich noch ein Glas bringen.

»Nun, wo verbleibet unser Gondoliere, Messer Mansani? Mundet es Euch so wie mir?«

»Hmm. Ich muss mich daran gewöhnen«, antwortete ich.

»Tut das«, sagte Leibniz und klopfte mir auf die Schulter. Das machte er zum ersten Mal.

»Der Tag gefällt mir wohl, Messer Mansani. Was bietet Ihr weiter?«

»Wir fahren jetzt zur Brücke der Brüste, Messer Leibniz, zum Ponte delle Tette.«

»Welch Name.« Er schaute mich fragend an.

Er muss sich doch erinnern, schon dort gewesen zu sein?

»Dorthin, wo die Stadt bestimmt hat, dass die Huren mit nackten Brüsten auf ihre Freier warten müssen. Das ist so angeordnet worden, damit sich keiner aus Versehen mit einem Mann einlässt.«

»Wer will, findet dennoch überall solche Männer«, warf Tonio ein, der im Moment hinzugekommen war.

»Realiter?«, fragte Leibniz.

»Ja, und das, obwohl Sodomie mit dem Tode bestraft wird«, bemerkte ich.

»Auf dem Papier, Fabrizio, auf dem Papier«, sagte Tonio lachend.

Der Gedanke, zwei Männer miteinander ..., ließ mich schütteln.

»Dann lasset uns aufbrechen«, sagte Leibniz. Seine Augen blitzten unternehmungslustig.

Ich musste schlucken, als er zwei Dukaten für das Vergnügen des schwarzen Wassers bezahlte. So viel verdiente ein guter Handwerker in einer Woche.

Er wird weiter die Rechnung übernehmen müssen. Ich habe nur ein paar Soldi in der Tasche.

Dann fuhren wir mit Tonio in seiner Gondel zur bewussten Brücke.

Ich hatte einen soliden Kater. Nach dem Besuch im Kaffeehaus wollte der unternehmungslustige Leibniz auf dem Weg zur Brücke der Brüste unbedingt etwas essen und einen Becher Wein trinken. Es wurden ein paar mehr.

Gestärkt und leicht betrunken drängte Leibniz, der wieder bezahlte, endlich Kurs auf das versprochene Ziel zu nehmen.

Tonio setzte uns ab, wollte warten.

»Tonio, Ihr müsst nicht warten. Ich glaube, ich kenne mich genug aus, um beim Heimweg nicht in die Irr zu gehen«, sagte Leibniz und klopfte schon wieder die Schulter bei mir.

»Mit Verlaub, Messer Leibniz, das glaube ich nicht. Selbst Einheimische kennen nicht alle Wege in dieser Stadt«, antwortete ich.

»Aber unser Freund, der so kundig für mich übersetzt, kennt sicher jeden Steig, nicht wahr?«, sagte Leibniz. »Ich werde ihn extra dafür entlohnen, mich später sicher zum Fondaco dei Tedeschi zu geleiten.«

Begeistert schien der Angesprochene nicht. Doch er nickte, nachdem der Deutsche auf seine – wie wir wussten – gut gefüllte Börse geklopft hatte.

Ich hörte eine Kirchturmuhr elfmal schlagen, und mir wurde bewusst, wie spät es war.

Jetzt noch zu den Huren wegen des absonderlich gut aufgelegten Herrn Leibniz … Morgen ist ein schwerer

Tag. Die Baustelle wird wegen Karneval nicht geschlossen. Meine Handwerker brauchen sicher verstärkt Aufsicht …

Die Gelegenheit war günstig, mich abzusetzen. Leibniz und der Dolmetscher schienen sich einig, zusammenzubleiben. Er war Venezianer genug, um Leibniz die Freuden des Ortes zu vermitteln. Tonio war noch nicht weg. Ich rief ihm hinterher, verabschiedete mich hastig und machte mich auf den Weg nach Hause. Mirela freute sich, auch wenn sie nur halb wach »Schön, dass du da bist. Wie war es denn?« von sich gab und auf meine Antwort gar nicht mehr reagiert hatte.

Jetzt stand ich mit leicht brummendem Kopf auf der Baustelle. Die gestohlenen Teile waren wieder hergeschafft, denn Luigi hatte den Ort verraten, wo die Diebe sie gelagert hatten. Heute sollte der Kran endlich fertig zusammengesetzt werden.

Am Steg, an dem die Lastkähne ankerten, legte eine Gondel an, und ein mir unbekannter Edelmann stieg aus.

»Du bist der Proto hier?«, fragte er mich nicht allzu freundlich.

»Ja, der bin ich. Was kann ich für Euch tun, Signore?«

»Ich bin Ludovico Longhena. Stellt sofort alle Arbeiten ein. Die Hälfte dieses Grundstücks gehört mir.«

Er klopfte auf eine Mappe, die er in der Hand hielt.

»Ich bin auf dem Weg zum Camerario Ducatini, um ihm die Urkunde zu zeigen, mit der der Doge meinem Vorfahren einst dies Stück Grund geschenkt hat.«

In Ducatini brodelte es. Enrico Zania hatte ihm Druck gemacht. Er wollte wissen, wie weit Newton mit der Herstellung von Gold sei. Zania betonte, er spräche für alle, die die Anleihe gezeichnet hatten. Unverzüglich hatte Ducatini sich auf den Weg gemacht. Als er in den Rio San Polo einbog, an dem die Alchemieküche eingerichtet war, erschrak er. Eine große Rauchwolke stand über dem Palazzo. Aus einem Fenster im Erdgeschoss loderten Flammen. Newton und sein Helfer löschten mit rußgeschwärzten Gesichtern mittels Kanalwasser, das sie mit Eimern schöpften.

»Was ist passiert, Mister Newton?«, rief Ducatini von der Gondel aus.

»Ein Ofen, ein Ofen ist explodiert. Das Feuer ist fast aus. Es ist nur ein Ofen. Sonst ist alles noch da.«

»Wie konnte das geschehen? Was habt Ihr gemacht?«

Newton schöpfte einen Eimer und goss ihn in das Feuer am Boden, das immer kleiner wurde. Der Eimer des Dieners löschte den Rest vollständig.

»Eine Mischung, die ich schon oft verwendet habe. Die Zutaten von hier sind nicht gut. In England, da ist mir das nie passiert.«

Der Diener kam mit einem Besen und kehrte die qualmenden Scherben zusammen.

»Nicht in den Kanal, Kerl!«, herrschte Ducatini ihn an. »Du weißt, was darauf steht.«

»Er soll alles erst abkühlen lassen und dann aufräumen«, meinte Newton. Ducatini übersetzte es.

»Das Wichtigste ist, dass Euch nichts geschehen ist, Mister Newton, oder?«

»Bis auf den Dreck im Gesicht ist alles in Ordnung mit mir. Ich habe mir nichts verbrannt.«

»Könnt Ihr weitermachen … ohne den Ofen? Müssen wir ihn ersetzen?«

»Es war der Hauptofen. Der nächstkleinere und die anderen funktionieren. Ich verstehe nicht, wieso er auseinandergeflogen ist. Mein Ofensetzer in England …«

Dieser Kerl … England … England …, dachte Ducatini.

»Mister Newton, wie weit seid Ihr? Wann sehe ich das erste Gold?«

»Ich war auf einem guten Weg, Messer Ducatini.«

»Ihr … Ihr habt doch schon etwas?«

»Der Weg ist manchmal länger, manchmal kürzer. Der Herr zeigt mir die Richtung, aber nicht jede Biegung, die ich nehmen muss.«

»Ihr wisst, was ich Euch gesagt habe über unsere Zusammenarbeit?«

»Für mein Teleskop habe ich überhaupt keine Zeit mehr. Ich arbeite unverwandt nur hier, damit ich Euch zufriedenstellen kann.«

»Mister Newton, meine Aktionäre sitzen mir im Nacken. Sie wollen Gold sehen. Der Doge auch. Ich rate Euch, erfolgreich zu sein, Mister Newton. Ich werde ab sofort häufiger vorbeischauen und hoffe für Euch, dass Ihr mir etwas zeigen könnt.«

Er wollte weggehen, dann drehte er sich um und sagte: »Schreibt auf, was Ihr für den neuen Ofen braucht.«

Zu dem Diener sagte er:

»Verständige den Ofensetzer, er soll so schnell wie möglich den Schaden beheben.«

Als er in die Gondel gestiegen war, erreichte ihn ein Boot mit einer Nachricht Mansanis: »Die Familie Longhena erhebt Anspruch auf das Grundstück, auf dem ich die Sternwarte bauen soll.«

Als sein Sekretarius ihm meldete, der Dolmetscher der beiden Gelehrten Ducatinis wolle ihm etwas berichten, schob Demona sein begonnenes Schreiben zur Seite.

»Soll hereinkommen«, sagte er.

Er begrüßte den mit Verbeugungen den Raum Betretenden, ließ sich die Hand küssen und fragte:

»Nun, was gibt es Neues?«

Der Dolmetscher berichtete von dem Tag mit Leibniz und Newton. Demona unterbrach ihn kein einziges Mal. Als er berichtete, wie Leibniz und er allein zur Hurenbrücke aufgebrochen waren, fragte Demona:

»Zu den bedauernswerten Frauen an der Ponte della Tette?«

»Genau dorthin«, antwortete der Dolmetscher.

»Und? Hat er sich dort vergnügt?«

»Ja und nein, Eminenz.«

Demona hob den Kopf und kräuselte die Stirn.

»Kannst du das genauer erklären?«

»Nun, als wir ankamen, schaute er sich interessiert an, was die Damen ihm darboten. Aber nur aus der Entfernung. Nah hingehen wollte er nicht.«

Aha, dachte Demona, *aus Frauen macht er sich tatsächlich nichts.*

»Nun. Spann mich nicht auf die Folter. Was dann?«

»Er fragte nach – verzeiht, Eminenz – Männern.«

»Wie? Er fragte nach diesen verabscheuungswürdigen

Kreaturen, die …«, er bekreuzigte sich, »… ihren Körper wie Vieh darbieten?«

»Er tat es indirekt, gewunden. Ich schloss es mehr aus seinen Gesten und den suchenden Augen, die vorbeigehenden Männern folgten. Männer, die wie Frauen angezogen waren.«

Demona stand auf und starrte den Dolmetscher an.

»Wie Frauen angezogen? Männer? Du irrst dich nicht?«

Der Dolmetscher nickte und schüttelte den Kopf.

Es wird immer schlimmer. Ich muss mit dem Dogen und mit dem Patriarchen sprechen.

»Erzähl weiter, mein Sohn.«

»Es ist so, Eminenz, dass ich mit … so was nichts … nichts zu tun habe. Nur, wenn ich ausländische Gäste begleite … dann … dann muss ich …«

»Ist gut, mein Sohn. Es geht um diesen Protestanten, nicht um dich. Mach weiter.«

»Ich erzählte Leibniz, dass ich ein Haus kenne, in dem gespielt wird und auch … Männer mit … Männern … Ihr wisst schon.«

Ich will gar nicht wissen, woher …

»Da seid ihr hingegangen?«

Der Dolmetscher nickte.

»Und habt gespielt, und Leibniz hat …«

»Er hat, Eminenz.«

»Warst du dabei?«

»Gott bewahre, Eminenz.« Er bekreuzigte sich.

»Was hast du gesehen? Was kannst du bezeugen? Nun sag schon.«

»Er hat mir Geld gegeben, damit ich spielen konnte, und ist mit einem jungen Mann ins Nebenzimmer gegangen. Ich … ich bin an die Tür und habe sie gehört. Das Geräusch war eindeutig.«

Sodomie. Dafür geht er auf den Scheiterhaufen. Seine Heiligkeit wird sich freuen.

»Du wirst den Mann wiederkennen?«

»Er wohnt in meinem Sechstel, Eminenz.«

»Das ist gut. Behalte alles für dich. Zu gegebener Zeit werde ich dich um Zeugenschaft bitten. Ich danke dir, und halte weiter Augen und Ohren offen.«

Demona entlohnte den Dolmetscher großzügig. Unbändige Freude überkam ihn. Newton ein Hexer, Leibniz ein Sodomit. Diese vermaledeite Sternwarte würde den Abgang der beiden sicher nicht vertragen.

Leibniz besuchte mich auf der Baustelle zusammen mit dem Dolmetscher und wunderte sich, dass sie brachlag. Ich erklärte ihm die Situation, fragte aber vorher, wie ihm der Rest des Tages der Sensa gefallen habe. Er antwortete wortkarg, es sei schön gewesen und er sei gut nach Hause gekommen. Der Dolmetscher habe den Weg ohne ein Problem gefunden. Leibniz schaute ihn dabei eigenartig von der Seite an. Der Übersetzer schaute gelangweilt, und ich bohrte nicht nach, warum auch. Ich erklärte, dass ich zu Ducatini müsse, denn dieser Grundstücksanspruch müsse geklärt werden.

»Wie wird Eigentum denn beurkundet?«, fragte er, nicht ohne mir – bevor ich antworten konnte – zu erklären, wie die Urkunden im Fürstentum Braunschweig gestaltet seien. Am Hof habe ein Beamter diesbezügliche Aufgaben, der nicht weit von ihm in einem Anwesen in Braunschweig seiner Tätigkeit nachginge.

Was interessiert mich das …

»Die Guidici del Piovego kümmern sich um Eigentumsstreitigkeiten, Messer Leibniz. In Venedig ist alles bestens geregelt. Es gibt für jede Sache eine Behörde.«

»In Braunschweig legt man strittig Dinge dem Fürsten vor. Er entscheidet. Ich habe einmal assistieret, als …«

»Messer Leibniz, ich muss mich beeilen, Signore Ducatini wartet nicht gern.«

»Ich verstehe, Messer Mansani. Aber nehmt mich bitte mit. Es interessieret mich. Wirklich. Vielleicht kann ich Erkenntnis für meinen Fürsten sammeln.«

»Hmm.«

»Und außerdem betrifft es mich doch. Wenn es Streit gibt, wird die Baustelle vielleicht aufgelassen und ich muss frühzeitig abreisen. Mein Fürst würde sich freuen, er dränget schon.«

Ich nahm ihn mit, schon damit er Ruhe gab. Auf dem Weg erklärte ich ihm, dass bei Streitigkeiten über Eigentum an Grundstücken die Guidici del Piovego die Beteiligten zu einer Verhandlung einluden, an deren Beginn wesentliche Urkunden, Kaufverträge, Schenkungsurkunden, Testamente und dergleichen vorzulegen waren. Dann kam ein Lokaltermin hinzu, an dem die Bewohner umliegender Grundstücke geladen wurden. Zeugen wurden vereidigt und mussten die Grenzen der Liegenschaft mit dem Finger auf einer Karte beschreiben und bezeugen, ob das Landstück nach Erzählungen von Vorfahren privates oder öffentliches Eigentum war. Bei negativen Aussagen für den Anspruchererheber setzte man ihm eine letzte Frist für den Nachweis, und es wurde »In nomine dei eterni. Amen« vor Gott entschieden.

In unserem Fall reklamierte der Sohn der Familie Longhena, der Besitzer der angrenzenden Bauruine, den halben Bauplatz der Sternwarte für sich. Man habe nach Baubeginn lange nach der Urkunde gesucht und sie in einer vergessenen Truhe in einer Villa auf der Terraferma gefunden. Mehr wusste ich bisher nicht.

»Dann wird es keinen Lokaltermin geben, oder irre ich?«, fragte Leibniz.

»Nein, das stimmt. Soweit ich weiß, findet die Verhandlung im Palazzo des Camerario Comunis mit dem Piovego und allen Beteiligten statt.«

»Gar neugierig bin ich ob der Art, wie hier verfahren wird«, sagte Leibniz.

Im Verhandlungssaal Ducatinis, der an sein Arbeitszimmer angrenzte, staunte ich über die Pracht für diesen Raum, in dem Menschen Entscheidungen fällten.

Der Piovego in seinem Amtstalar strahlte eine unbändige Kälte aus. In seinem faltigen Gesicht konnte man die Augen kaum erkennen.

Mit dem möchte ich keinen Streit haben …

Ludovico Longhena saß lässig mit übergeschlagenen Beinen am Tisch, auf dem eine Urkunde ausgebreitet lag. Ducatini klopfte ungeduldig mit den Fingern auf die Tischplatte. Ein anderer Beamter, den ich nicht kannte, studierte die Urkunde – über sie gebeugt. Ein zweiter protokollierte. Ducatini hatte weder Leibniz noch mich bisher zur Kenntnis genommen.

»Ducatini, es ist dein Haus«, sagte der Piovego, »aber

meine Verhandlung. Sind das Zeugen? Die muss ich vereidigen.«

Ducatini erklärte meine Rolle und sah erstaunt zu Leibniz und dem Dolmetscher.

»Signore Senatore«, sagte Leibniz auf Englisch, »erlaubt, dass ich teilnehme. Es interessiert mich, und ich bin betroffen. Es ist auch meine Baustelle.«

Ducatini überlegte kurz, bezeichnete ihn als ausländischen Sachverständigen ohne Zeugnisrecht und schickte den Dolmetscher hinaus. Das würde er – wenn notwendig – selbst übernehmen. So richtig zufrieden schien der Mann mit dem faltigen Gesicht nicht zu sein, aber er ließ Ducatini gewähren.

»Signore Longhena«, begann der Piovego, »du behauptest, dass diese Urkunde mit Siegel von Doge Francesco Molin, datiert vom Tag vor Fronleichnam im Jahre 1655, beweist, dass die Republik deinem Vorfahren das halbe Grundstück geschenkt …« Er unterbrach. »Warum haben wir keinen Lokaltermin gemacht, Ducatini? Wir wissen doch gar nicht genau, worum es geht?«

»Signore, es ist eilig. Wenn alles rechtens sein sollte, kann man das nachholen. Wenn nicht, wovon ich ausgehe, ist es entbehrlich.«

»Meine Verhandlung, aber …«, er schaute aus dem Fenster in die Sonne, »eine Abkürzung gefiele mir in diesem Ausnahmefall auch. Gut. Wo war ich?«

Der Protokollant richtete sich auf und wiederholte den von seinem Vorgesetzten begonnenen Satz bis aufs Wort.

»Danke. Also … das halbe Grundstück hat der Doge deiner Familie geschenkt. Warum?«

»Militärische Verdienste, Signore.«

Der berühmte Doge Francesco Molin hatte gegen die Türken kämpfen lassen. Er belohnte sein Militär großzügig, das wusste ich.

»Das Siegel des Dogen Molin ist echt, Signore Piovego«, meldete sich der eine Beamte. Leibniz war neben ihn getreten und schaute ihm über die Schulter. Plötzlich wandte er sich an Ducatini: »Ich verstehe die Rede nicht, vernehme aber den Namen des Dogen Molin. Soll die Urkunde von seiner Hand sein?«

»So ist es, stört nicht, Messer Leibniz.«

»Verzeiht, Signore Senatore, aber das kann nicht stimmen.«

»Wie das? Wie wollt Ihr das wissen?«

»Ich bin Historicus und laboriere in den Archiven der Stadt an der Historie der Vorfahren meines Fürstenhauses, der Familie der d'Este, wie Ihr wisset …«

»Ich weiß, ich weiß, aber …«

»Ich beschäftige mich in Momento in profundo mit der Condicio der Republik Venedig im Jahr des Herrn 1655, weil Alfonso IV. d'Este hier in Venedig Besitz gehabt haben soll.«

»Und? Ihr haltet uns auf, Messer Leibniz.«

»Doge Molin ging dem Dogen Carlo Contarini voraus. An dem Tag, an dem diese Urkunde mit dem Siegel des Dogen Molin verfasset worden sein soll, war er nicht mehr im Amt. Er war seit einem Vierteljahr aus dem Leben gerissen und Contarini seit zwei Monaten Doge von Venedig. Mit Verlaub, diese Subscriptio ist nicht echt, diese Urkunde ist nicht von seiner Hand unterschrieben.«

»Das … könnte … das kann … das stimmt«, stammelte der Beamte, der neben Leibniz in sich zusammensank.

Was für eine Blamage! Der Piovego schäumte, weil seine Beamten die Fälschung nicht entdeckt hatten. Seine Falten glühten, als er mit ihnen im Schlepptau aus dem Raum stürmte. In der Tür drehte er sich um:

»Longhena, das wird ein Nachspiel haben, glaube mir. Ich werde es im Rat vorbringen, und wir werden über dich befinden. Und … vergiss nicht, wir beobachten deine Bauruine, diesen Schandfleck neben San Barnaba! Bau sie fertig, sonst reißen wir sie ab und verschenken das Grundstück an einen Würdigeren als dich.«

Ducatini wirkte gelöst.

»Messer Leibniz, wir sind Euch Dank schuldig, dass Ihr das Verfahren abgekürzt habt. Ihr habt großen Schaden vom Projekt der Sternwarte abgewendet.«

»Ihr übertreibt, Senatore. Dankt meinem Fürsten, der mich hergeschickt hat.«

»Wenn ich ihn je treffen sollte, werde ich es nicht vergessen.«

Ich hatte nichts von den Sätzen in Englisch verstanden, aber Leibniz und Ducatini strahlten Zufriedenheit aus. Ducatini erläuterte mir kurz die neue Lage. Die Bedrohung für das Projekt und die Möglichkeit, meine Schulden fristgerecht zu begleichen, waren verschwunden.

»Ich nehme an, dann gehe ich wieder an die Arbeit, Signore Senatore?«, fragte ich. Ducatini nickte, legte den Arm um Leibniz' Schulter und ging mit ihm in sein Arbeitszimmer.

»Messer Leibniz, erzählt mir doch noch mehr von Eurer Suche nach den Vorfahren Eures Fürsten«, sagte er auf Englisch.

Das verstand ich ebenso wenig.

Aha, ich bin verabschiedet.

Ich machte mich auf den Weg zur Baustelle und hoffte, dort meine Handwerker zu treffen. Sie waren angehalten, nicht weiterzuarbeiten, und ich ging davon aus, dass sie sich nicht in alle Winde zerstreut hatten. So war es. Sie standen und saßen schwatzend in Grüppchen. Nur die Tagelöhner waren enttäuscht verschwunden. Ich informierte alle, dass der Spuk vorüber war. Wir machten weiter, soweit das ohne die Helfer möglich war. Tonio schickte ich weg, um anderswo Kunden zu finden. Leibniz oder Newton erwartete ich nicht. Ein ruhiger Tag, der mit einem perfekt aufgebauten Kran endete. Produktiv wurden wir weiter nicht, weil die Tagelöhner für das Laufrad fehlten. Am Markusplatz würde man um die Zeit keinen mehr finden, und die Handwerker waren sich für die Arbeit im Laufrad zu schade. Die Maurer verarbeiteten an Ziegeln, was oben am Gerüst lagerte. Treppenteile lagen nicht mehr am Platz, die nächsten sollten in zwei Tagen vom Arsenal geliefert werden. Ich gab allen frei für den Rest des Tages.

»Proto Mansani, ein Wein auf die Freude, dass wir weiterbauen dürfen«, schallte es aus der Gruppe, einige klatschten. Ich überlegte nicht lange und ließ mich breitschlagen, auch wenn zusätzliche ungeplante Ausgaben Mirela nicht gefallen würden.

Ich muss Ducatini fragen, ob ich nicht ein paar Soldi für solche Zwecke kriegen kann …

Die Antwort würde vermutlich Nein sein, aber fragen kostete nichts.

Lachend und bester Stimmung machten wir uns auf den Weg. Im bunten und lärmenden Treiben des Karnevals fielen wir in unserer Arbeitskleidung in den Menschenmassen kaum auf. An so einem Tag war uns das auch egal. Wir waren uns schnell einig und folgten einem Maurer, der eine passende Schänke in Santa Croce kannte. Das passte mir, weil sie nicht weit weg von meinem Zuhause lag. Auf dem Weg hielten wir und schauten am Campo Frari einem Brückenfaustkampf zu. Begleitet von Musik und Geschrei kämpfte ein Dutzend Männer mit blanker Brust in knallbunten Hosen, mit Gürtel, Schärpe und Barett auf einer Brücke ohne Geländer gegeneinander. Das Publikum auf beiden Seiten des Rio dei Frari feuerte seine Kämpfer mit Gebrüll an. Vermutlich waren Stadtteile gegeneinander angetreten. Die meisten kämpften mit bloßer Faust, einige mit Stöcken. Das Gejohle steigerte sich, als ein Mann in den Kanal fiel. Sein Gegner, der ihn gestoßen hatte, hielt seine Siegerpose nur kurz, dann stürzte er kopfüber hinterher ins Wasser, und Gelächter übertönte das Gejohle. Ich wusste, das Ziel war, die Gegner von der Brücke zu vertreiben und sie am Schluss als Sieger zu beherrschen. Das konnte aber lange dauern, und wir zogen weiter, darauf bedacht, nicht in das Gemenge hineingezogen zu werden. So etwas kam vor, hatte ich schon gehört.

Wir erreichten die Schänke, sie war brechend voll. Der Maurer, der sie empfohlen hatte, schaffte es, uns unterzubringen. Er kannte jemanden näher. Man schob uns in einen nur halb gefüllten Nebenraum, in dem gespielt wurde.

»Wollen wir auch etwas spielen?« Die Frage stand sofort im Raum.

»Oh ja, *Gioco dei dadi*! Wir spielen mit dem Proto!«

Die Chance, mich gegen die Macht meiner Handwerker zu wehren, war gleich null. Ich hielt nichts von Glücksspiel. Vor allem, weil ich dazu kein Geld hatte. Es gab ein öffentliches Casino in Venedig, das Ridotto. Aber das war ein Ort für die Reichen, die dort – wie ich gehört hatte – mit Karten ihr Glück versuchten oder auf Spielbrettern mit Figuren um Geld spielten. Das verbreitetste Glücksspiel in Venedig für einfache Leute war *Gioco dei dadi*, Würfeln. Nicht verboten, aber auch nicht sonderlich beliebt bei den Behörden. Meine Handwerker wollten mir komplizierte Regeln ersparen und wählten ein einfaches Spiel. Wir spielten Paschen. Ein Wurf mit einem einzelnen Würfel bestimmte die Zahl, von der man anschließend möglichst als Erster ein Paar werfen musste. Jeder durfte mit eigenen Würfeln spielen. Meine Handwerker hatten ihre Glückswürfel dabei, und man kannte und vertraute sich. Sie verzichteten auf die Variante, in der man die Runde erst mit dem zweiten Pasch gewann. Sie sagten, so sei das schon Kitzel genug. Also, bei mir kitzelte gar nichts und ich war froh, dass ich sie überzeugen konnte, um einen Topf mit nur zehn Soldi statt eines Dukaten zu spielen. Ein Dukaten war ein Wochenlohn für die meisten von ihnen. Wir zahlten jeder in den Topf für den Sieger ein. Wer in zehn Runden am häufigsten gewann, strich die Summe ein. Ich fragte mich oft, wie meine Leute es anstellten zu trinken, zu spielen und ihre Familien zu ernähren.

Ich würfelte mit und gewann und verlor ausgeglichen.

Dem Wein sprachen wir anfangs mäßig, dann kräftiger zu. Der uns hierhin geführt hatte, am meisten. Er verließ den Raum, um sich draußen zu erleichtern. Das war zwar bei Strafe verboten, aber im Dunkel der Nacht … »Er pisst wie ein kleiner Junge«, grölten die Kollegen hinter ihm her und schlugen sich auf die Schenkel. Trotz Karneval sollte aber am nächsten Tag die Arbeit an der Baustelle weitergehen. Mein Hinweis fruchtete wenig. Dass meine Männer morgen früh wieder frisch am Bau erscheinen würden, wusste ich. Dass ich es nicht schaffen würde, wenn ich länger bliebe, wurde mir glücklicherweise rechtzeitig klar. Außerdem machte Mirela sich sicher Sorgen. Ich brach auf, wurde mit Gejohle verabschiedet und atmete draußen tief durch. Obwohl in Venedig geboren, musste ich mich kurz orientieren, wie ich auf kürzestem Weg nach Hause käme. Ich wählte den Weg über die Brücke, auf der wir die Faustkämpfe beobachtet hatten. Der Kampfplatz war leer bis auf übrig gebliebene Schärpen, Barette, Stöcke und einen Helm aus Holz. Ich hob ihn auf und sah ihn näher an – eine schöne Arbeit. Da hörte ich ein Wimmern. Ein Mensch – undeutlich zu erkennen – auf dem Boden. Ich ging näher hin und erkannte meinen Maurer, der vorhin die Schänke für ein menschliches Rühren verlassen hatte. Ich beugte mich zu ihm, wollte ihm aufhelfen. Fasste in etwas Feuchtes.

»Mein Gott, was ist?«

»Er hat … ein Messer … und …«

Heilige Muttergottes! Ich hatte Blut an den Händen.

»Bleib ruhig, ich hole Hilfe.«

Woher?

Ich schrie »Hilfe« und rannte zum nächsten Hauseingang, hämmerte gegen die Tür. Nichts tat sich. Die Leute hatten nach dem Faustkampf gefeiert und schliefen sicher ihren Rausch aus. Bei den nächsten Türen das gleiche Ergebnis. Da rief auf einmal jemand zurück, ich sah zwei Gestalten mit Laternen um die Ecke biegen.

Gott sei Dank. Agenti der Signori di Notte auf allnächtlicher Verbrecherjagd. Im Karneval eher selten zu erleben.

»Hierher!«, schrie ich. »Hier liegt ein Verletzter.«

Sie kamen schnell zum Opfer der Messerattacke, das das Bewusstsein verloren hatte. Sie leuchteten ihm mit ihren Laternen ins Gesicht.

»Wir müssen ihn ins Hospital schaffen«, sagte ein Agente.

»Er braucht einen Arzt«, sagte ich.

»Was ist geschehen?«, fragte der andere Agente.

»Ich habe ihn hier gefunden. Er hat etwas von einem Messer gestammelt.«

»Was hat er da in der Hand?«, fragte der erste Agente.

Jetzt sah ich es auch. Ein Stück Papier, beschrieben.

Der zweite Agente nahm es hoch, kniff die Augen zusammen, sagte:

»Lies du«, und reichte es weiter.

Stockend las der erste Agente:

»Wer die … Sternwarte baut, lebt … gefährlich! Hört … damit … auf.«

4 Die Wendung

Mirela schlief schon, als ich weit nach Mitternacht nach Hause kam. Die Agenti hatten Helfer organisiert, die den Verletzten ins nicht weit entfernte Ospedale Santa Maria della Carità trugen. Ich blieb, bis ein Arzt – es war der Bruder meines Geldverleihers Salomon – sich die Wunde angesehen hatte. Der Stich war nicht tief, hatte zum Glück knapp das Herz verfehlt. Die Warnung war unmissverständlich.

Der Vorfall hatte mich ernüchtert, aber als ich im Bett lag, fiel ich sofort in tiefen Schlaf. Mirela weckte mich um 5 Uhr wie jeden Tag außer Sonntag. Mein Kopf dröhnte.

»Na, mein Schatz. Gestern ist es wohl spät geworden. Ich habe lange auf dich gewartet.«

»Meine Männer, sie haben mich auf einen Wein überredet … Du weißt, der Bau steht … Ich habe Ja gesagt und bin mitgegangen.«

»Und nicht mehr weggekommen. Ich hoffe, du hast nicht zu viel Geld ausgegeben …«

»Ich, ich habe sogar gewonnen.«

Sie sah mich böse an.

»Was? Du hast gespielt? Hattest du mir nicht versprochen …?«

»Ich habe nur gewürfelt. Und nur um zehn Soldi«

»Das macht es nicht besser, mein Schatz.«

»Kommt nicht wieder vor.«

Ich versuchte, sie in den Arm zu nehmen. Sie wehrte ab.

»Wasch dich und mach dir deinen Mund sauber. Man riecht den Wein. Und dann iss was. Du musst weg. Oder willst du nach deinen Leuten ankommen?«

Soll ich ihr etwas erzählen?

Nein, sie wird es früh genug erfahren.

Ich wusch mir das Gesicht, reinigte meinen Mund und zog mich an. Mirela hatte mir eine kräftigende Suppe hingestellt, die mir half, wenn es – selten – zu einem Übermaß an Wein gekommen war. Ich nahm einen Löffel. Sie schmeckte heute nicht. Ich schlich zur Tür. »Bis heute Abend, mein Schatz. Tonio wartet.«

Sie antwortete mir nicht.

Sie darf auf keinen Fall erfahren, dass ich persönlich in Gefahr bin … Wie war das noch mit der Wahrheit, Fabrizio?

Ich mochte mich selbst nicht in dem Moment.

Das Opfer des Messerangriffs hatte das Bewusstsein wiedererlangt, die Brust dick umwickelt und konnte schon wieder grinsen. »Ich wusste nicht, dass die Stadt so hart gegen einen vorgeht, nur weil man in den Kanal pisst. Bisher war immer nur von Geldstrafen die Rede.«

»Mach keine Scherze, du bist nahe am Tod vorbeigeschrammt«, herrschte ich ihn an.

»Wenn ich in den Kanal gestürzt wäre, hätte es schlimm ausgehen können.«

»Tut es weh?«

»Nur wenn ich lache.« Er wollte das tun, aber es gelang nicht. Stattdessen verzerrte sich sein Gesicht vor Schmerz.

»Siehst du, sei vorsichtig. Ist deine Frau benachrichtigt?«

»Man hat ihr einen Boten geschickt.«

»Gut. Hast du den Messermann erkannt?«

Er schüttelte den Kopf.

»Dunkel angezogen und maskiert. Die Agenti haben mich das schon gefragt.«

»Hat er was gesagt?«

»Gib das deinem Chef. Eine Warnung. Das nächste Mal ist er selbst dran.«

Das darf Mirela nicht erfahren ...

»Wie lange musst du hierbleiben?«

»Ein paar Tage, dann kann ich nach Hause, hat der Dottore gesagt.«

»Hast du das Papier noch?«

»Nein, die Agenti haben es mitgenommen.«

Sie hatten es dem Camerario Comunis als Betroffenem übergeben. Vor dem stand ich gerade, er las es laut vor, dann gab er es mir.

»Irgendwer will, dass wir die Sternwarte nicht bauen, Signore Senatore«, sagte ich.

»Das sehe ich auch.«

»Sie müssen uns beobachten und aushorchen. Woher wussten die, dass wir am Tag nach der Sensa in dieser Schänke waren?«

»Sie sind euch vermutlich von der Baustelle gefolgt.«

»Das ist möglich. Krach haben wir ja genug gemacht. Wir waren für die Arbeit angezogen und nicht maskiert.«

»Es kann nur einer Interesse daran haben: der Vatikan.«

»Also der Nuntius.«

»Richtig. Diesem Wolf, dem man nie etwas beweisen kann.«

»Luigi, der Vorarbeiter, der uns verraten hat, sitzt in den Pozzi. Er kann es nicht gewesen sein.«

»Vielleicht ist noch einer vom Vatikan gekauft.«

Ich schüttelte den Kopf.

»Ich lege meine Hand für die anderen ins Feuer.«

Ducatini lachte.

»Hättest du doch auch für den Vorabeiter gemacht, oder?«

Stimmt …

»Ihr habt recht, Signore Senatore … Hören wir auf zu bauen?«

Als ich das fragte, schwammen mir die Beine. Ich dachte an meine Schulden.

»Auf keinen Fall, Mansani! Die Sternwarte wird gebaut.«

»Und wenn meine Männer nicht mehr wollen?«

»Müssen sie es erfahren?«

»Wie sollen wir das verhindern? Diese Stadt kennt keine Geheimnisse. Oder nur ein paar.«

»Ach, Mansani, wenn du wüsstest.«

»Erhöhen wir den Lohn?«

»Niemals. Denk nicht mal dran!«

»Aber wenn keiner mehr kommt?«

»Dann holen wir uns Arbeiter von der Terraferma.«

»Wir sollten die Baustelle nicht nur in der Nacht, sondern auch am Tag bewachen.«

»Hmm.«

»Unsere gelehrten Helfer. Was ist mit denen? Sie sind Teil der Baumannschaft, Signore Senatore.«

»Ich sage ihnen das nicht. Du wirst es auch nicht tun. Sie können beide kein Italienisch oder Venezianisch. Den Dolmetscher werde ich vergattern, den Mund zu halten.«

»Leibniz spricht mit deutschen Kaufleuten im Fondaco dei Tedeschi. Dorthin gelangen die Gerüchte der Stadt oft.«

»Pah. Eine harmlose Messerstecherei im Karneval interessiert die nicht. Ganz sicher.«

»Wenn Ihr meint, Signore Senatore …«

»Ich meine, Messer Mansani!«

»Da ist noch was.«

»Was?«

»Der Angreifer hat meinem Maurer gesagt, dass dies eine Warnung war. Das nächste Mal bin ich dran.«

»Oh. Das ist nicht gut, Mansani.«

»Vielleicht solltet Ihr einen anderen Proto einsetzen, Signore Senatore.«

»Auf keinen Fall.«

»… und ich gehe mit meiner Familie eine Weile auf die Terraferma. Meine Frau ist schwanger.«

»Das ist schön für dich. Aber ich sage Nein. Du bleibst Proto, bis die Sternwarte steht. Du kannst so gut mit den beiden Gelehrten, das schafft kein anderer. Beretto sowieso nicht. Du bleibst.«

»Und wenn ich nicht will?«

Ducatini schaute mich durchdringend an, trommelte mit zwei Fingern auf den Tisch und sagte:

»Da ist doch dieser Bericht über die seltsame Hinrichtung deines Bruders. Erinnerst du dich?«

Ich erinnerte mich und senkte den Kopf.

»Ich bleibe selbstverständlich, Signore Senatore.«

Er klopfte mir auf die Schulter.

»Ausnehmend vernünftig, Messer Mansani. Wie wäre es, wenn du deine Frau auf die Terraferma schickst? Du wirst wenig Zeit für sie haben. Ach ja, wie weit seid ihr? Der Papst hat den Nuntius beauftragt, sich die Baustelle der Sternwarte offiziell anzusehen, und der Doge hat zugestimmt.«

Am nächsten Morgen traf ich auf der Baustelle nahezu alle meine Handwerker an. Tagelöhner einzustellen, hatte sich der neue Vorarbeiter am Tag nach dem Überfall auf den Maurer nicht getraut.

»Gut, dass Ihr kommt, Proto. Wir hatten Angst, wir hören auf zu bauen«, schallte es mir entgegen.

»Ich dachte, Ihr habt Angst weiterzumachen«, sagte ich. »Schließlich bedroht man uns. Trachtet uns nach dem Leben.«

Alle riefen durcheinander.

»Wir sind Männer und nicht immer besoffen.«

»Wir gehen nur noch zu zweit – sogar zum Pissen.«

»Die Agenti finden den Täter.«

Davon war ich nun nicht gerade überzeugt. Wenn es keinen Zeugen gab oder sich ein anonymer Denunziant fand, hatten Verbrecher wenig zu fürchten. Und dann der Karneval … nahezu jeder maskiert.

»Klar ist, wenn ihr bleibt, ist es gut. Wer geht, wird ersetzt durch Handwerker von der Terraferma. Der Camerario will, dass die Sternwarte unbedingt fertig wird.«

»Wie geht es Guido nach dem Messerstich?«

Ich berichtete, was ich wusste.

»Einige fehlen. Nur heute?«

»Sie fürchten sich.«

»Wir hatten schon einen Verräter unter uns – Luigi. Männer, ich will euch vertrauen. Hat sich einer von den Abwesenden seltsam verhalten? Könnte er uns verraten haben? Irgendjemand muss uns doch beobachtet haben. Ist euch etwas aufgefallen?«

Alle redeten durcheinander. Aber keiner traute einem der Abwesenden das zu, und niemandem war etwas aufgefallen.

»Gut. Dann lassen wir das und wenden uns der Arbeit zu. Waren die Gelehrten gestern da?«

Alle schüttelten den Kopf.

»Nur für den Fall, dass einer von euch ihre Sprachen spricht. Kein Wort von dem Vorfall zu den beiden.«

Sie schüttelten sich vor Lachen. Fremde Sprachen unter Handwerkern! Ich lachte mit, fühlte mich gelöster, als ich erwartet hatte.

Dann fingen sie an zu arbeiten. Wieder erst einmal ohne Kran, denn Tagelöhner fehlten. Ich schickte den neuen Vorarbeiter zum Markusplatz, vielleicht erwischte er noch ein paar von ihnen für das Laufrad.

Kaum war der Vorarbeiter weg, legte eine Gondel an. Salomon, mein Geldverleiher, stieg aus.

Siedend heiß fiel mir ein, dass sein Bruder von dem Messerangriff wusste.

»Messer Sem, was verschafft mir die Ehre?«, begrüßte ich ihn.

»Ich grüße Euch, Messer Mansani. Ich muss Euch sprechen.«

»Zu Euren Diensten. Gehen wir ein Stück.«

»Mein Bruder hat mir erzählt, was er gestern erlebt hat. Er hat durch die Agenti auch mitbekommen, was auf dem Papier stand, das der Täter bei dem armen Opfer zurückließ.«

»Schrecklich. Ganz schrecklich. Zum Glück geht es ihm wieder recht gut.«

»Ist die Baustelle in Gefahr? Ihr schuldet mir viel Geld, Messer Mansani, und ohne Baustelle werdet Ihr Probleme bekommen, den Kredit zu tilgen, fürchte ich. Ihr wisst, dass Ihr das doppelte geborgte Kapital zurückzahlen müsst, wenn Ihr am Fälligkeitstag nicht zahlen könnt.«

Die Frage hatte ich erwartet, und mir war bewusst, welche Folgen mich erwarteten, falls ich das nötige Geld nicht beisammenhaben würde. Also berichtete ich Salomon von der Entscheidung Ducatinis und der Bereitschaft meiner Männer, trotz der Bedrohung weiterzuarbeiten. Salomon schien nicht vollständig überzeugt, aber er drängte nicht auf mehr und verabschiedet sich kurz darauf, nicht ohne mich an die Zinsen zu erinnern.

Dass ich persönlich bedroht wurde, hatte ich weggelassen. Stattdessen informierte ich ihn über meinen Plan, die Baustelle Tag und Nacht bewachen zu lassen. Das hatte ich natürlich vergessen, von Ducatini genehmigen zu lassen.

Wir kamen gut voran. Die Treppenteile wurden geliefert. Das Laufrad schnurrte vor eifrigen Tagelöhnern. Die Ziegellieferungen erreichten uns pünktlich. Am Sand gab es nichts auszusetzen. Leibniz werkelte mit den Zimmerleuten mithilfe des Dolmetschers an der Kuppel mit seinem Drehgestell, als habe er vorher nie etwas anderes getan. Sogar Newton ließ sich blicken. Sein Fernrohrgestell machte ebenfalls Fortschritte, das Teleskop selbst fehlte nach wie vor. Tonio berichtete, dass er mit dem Dolmetscher allein nach Murano gefahren und fluchend zurückgekehrt war. Der Dolmetscher erzählte, er habe sich fürchterlich über irgendeinen Schliff aufgeregt. Davon verstand ich zu wenig, um das einordnen zu können. Aber beim Einbau des Teleskops waren wir ohnehin noch lange nicht.

Ducatini hatte die Wache genehmigt, und wir fühlten uns sicherer auf der Baustelle. Mirela hatte bisher keinen Wind von der Sache bekommen. Ihr Bauch band sie mehr ans Haus, als ihr lieb war. *Noch zwei Monate und ich werde Vater!* Und die Nachbarin, die für sie einkaufte, war halb taub. Die bekam sicher nicht mehr jedes Gerücht mit. Nur sobald ich zu Hause hinter mir die Tür schloss, quälte mich die Frage, ob ich sie zur Sicherheit wieder zu ihren Eltern schicken sollte und ob sie das überhaupt tun würde. Und was würde sie mir sagen, wenn sie von der persönlichen Drohung gegen mich erführe? Wahrheit oder nicht? Eine widerliche Frage …

Heute erwarteten wir den angekündigten Besuch des Nuntius, begleitet vom Patriarchen von Venedig; der Doge wollte hinzukommen, und natürlich hatten die beiden Gelehrten mit ihrem Dolmetscher anwesend zu sein.

Die Gondel des Nuntius mit dem päpstlichen Wappen kam zeitgleich mit dem Viererruderer des Dogen.

»Wir waren bis eben in Chioggia«, raunte mir Ducatini zu.

Die Handwerker und Tagelöhner hielten inne, nahmen ihre Kappen ab.

Doge Poggione winkte huldvoll, der Nuntius und der Patriarch taten es ihm nach. Wir alle verbeugten uns, einschließlich Leibniz, nur Newton blieb aufrecht stehen. Demona nahm es missbilligend zur Kenntnis, wie ich seinem Blick entnahm, als ich mich wieder aufrichtete.

Ducatini stellte die Gelehrten vor. Demona streckte seine Kardinalshand hin. Beide reagierten nicht wie erwartet darauf. Leibniz verbeugte sich, Newton nickte nur.

Demonas Augen blitzten überdeutlich, aber er zog seine Hand lächelnd zurück.

Ich verbeugte mich tief zum zweiten Mal, als Ducatini mich vorstellte, weil ich das Projekt präsentieren sollte. Die Hand des Nuntius wurde mir verweigert. Als guter Katholik hätte ich sie geküsst wie schon damals, als er mich inoffiziell auf der künftigen Baustelle aufsuchte. Ich hatte die Zeichnung der Sternwarte, bei der Leibniz mir so gut geholfen hatte, auf einer schnell zusammengezimmerten Staffelei befestigt und erklärte mit einem Zeigestab die im Bau befindliche Sternwarte.

Der Patriarch stand einen halben Schritt hinter Demona und schien zu kommentieren, was ich sagte. Der Doge schaute weiter huldvoll in die Runde und schwieg. Leibniz trippelte nervös hin und her, Newton hatte den üblichen mürrischen Blick aufgesetzt.

»240 Fuß wird das Bauwerk mit der Kuppel und dem Fernrohr hoch sein und …«, erläuterte ich gerade.

»So hoch, höher als die Kirche Santa Maria della Salute?«, unterbrach mich Demona.

»Das ist richtig, Eminenz«, antwortete ich.

»Sua Eccellenza«, fragte Demona den Dogen, »wollt Ihr damit so ein profanes Bauwerk über die Kirche des Herrn stellen, der Eurer Stadt so barmherzig gegen die Pest geholfen hat?«

Der Doge unterbrach seinen huldvollen Blick und schaute hilflos Ducatini an. Bevor er antworten konnte, warf Leibniz auf Französisch ein:

»Eine Sternwarte ist Wissenschaft und ehret den Herrn in subtiler Eigenheit, Eminenz.«

Demona verstand ihn offensichtlich, bevor der Dolmetscher übersetzt hatte, und sah den Gelehrten mit hochgezogenen Brauen an.

»Wie der Herr geehrt werden soll, ist nicht Sache der Wissenschaft«, keifte der Nuntius, »sondern der Heiligen Kirche, der Heiligen Katholischen Kirche.« Das »katholischen« betonte er.

Der Dolmetscher war noch beschäftigt, für Newton zu übersetzen. Als er fertig war, meldete sich der Engländer zu Wort:

»Eine Sternwarte ist eine Sternwarte, keine Kirche!«

Englisch verstand Demona nicht, der Satz musste ihm übersetzt werden. Sein Blick verdunkelte sich zunehmend. Der Doge schwieg weiter.

»Das Wichtigste eines Bauwerks sind nicht die Ellen in der Höhe, sondern was es vermag, Eminenz«, schaltete sich Ducatini ein. Leibniz griff das auf und sagte:

»Mein Räderdrehlager für die Cupola wird eine exorbitante Constructio für ein solch Gebäude sein. Es ist derzeit nicht komplett, aber ich bin guten Mutes. Und ich erlaube mir item zu bemerken, die Höhe ist elementar für das Sichtfeld am Himmel, über alle Maßen wichtig sogar.«

»Item heißt ›auch‹ auf Lateinisch«, hauchte mir der Dolmetscher zu.

»Braucht es so eine Vorrichtung für eine Sternwarte? Bischof, was meint Ihr?«, fragte Demona den Patriarchen und beachtete Leibniz nicht, schaute betont an ihm vorbei.

Der Bischof von Venedig schien verlegen und hatte keine Antwort, aber Ducatini sagte:

»Wir erleben hier das Fortschreiten der Entwicklung mit, Eminenz. Das gilt auch für das neue Teleskop von Mister Newton, das ebenso einmalig ist wie die drehbare Kuppel von Hofrat Leibniz.«

»Sua Eccellenza, was sagt Ihr denn dazu?«, fragte der Nuntius den Dogen erneut nach seiner Meinung.

Poggione blickte kurz zu Ducatini und sagte dann mit fester Stimme:

»Die Sternwarte hat allein den Zweck, der Wissenschaft und dem Ruhm unserer Stadt zu dienen. Wissen über die Gestirne am Himmel verschafft der Heilige Stuhl sich doch in Rom mit einer solchen. Warum darf Venedig das nicht? Wir, der Doge von Venedig, stehen voll und ganz hinter dem Vorhaben.«

Demona schluckte, verneigte sich kurz in Richtung des Dogen und sagte:

»Ich werde dem Heiligen Vater genau berichten, Sua Eccellenza. Ich glaube nicht, dass er erfreut sein wird.« Ein letztes Nicken zum Patriarchen, dann drehte er sich um und schritt erhobenen Hauptes zu seiner Gondel.

Papst Sebastiano II. erwartete Demona ungeduldig, mit den behandschuhten Händen auf seinen Schreibtisch trommelnd. Mürrisch blickend hob er nur kurz die Ringhand und ließ den Nuntius sie küssen.

»Setzt Euch, Demona. Was habt Ihr zu berichten?«

Demona schilderte seinen Besuch auf der Baustelle in allen Einzelheiten und die Erkenntnisse, die er über Leibniz gesammelt hatte.

»Poggione hat keine Meinung, das wusste ich. Er plappert nach, was Ducatini sagt – wie immer«, sagte der Papst, nachdem der Nuntius geendet hatte. Er griff in ein Schälchen mit geschälten Nüssen, länglich mit braunem Häutchen.

Die Sorte kenne ich nicht. Könnte mir auch eine anbieten, dachte Demona und sagte:

»Die Höhe soll unsere Sternwarte ausstechen, davon bin ich überzeugt. Das ist ihr einziger Zweck. Das zeigt die Rede dieser Protestanten.«

Der Papst kaute genussvoll seine Nuss, griff nach der nächsten.

»Wäre besser, *wir* hätten diesen Turm und dieses Fernrohr, nicht Poggione.«

»Ich stimme Euch zu, Heiliger Vater.«

»Besser wäre, weder diese Sternwarte würde gebaut und die Pestkirche übertreffen noch diese … Erfindungen stünden in Venedig. Phhhh. Schale.« Der Papst verzog das Gesicht und spuckte ein Stück Nussschale in ein zweites Schälchen.

Geschieht dir recht.

»Wie wahr.«

»Habt Ihr nicht Versuche unternommen, in dem Sinne zu handeln?«

Die Nüsse schienen Sebastiano II. nach wie vor zu schmecken. Er nahm noch eine, musterte sie genau und schob sie dann in den Mund.

Kriegt nicht genug.

»Habe ich, Heiliger Vater. Leider bisher ohne Erfolg.«

Sebastiano II. hob die Augenbrauen.

»Seit wann habt Ihr denn keinen Erfolg, Demona? Wollt Ihr auch eine Nuss?« Er hielt Demona das Schälchen hin. »Kommen von holländischen Händlern aus Brasilien. Man nennt sie dort Para-Nüsse.«

Endlich.

Demona griff hinein und senkte den Blick.

»Ihr sagt es selbst, Heiliger Vater, Venedig ist ein schwieriges Pflaster.«

Die schmecken wirklich gut, muss ich mir auch besorgen.

»Das sei dir zugestanden. Aber es muss Wege geben, Wege für den Herrn. Sie mögen gewunden sein, aber sie sollen zum Ziel führen.«

»Was ratet Ihr, Heiliger Vater?«

»Ich höre, diese Protestanten haben es an nötiger Ehrerbietung fehlen lassen?«

Demona kaute seine Nuss fertig und antwortete: »Was nicht anders zu erwarten war.«

»Welche Hindernisse für die Sternwarte würde ein Fehlen der beiden aufwerfen? Kann sie ohne sie gebaut werden?«

Demona überlegte kurz.

Ich würd gern noch eine …

»Soweit ich den Plan verstanden habe, wird sich das Gebäude ohne Newton und Leibniz errichten lassen. Aber in Betrieb kann man es nicht nehmen.«

Der Heilige Vater hatte offensichtlich genug von Nüssen und stellte das Schälchen außer Reichweite.

Er ist, wie er ist. Heilig, aber unhöflich.

»Dann schaff sie her. Wir stellen sie vor ein Kirchengericht. Diesen Leibniz wegen …«, der Papst schüttelte sich, »Sodomie, und diesen Newton wegen Hexerei.«

»Heiliger Vater, daran habe ich schon gedacht. Aber bedenkt, was Newton außerdem tut. Es sieht immer noch so aus, als könne er Gold machen. Zwar gab es ein Unglück in seiner Werkstatt, aber alles ist repariert, und mein Spion meldet, Newton arbeite wieder den ganzen Tag. Er pfeife sogar ab und zu eine Melodie.«

»Ihr meint also …«

»Ihr entscheidet, Eure Heiligkeit. Aber ich denke, wir sollten abwarten.«

»Ich werde darüber nachdenken, Demona. Habt Dank für Euren Besuch.«

Der Doge wollte Ducatini wieder einmal allein sprechen. Er grüßte mürrisch, bot keinen Wein an, kam ohne Umschweife zur Sache.

»Ducatini, du hast eine Menge versprochen. Ich sehe nicht, wie du das alles erfüllen willst«, sagte Poggione aufgebracht. »Mein Fest, das du mir finanzieren wolltest, muss ich bescheidener planen. Das gefällt mir nicht! Ganz und gar nicht! Ganz zu schweigen von der Dogaressa!«

»Exzellenz, Ihr habt doch gesehen, wie weit die Sternwarte ist. Man kann sagen, wir sind gut in der Zeit, wenn …«

»Red keinen Unsinn, Ducatini. Ich rede nicht von der Sternwarte. Ich rede von dem Gold, das dieser Engländer machen soll. Wie weit ist er?«

»Er macht große Fortschritte, ist auf einem guten Weg.«

»War da nicht vor kurzem ein Unglück? Ist dem Wundermann nicht ein Ofen explodiert?«

»Ein Fehler im Material hat ihn zurückgeworfen. Da konnte er nichts dafür. Er hat alles wieder in Ordnung gebracht.«

»Wann?«

»Wie?«

»Wann sehe ich das erste Gold?«

»Gold machen ist ein Schöpfungsakt, sagt Newton. Das kann man nicht aus dem Hut zaubern.«

»Ach? Hat Gott nicht gesagt ›Es werde Licht‹ und es ward Licht? Lass ihn dir einen Termin sagen. Meine Geduld ist endlich. Geh! Ich habe zu tun.«

Ducatini verließ rückwärtsgehend mit gebeugtem Rücken den Raum, was er sonst nie tat.

»Und vergiss nicht«, rief ihm der Doge nach, »die Inhaber der Anteilscheine zu beruhigen. Enrico Ziani sitzt mir im Nacken. Und bald auch dir!«

Ducatini antwortete nicht, schäumte innerlich.

Den spüre ich jeden Tag. Ich vertröste sie alle schon zu lange.

Du musst etwas tun, Massimo! Lass dir etwas einfallen … Wenn das Ding scheitert, wirst du schuld sein. Alle werden dich jedem Löwen zum Fraß vorwerfen, der vorbeischleicht, dachte er.

Ich saß an meiner Schreibtruhe mit einem Brief in der Hand. Mirela räumte unten in der Küche.

Keine zwei Monate mehr, bis das Kind kommt, und Mirela weiß immer noch nicht, dass ich in Gefahr schwebe. Die Baustelle läuft, aber ich habe jeden Tag Angst, dass etwas passiert. Der Turm ist beinahe fertig, die Treppen sind fast alle eingebaut. Die Kuppel ist am Boden bis auf Kleinigkeiten zusammengebaut, kann aber nur in Teilen hochgezogen werden. Als Ganzes schafft es der Kran nicht. Newton ist so gut wie nie da. Sein Gestell haben die Zimmerleute gebaut, das Fernrohr fehlt. Ich erreiche ihn nicht. Salomon fragt nach dem nächsten Zins. Ducatini gibt mir keinen Vorschuss. Und jetzt dieser Brief:

»Lieber Fabi,
es geht mir gut. Ich hoffe, Mirela und dir auch. Wie lange ist es noch bis zur Geburt? Ich habe Arbeit bei einem Juwelier auf dem Ponte Vecchio gefunden und ein kleines Zimmer bei einer Witwe. Ich könnte zufrieden sein. Aber ich will zurück, zurück zu Lucia. Hast du etwas erfahren? Es bringt mich um, dass ich nicht weiß, wie es ihr und dem Kind geht.
Wenn du diesen Brief erhältst, bin ich vermutlich schon auf dem Weg nach Venedig.
Ich liebe dich unendlich, würde alles für dich tun.
Marcello«

Ein Bote hatte ihn vor zwei Tagen bei uns abgegeben, als Mirela bei der Nachbarin zum Schwatzen war. Ich habe ihn ihr nicht gezeigt. Warum, weiß ich nicht.

Meine Gedanken liefen wirr durcheinander, ich bekam sie nicht geordnet.

Wo bringen wir Marcello unter? Wie lange braucht man von Florenz nach Venedig? Kommt er zu Fuß oder mit einem Wagen?

Ich legte den Brief unter meine Blätter und versuchte, einen Entwurf für einen neuen Palazzo zu zeichnen. Im Moment meine einzige Einnahmequelle, solang die Sternwarte nicht fertig war. In Rom hatte ich gehört, dass Architekten während des Baus Zwischenzahlungen erhielten. Ducatini hatte mich ausgelacht, als ich es vorschlug.

Mirela kündigte sich durch den schweren Gang die Treppe hoch an. Ihr Bauch war unübersehbar, aber sie wollte sich bei nichts helfen lassen. Sie trat zu mir und schlang ihre Arme von hinten um mich, küsste mich in den Nacken.

»Liebster, du hast doch etwas. So wortkarg kenne ich dich nur, wenn du Probleme wälzt. Lass mich daran teilhaben.«

Ich stand auf, drehte mich zu ihr, umarmte sie innig und holte tief Luft.

»Mirela, ich muss dir etwas sagen.«

Dann sprudelten die Gedanken von vorhin aus meinem Mund, und ich zog den Brief von Marcello unter meinen Papieren hervor.

Sie hatte mir mit offenem Mund gelauscht, sah mich entsetzt an, als ich von dem Anschlag auf den Maurer und die Drohung gegen mich erzählte, sagte nichts, ließ mich ausreden und las dann den Brief.

Das Donnerwetter gleich wird fürchterlich …

Sie streichelte mir über die Wange und küsste mich, den Brief in der Hand.

»Fabrizio, du bist wie ein kleiner Junge, der die Augen zumacht, wenn die Welt um ihn tobt. Nicht darüber zu reden löst doch kein Problem, mein Schatz. Warum hast du mir nicht gleich alles erzählt?«

»Ich … ich wollte dich nicht aufregen. Das Kind und du …«

»Meinst du, es wäre besser gewesen, wenn sie dich mir als Leiche vor die Tür gelegt hätten?«

»Ich weiß nicht.«

»Außerdem, vergiss nicht, ich bin stark. Ich habe dir schon, als ich von meinen Eltern weg bin, gesagt, dass wir das zusammen durchstehen. Was hast du denn unternommen, um dich zu schützen?«

»Ich … ich bin vorsichtig, die Baustelle wird bewacht, ich komme früh nach Hause, gehe nicht mehr weg.«

»Und dass ich so wie du in Gefahr sein könnte, daran hast du nicht gedacht?«

»Doch, doch. Ich wollte dir sagen, dass du am besten wieder zu deinen Eltern gehst.«

»Hast du aber nicht. Außerdem – wenn ich gehe, gehst du mit. Ich gehe nicht allein, nur mit dir!«

»Ich, ich kann nicht weg …«

»Warum nicht?«, fragte sie mit Schärfe in der Stimme.

Ich schluckte, dann – jetzt war alles egal – erzählte ich ihr, dass Ducatini mich erpresste und womit.

»Uff«, sagte sie, »das ist ja furchtbar!«

Mir flossen die Tränen, ich konnte gar nichts dagegen tun, schluchzte:

»Siehst du, dass ich verzweifelt bin. Ich weiß weder ein noch aus.«

Wir weinten beide eine Weile. Mirela machte sich los.

»Weinen hilft nicht, mein Schatz. Wir müssen an dich, Marcello und das Kind denken.«

»Andere Reihenfolge, mein Schatz. Du, das Kind, Marcello, dann ich.«

»Unsinn«, sagte sie. »Alles hängt an der Baustelle. Wenn diese Sternwarte fertig ist, wirft Ducatini den Bericht weg, wir können die Schulden zahlen und raus aus Venedig. Dann hoffentlich mit unserem Kind. Dieser Bau muss so schnell wie möglich fertig werden.«

»Aber was kann ich noch tun? Ich arbeite, so geschwind es geht, meine Leute auch, und es hängt von diesen beiden Gelehrten ab. Und dann Marcello …«

»Also, ich gehe allein zu meinen Eltern und kriege das Kind. Du nimmst Marcello wieder bei uns auf. Oder … halt – wie wäre es, wenn Marcello mich und dich hier bewacht?«

»Der will doch zu Lucia, die ist auf dem Land.«

»Du hast sein Leben gerettet, er will alles für dich tun. Wir geben ihn in der Nachbarschaft als entfernten Verwandten aus, der trauert, weil er seine Frau verloren hat. Er verlässt das Haus deshalb so gut wie nie.«

»Aber Lucia, und wenn ihn einer erkennt?«

»Das lass mich mal machen, wenn er erst einmal da ist. Ich werde ihn anziehen, dass er sich selbst nicht erkennt. Ich kriege ihn schon dazu, sich nicht zusätzlich in zu große Gefahr zu begeben. Du weißt, wie überzeugend ich sein kann. Und jetzt zeichne. Wir brauchen das Geld!«

»Ach, Mirela …«

»Ich werde einen Weg finden, mit Lucia in Verbindung zu treten. Wenn sie Marcello liebt … Weiß sie, dass er lebt?«

»Ich habe es der Magd von Lucia nicht gesagt.«

»Das war damals richtig. Aber wenn sie es jetzt erfährt und ihn liebt, kann man etwas machen. Immerhin ist er der Vater ihres Kindes. Glaube mir, Töchter haben Macht über Väter, gerade wenn sie so alt sind wie der Doge. Ha! Das kriege ich hin. Aber eines nach dem anderen.« Sie stellte sich auf die Zehenspitzen und gab mir einen Kuss auf die Stirn. »Zeichne. Ich mache uns was zu essen.« Sie verschwand wieder nach unten.

Ich dankte meinem Schöpfer, dass er mir diese Frau gegönnt hat.

Demona ging unruhig in seinem Arbeitszimmer auf und ab. Sein Sekretär versuchte, ihm zu erledigende Schreiben vorzulegen, und wurde unwirsch abgewiesen.

Wie stelle ich den Papst zufrieden und wie ziehe ich Gewinn aus meiner Anleihe bei Ducatini?, dachte er.

Der Baustellenbesuch war ein Reinfall und diese Protestanten waren eine Zumutung gewesen. Dieser neumodische Krimskrams schien jedoch den Papst zu interessieren, da müsste man drankommen. Die Spione berichteten nichts Neues, außer dass das Bauwerk unaufhaltsam zu wachsen schien.

Die Drohung gegen den Proto wahr machen?

Der Stich hatte die Brust dieses Maurers schon zu tief getroffen, er sollte nur angeritzt werden. Eine Warnung eben. Ein Mord für oder besser gesagt gegen eine Sternwarte? Es wäre nicht der erste im Namen der Kirche für eine Belanglosigkeit wie gekränkte Eitelkeit Seiner Heiligkeit. Doch selbst im überwiegend mit der eigenen Verwaltung beschäftigten Venedig würde es zu eingehenden Untersuchungen führen. Würden dann alle Spione dichthalten?

Mit seinen Gedanken beschäftigt, musste sein Sekretär sich räuspern, damit er ihn bemerkte.

»Der Dottore, Eminenz, der Salbenverband.«

»Ach ja, hatte ich fast vergessen. Ich komme.«

Er ging ins Nebenzimmer, wo ihn Dottore Sem schon erwartete.

»Wie geht es Euer Eminenz?«, fragte er.

»Danke, Dottore, schlecht wie immer. Es juckt und schmerzt gleichzeitig, sobald die Wirkung der Salbe nachlässt.« Demona schob seinen Ärmel weit nach oben. Rotfleischige Haut, von gelbgrünem Schorf bedeckt, kam zum Vorschein. »Gut, dass man es nicht sehen kann, Dottore, ich ekle mich vor mir selbst.«

»Hätte ich ein besseres Mittel gegen Euren Ausschlag, würde ich es anwenden, Eminenz.«

Er zog einen Tiegel aus seiner Tasche, nahm den Deckel ab und trug mit einem Pinsel eine bräunliche Paste auf.

»Sie riecht immer streng, Dottore.«

»Ich habe Angst, ich nehme der Salbe die Wirkung, wenn ich zu viel Parfüm beimische. Der Geruch verfliegt schnell, wie Ihr wisst.«

»Ist schon gut, Dottore. Danke.«

Der Diener öffnete die Tür einen Spalt.

»Verzeiht, Eminenz, Senatore Ducatini für Euch.«

»Oh. Unangekündigt? Lass ihn rein. Ich komme sofort. Danke, Dottore, bis nächste Woche.«

Dottore Sem verabschiedete sich mit einer Verbeugung,

und Demona ging in sein Arbeitszimmer, das Ducatini kurze Zeit später betrat.

»Eminenz, darf ich Euch stören?«

»Ihr stört nicht, Senatore. Wollt Ihr mir mitteilen, dass der Bau der Sternwarte eingestellt wird?« Demona lachte über seinen eigenen Scherz.

»Ganz so ist es nicht. Aber möglicherweise habe ich einen Vorschlag zum gegenseitigen Nutzen.«

»Oh, ich höre. Setzt Euch. Ein Glas Wein? Wasser? Ich kann Euch diesen neumodischen Caffè zubereiten lassen, dauert ein paar Minuten.«

»Später vielleicht, Eminenz, später.«

»Gut. Warten wir.«

»Wo fange ich an?« Ducatini rollte nervös den Ärmel seiner Toga zwischen den Fingern.

»Euer Chef will, dass die Sternwarte scheitert, richtig?«

»Es würde ihn sehr freuen.«

»Dass zwei Protestanten mitwirken, erfreut ihn sicher nicht, oder?«

»So kann man sagen, Senatore.«

»Ich will nicht, dass sie scheitert. Könnt Ihr Euch vorstellen, warum?«

Demona überlegte nicht lange.

»Es war Eure Idee, nehme ich an. Wenn daraus nichts wird, hängt man es Euch an. Ihr werdet einiges auszuhalten haben.«

»Aushalten beschreibt es nur unzureichend, Eminenz. Da sind ja – ich höre, Ihr habt die Anleihe gezeichnet?«

»Das habe ich, 5.000 Dukaten.«

»Privat oder aus dem Schoß der Kirche?«

»Privat.«

»Nehmen wir an, die Sternwarte kann nicht gebaut werden, weil die beiden Gelehrten aus Venedig verschwinden und der Baumeister im Gefängnis sitzt?«

Der Baumeister?, fragte Demona sich.

»Wie sollte es zu dieser überaus angenehmen Lage kommen?«

»Ihr – nennen wir es – überführt diesen Leibniz und diesen Newton in die Hände der vatikanischen Rechtsprechung und …«

»Aus welchem Grunde?«

»Tut nicht so, Demona. Leibniz ist Sodomit, Newton ein Hexer?«

Woher weiß er, dass ich das weiß?

»Newton ein Hexer?«

»Demona! Ihr habt die 5.000 Dukaten wegen des Goldes investiert, ich bin doch nicht blind.«

»Soso. Und?«

»Ich habe neuerdings größte Zweifel, ob es Newton gelingt.«

5.000 futsch! Papst Sebastiano lacht mich aus …

»Wirklich?«

»Er nennt mir keinen Termin, zeigt kein Körnchen Gold.«

Demona setzte sich bequem zurück und sagte:

»Zum gegenseitigen Nutzen, habt Ihr gesagt, Ducatini. Also, wenn wir die beiden im Vatikan vor Gericht stellen wollen, müsst Ihr sie uns ausliefern. Das werdet Ihr sicher nicht offiziell tun. Folglich müssen wir sie entführen. Dann noch eine Frage. Was ist mit dem Baumeister, warum geht der ins Gefängnis?«

»Er hat eine große Dummheit begangen, eine Privatsache mit dem Dogen. Ich weiß es und habe ihn in der Hand. Sage ich es dem Dogen, geht Mansani ins Gefängnis, wenn nicht schlimmer.«

»Gut. Wenn wir sie entführen, dient es der himmlischen Gerechtigkeit, fürwahr. Es nutzt aber vor allem Euch. Die himmlische Gerechtigkeit ist geduldig, sie könnte warten.«

Ducatini zupfte nervös am Ärmel seiner Toga.

»Die Sternwarte wird nicht gebaut. Das wird den Papst freuen.«

»Sicher. Aber was habe ich davon? Ich verliere viel Geld.«

»Wenn ich persönlich Euch die 5.000 Dukaten zahle?«

»Hmm. Zinsen?«

Demona sah, dass Ducatini sich nervös die Hände rieb und schwitzte.

»Die Zinsen … nun denn, mit Zinsen.«

»Das hört sich tatsächlich so an, als ob es eine gute Idee wäre. Aber man wird den Papst ersuchen, mich aus meinem geliebten Venedig abzuberufen. Das wäre keine schöne Entwicklung, Ducatini.«

»Mit Verlaub, Eminenz, eine Verwendung in Rom wäre Euch doch erheblich lieber, nicht wahr? Eine gewisse Contessa würde sich sicher über regelmäßigere Besuche freuen? Oder liege ich falsch?«

Diese verdammte Spitzelrepublik!

»Ich werde das Vorhaben mit dem Heiligen Vater besprechen und gebe Euch Nachricht, Senatore.«

Er reichte Ducatini die Hand, lächelte und sagte:

»Lasst uns auf das doch erfreuliche Gespräch ein Glas Wein trinken.«

Ducatini wischte sich den Schweiß von der Stirn, nickte und lächelte gequält.

Wir hatten die Leibniz-Kuppel, wie wir sie mittlerweile nannten, unter fachkundiger Anleitung des Gelehrten mit Flaschenzügen selbst auf den Turm der Sternwarte gezogen. Die Befestigung war vorläufig, aber die Räder liefen in der vorgesehenen Schiene. Ausreichende Schmierung fehlte noch, dann würden wir die Drehung ausprobieren. An das Turmende hatten die Zimmerleute einen Rundlauf mit Geländer gebaut, an der Außenseite der Kuppel waren in alle Himmelsrichtungen weisende kurze Stangen angebracht. An ihnen würden kräftige Männer die Scheibe mit der Kuppel in jede Richtung drehen können. Dabei würden sie eine fantastische Sicht auf die Stadt haben. Am Boden hatte es funktioniert, aber Leibniz betonte mithilfe des Dolmetschers, dass er gedachten Lösungen in der Mechanik immer erst vertraue, wenn es praktisch zuverlässig funktioniere. Bei seinen Windmühlen im Bergbau habe er schlechte Erfahrungen mit Ideen allein gemacht. Zeitweise sei er gehörig in der Gunst seines Herzogs gesunken. Immerhin gab es bei uns Grund zu feiern. Newtons Fernrohrgestell schien in die Kuppel zu passen. Müsste ebenfalls erprobt werden. Das käme als Nächstes dran. Das Teleskop fehlte weiterhin.

Eines nach dem andern, dachte ich und ging mit der Mehrheit der erschöpften Männer nach getaner Arbeit einen trinken. Tonio schloss sich uns an, er hatte genug Geschäft gemacht und einfach Lust auf Entspannung.

Die Stimmung war ausgelassen, jemand zog wieder seine Glückswürfel aus der Tasche. *Gioco dei dadi* war erneut angesagt. Ich bestand wieder auf zehn Soldi statt eines Dukaten als Gewinnsumme und machte mit, bis ich ihn wiedererkannte.

Da saß der Capo, dem ich 100 Dukaten dafür gezahlt hatte, dass er meinen Bruder nicht ertränken ließ. Wieder betrunken und redselig. Maskiert, aber an seinem schrecklichen Dialekt leicht zu erkennen. Er trug keine Uniform der Republik und saß nicht mit städtischen Agenti beim Wein. Er führte sich in abgerissener Kleidung auf wie der Anführer einer Räuberbande, nur der Kurzdegen eines Capo baumelte nach wie vor an seiner Hüfte. Die Handvoll wilder Gesellen hing an seinen Lippen. Sie lachten rau über derbe Witze, schlugen sich auf die Schenkel und sprachen mit Genueser Akzent. Die Bedienung kam und wischte verschütteten Wein vom Tisch, ertrug manch groben Griff an ihr Hinterteil. Der Dialekt Genuas, der Stadt der mal Konkurrenten, mal Feinde Venedigs, machte mich wie jeden Venezianer misstrauisch. So hörte ich in Richtung des Capo, vergaß beinahe zu würfeln. Er schien mich nicht zu bemerken, hielt eine Hand vor den Mund, aber meine Ohren hörten nach wie vor sehr gut.

Ich verstand nur unzusammenhängende Wortfetzen, auf die ich mir keinen Reim machen konnte: »Vatikan«, »Ausländer«, »Inquisition« und hörte nicht weiter hin. Mit dem Mistkerl wollte ich nichts mehr zu tun haben.

Wir spielten, und es lief gut für mich. Zweimal durfte ich die zehn Soldi kassieren.

»Der Proto hat heute eine glückliche Hand«, sagte ein Maurer und prostete mir zu. In dem Moment zupfte mich ein Junge am Ärmel, vielleicht zehn oder elf.

»Messer Mansani, richtig?« Ich nickte.

»Ich habe eine Nachricht für Euch, nur für Euch.« Er zog mich zu sich hinunter und flüsterte: »Die Gelehrten sind in großer Gefahr, sie sollen in den Vatikan entführt werden.«

»Was ... warum ... Nachricht ... von wem?«

»Ich kenne ihn nicht, er war maskiert und hat mir einen Dukaten gegeben«, stieß der Junge noch hervor und verschwand im Schänkengewühl.

Eine Nachricht, die einen Dukaten wert ist?

Es durchfuhr mich wie ein Blitzschlag. Mir fielen die Wortfetzen von vorhin ein. *Es geht um Leibniz und Newton.* Fast wäre ich mit meinem Schemel umgefallen, so weit lehnte ich mich in Richtung Capo, um mehr zu erfahren. Zum Glück merkte er es nicht. Da fielen die Wörter »Leibniz« und »Sodomie«. Ich war endgültig aufs Höchste alarmiert.

Deshalb hat der Capo dieses Genueser Gesindel hier ... Die beiden entführt ... keine Sternwarte ... ich kann die Schulden nicht zurückzahlen! Ich muss sie warnen! Aber wie? Der Dolmetscher ist zu Hause. Ich kann ihre Sprachen nicht. Ich brauche Hilfe! Wer kann Deutsch in Venedig, der mir helfen würde? Salomon, der Geldverleiher, seine Familie stammt aus Worms. Aber die Tore des Gettos sind gleich zu!

Ich zermarterte mir den Kopf, dann kam die rettende Idee.

Die Kaufleute im Fondaco dei Tedeschi kommen aus Deutschland! Sie sprechen ihre Sprache und Italienisch, einige sogar Venezianisch!

Ich sprang auf und zerrte meinen Gondoliere am Ärmel.

»Tonio, wir müssen weg, zum Fondaco dei Tedeschi. Schnell. Komm, ich erzähl dir gleich, weshalb und wieso.«

Meine Männer wunderten sich über meinen plötzlichen Aufbruch. Aber sie waren so mit dem Spiel beschäftigt, dass sie mein Angebot – ich stand wieder kurz davor zu gewinnen –, auf den Gewinn zu verzichten und ihn ihnen zur Verfügung zu stellen, sofort annahmen und weiterwürfelten, ohne groß aufzuschauen.

Tonio bewegte seine Gondel trotz dunkler Nacht geschickt und schnell zum Palazzo, in dem deutsche Kaufleute Unterkunft nehmen mussten, wenn sie in Venedig Handel treiben wollten. Es kam mir wie eine Ewigkeit vor.

Wie kommen wir hinein? Wen spreche ich an?

Das Palazzo war zum Glück hell erleuchtet, wir hörten Stimmengewirr und Gelächter durch das offene Tor. Man feierte offensichtlich gut laufende Geschäfte.

Toni legte mit seiner Gondel an.

»Warte!«, rief ich ihm zu und rannte auf den Fondaco zu.

Woher kommt Leibniz? Was hatte er gesagt? Aus Braunschweig!

Ein Bediensteter schien völlig nüchtern, und ich fragte ihn:

»Ist ein Kaufmann aus Braunschweig hier?«

»Warum wollt Ihr das wissen um diese Zeit, Messer?«

»Es geht um Leben und Tod. Ich brauche ihn als Dolmetscher für einen Landsmann, schnell!«

Der Bedienstete sprach einen fröhlichen Mann an, der lachend nickte und auf einen anderen weiter weg an einem Tisch zeigte, der sich angeregt unterhielt. Ich wartete nicht und stürzte auf ihn zu. Aufgeregt zerrte ich ihn am Arm. Er reagierte ungehalten.

»Was soll das? Lasst mich los! Wer seid Ihr?«

Meine Stimme überschlug sich.

»Ich bitte um Verzeihung. Ich bin Fabrizio Mansani, Baumeister der neuen Sternwarte, Signore. Es geht um Leben und Tod von einem Eurer Landsleute. Messer Leibniz soll in den Vatikan entführt werden. Ich muss ihn retten. Ich spreche kein Deutsch. Ihr müsst helfen, bitte kommt mit.«

Er sah mich erstaunt an.

»Leibniz? Die Sternwarte, ich habe davon gehört. Wirklich Hofrat Leibniz aus Braunschweig?«

»Ja, ja, genau der. Kommt schnell. Die Schergen des Vatikans sind schon unterwegs.«

Der Kaufmann sprang auf. Die Tischgenossen schauten überrascht.

»Mein Name ist Gustav Löns, Messer Mansani. Ich kenne Hofrat Leibniz, bin ihm in Braunschweig begegnet. Ich komme mit.«

Gott sei Dank, er ist nicht betrunken wie die andern!

Sprach's, stand auf, raffte seinen Umhang und folgte mir zur Gondel. Die Mitfeiernden richteten ihre Aufmerksamkeit wieder auf ihre Becher und Gläser.

Ich erklärte Löns in der Gondel, was ich gehört hatte und dass auch Newton betroffen sei. Als er »Sodomie« hörte, blickte er mich erstaunt an und sagte:

»Man hört keine Frauengeschichten vom Hofrat, aber auch keine mit Männern. Nun denn, der Karneval eben. So ist Venedig.« Er lachte.

Nach kurzer Gondelfahrt im Dunkeln, nur mit einer Funzel am Bug, auf dem Canal Grande erreichten wir schräg gegenüber den Palazzo Foscari, in dem Newton und Leibniz logierten. Eine einsame Laterne beleuchtete seinen Eingang, die kurz davor stand auszugehen. Ich wusste nicht, wo die beiden schliefen, geschweige denn, ob sie überhaupt im Haus waren. Ich klopfte wie wild, rief halblaut die Namen, so gut ich sie eben aussprechen konnte. Löns half mir dabei. Nach einer gefühlten weiteren halben Ewigkeit rührte sich etwas. Ein verschlafener Mensch, nur unzulänglich des Italienischen mächtig, fragte, wer da sei.

»Messer Löns, fragt doch, ob Messer Leibniz da ist.« Löns machte das, und der Angesprochene öffnete die Tür. Es war Leibniz selbst. Löns begann, aufgeregt auf Deutsch mit ihm zu sprechen, was Tonio und ich nicht verstanden. Ungeduldig warteten wir, bis meine beiden gelehrten Helfer beim Bau der Sternwarte ungelenk und deutlich verängstigt in die Gondel stiegen.

Gott sei Dank!

Der Kaufmann aus Braunschweig hatte die beiden überzeugt.

Leibniz unterhielt sich aufgeregt mit ihm und danach mit Newton, dem der Schock ins Gesicht geschrieben stand. Löns sagte uns, dass er den beiden nicht viel erklären musste. Leibniz habe sofort begriffen, und Newton sei beim Wort »Vatikan« zusammengezuckt, als habe er den Leibhaftigen gesehen. Danach hätten sie blitzschnell das Nötigste gegriffen und wären ihm gefolgt. Leibniz huschte kurz zurück, um Dokumente mitzunehmen. Newton trug immer alles Wichtige bei sich, wie er sagte.

Mit Tonio hatte ich auf dem Weg zum Fondaco dei Tedeschi besprochen, wie wir die beiden unerkannt aus der Stadt bekämen. Zeit im Überfluss dürften wir nicht haben. Sie mussten sofort raus aus ihrer Unterkunft. Fieberhaft hatten wir überlegt. Dann kam mir die Idee: *die Bauruine neben unserer Baustelle!*

Löns fand die Idee gut, erklärte sie den Flüchtenden. Wir stiegen am menschenleeren Campo San Barnaba aus und führten sie in die Longhena-Bauruine. Löns sprach beruhigend auf sie ein, dann kam er zurück.

»Was habt Ihr ihnen gesagt?«, fragte ich.

»Was wir auf der Fahrt besprochen haben. Hier sei Platz zum Schlafen, im Morgengrauen holen Tonio und ich die Herrschaften ab.«

Wir hatten uns ausgedacht, dass Tonio die beiden in aller Herrgottsfrühe unerkannt in seiner Gondel an den Stadtrand fahren und dort einen Viererruderer mieten würde, mit dem sie ans Festland gelangen könnten. Löns war äußerst angetan von der Vorstellung, mit Leibniz enger in Kontakt zu kommen. Er erklärte sich deshalb bereit, den beiden in Mestre eine Kutsche zu einem Hafen zu organisieren. Sie würden sonst wegen ihrer Sprachprobleme sofort als Ausländer auffallen, Löns tat das wegen seiner Kleidung, Sprache und seinem Auftreten weniger. Wir hofften inständig, dass die beiden genug Geld dabeihätten.

An Dukaten solle es nicht mangeln, habe Leibniz gesagt. Sein Fürst habe ihn gut versorgt auf Reisen geschickt, berichtete der Kaufmann.

Ich wusste nicht, wann genau die Genueser Schergen des Vatikans zuschlagen wollten, aber ich hoffte inständig, dass die beiden es schaffen würden zu entkommen.

Als Tonio mich zu Hause ablieferte – der Morgen war nicht mehr allzu weit –, wurde mir langsam klar, was ich getan hatte. Sollte ich mit Mirela fliehen? Aber niemand außer Tonio und der deutsche Kaufmann wussten, dass ich den beiden Gelehrten geholfen hatte. Außerdem – Mirela hatte keine sechs Wochen mehr bis zur Niederkunft.

Nein, ich muss bleiben und normal meiner Arbeit nachgehen. Mirela muss nicht wissen, was passiert ist.

Sie wachte auf, als ich kam.

»Wieder so spät?«, fragte sie schläfrig.

»Schlaf weiter, mein Herz. Es war … anstrengend. Zu viel Wein … Die Männer haben mich nicht weggelassen. Und ich muss bald wieder aufstehen. Ein kleines bisschen Schlaf.«

»Du Armer, komm, leg dich hin«, tröstete sie mich.

Ich tat kein Auge zu, versuchte, mich zu beruhigen. Im Nachhinein kam mir mein Tun wahnsinnig vor. Doch ich freute mich, dass Tonio und der Kaufmann mitgemacht hatten. Tonio war ein uralter Freund, aber für den Kaufmann war ich ein Fremder, und er hatte dennoch sofort geholfen. Er kannte Leibniz, das war der Grund.

Ich hätte einem Landsmann in der Situation auch geholfen.

Mirela hatte es nicht geschafft, mich pünktlich zu wecken. Die Müdigkeit forderte ihren Tribut. Ich kam spät an der Baustelle an, musste den Weg zu Fuß zurücklegen, nicht mit Tonios Gondel wie üblich.

Meine Männer arbeiteten fleißig. Sie hatten kaum geschlafen, man sah es ihnen nicht an. Lustiger als sonst schien es mir zu sein. Da waren sicher Reste des Weins im Körper.

Hoffentlich fällt keiner vom Gerüst und bricht sich das Genick.

»Na, Proto, heute spät. Alles in Ordnung?«, fragte ein Zimmermann und grinste.

»Früher gehen und später kommen, das haben wir gern«, rief ein anderer. Alle lachten.

»Danke für deine zehn Soldi, Proto«, rief einer von oben.

»Fall nicht runter vor Lachen«, antwortete ich und mühte mir ein Grinsen ab.

»Seht, er kann lachen«, grölte ein Maurer.

Die Stimmung ist in jedem Fall in Ordnung …

»Habt ihr Tonios Gondel gesehen?«, fragte ich in die Runde.

Allgemeines Kopfschütteln und: »Nein, er war nicht da.«

Das beruhigte mich nur halb. Was weiß ich, was alles passiert sein konnte.

Ich tat so, als müsse ich mich erleichtern, schlich zur Ruine nebenan und lugte vorsichtig um die Ecke. Alles leer. Niemand mehr da. Sie hatten es geschafft! Tonio hatte sie mit der Gondel abtransportiert. Jetzt musste nur noch der Kaufmann sein Wort gehalten haben.

Ducatini war bester Stimmung. Heute würden die beiden Störenfriede verschwinden, die Sternwarte würde nicht gebaut, es gäbe kein Gold für die Inhaber der Anteilscheine.

Aber ich bin nicht schuld! Es ist wieder – wie so oft – der Vatikan. Lästig, launisch, rechthaberisch, intrigant.

Niemand kann mich verantwortlich machen. Meine Idee war grandios. Aber wer hätte das Fiasko voraussehen können? Niemand. Nicht mal der ständig pessimistische Poggione, dachte er.

Am liebsten hätte der Camerario Comunis den Tag in seiner Villa an der Brenta verbracht, im Schatten kühlender Bäume, bei einer guten Karaffe Wein. Vielleicht hätte er sogar die Beine ins Wasser gehalten?

Doch vorher hieß es abwarten, bis Nachricht vom Nuntius käme. Danach hieße es, nach außen den Entsetzten zu mimen, Dogen und Anteilscheininhaber von der Katastrophe in Kenntnis zu setzen. Diese Art politischer Schauspielerei beherrschte Ducatini gut. Ein vorfreudiges Lächeln schlich sich kurz in sein Gesicht.

Mittag vorbei. Kein Bote des Nuntius mit der vereinbarten Botschaft: »Der Herr lebt in Rom.«

Sein Sekretär meldete Besuch an, wollte es. Der Besuch drängte sich schnaufend an ihm vorbei.

Der Nuntius.

Ducatini erhob sich, um den Besucher zu begrüßen.

»Oh, Ihr kommt persönlich, Eminenz? Das wäre doch nicht nötig gewesen.«

»Was ist los, Ducatini«, schnaubte Demona mit hochrotem Gesicht. »Was ist das für ein Spiel, das Ihr mit mir spielen wollt?«

»Spiel? Ich verstehe nicht, Eminenz. Erklärt Euch näher.«

»Da ist nicht viel zu erklären, Ducatini. Die beiden waren weg, als meine Leute sie abholen wollten. Im Morgengrauen fanden sie nur ihr Gepäck in ihren Zimmern. Von den widerlichen Protestanten keine Spur.«

Ducatini riss es den Boden unter den Füßen weg, er schwankte und musste sich setzen.

»W…a…s?«, stammelte er. »Weg?«

»Nicht mehr da! Verschwunden!«

Ducatini schüttelte den Kopf.

»Ich fasse das nicht. Ich hatte gestern Abend beide zu mir eingeladen und habe sie nach ausreichend Wein mit meiner privaten Gondel zum Palazzo Foscari fahren lassen. Sie müssen zu Hause gewesen sein. Sie *müssen*!«

»Waren sie aber nicht.«

»Zu Hause, wie wir es abgesprochen hatten … Sind Eure Männer zuverlässig?«

»Gleich reicht es, Ducatini! Sie gehören zu einem Trupp Eurer Agenti, der sich hin und wieder nebenbei etwas verdient. Einer der Capos holt sich dafür Männer – ich will gar nicht wissen, woher. Vatikanische Soldaten würden nur auffallen. Das weiß doch jeder.«

Ich nicht …

»Setzt Euch, Eminenz.«

»Ich will mich nicht setzen, will keinen Wein, keinen neumodischen Caffè. Ich will wissen, was wir jetzt machen. Wisst Ihr, wo die beiden hin sind?«

Ducatini schüttelte den Kopf.

»Ich erwartete Euren Boten mit der abgesprochenen Botschaft.«

»Der Herr lebt in Rom. Das ist richtig. Aber die beiden verfluchten Protestanten sitzen nicht im Gefängnis des Vatikans, wo sie hingehören.«

»Sie müssen Hilfe gehabt haben.«

»Wie haben sie davon erfahren, was ihnen blühte? Wer von Euren Männern hat geplaudert?«

»Und wenn es einer des Vatikans war?«

Demona wollte aufbrausen, hielt aber inne und sagte:

»Wir wissen es nicht, Ihr habt wohl recht.«

Ducatini sprang auf, ballte die Faust.

»Ich schicke sofort Agenti an die Stadtgrenze.«

»Ihr Vorsprung ist gewaltig. Bleibt auf der Erde. Sie werden nicht warten, bis Verfolger in Sicht sind. Sie sind weg.«

»Ihr habt recht. Eine Kutsche nach Genua oder ein Ruderboot nach Chioggia und dann ein Schiff wer-weiß-wohin …«

»Könnt Ihr die Sternwarte weiterbauen?«

»Ich weiß es nicht genau, sicher nicht so wie geplant. Aber Mansani ist ein fähiger Baumeister.«

»Das Gold?«

»Es gibt keine Alchemisten in Venedig. Der einzige ist weg.«

»Und meine Einlage in die Anleihe, die erhalte ich doch in jedem Fall?«

»Wieso? Ihr habt doch nichts getan, Eminenz.«

Demona hob die Augenbrauen und pfiff durch die Zähne.

»Ich war dazu bereit, wie besprochen. Wenn Euch die Gelehrten entweichen, ist das nicht mein Problem. Ich will das Geld.«

»Aber, ich …«

Demona stand auf.

»Damit das klar ist, Ducatini: Wenn ich mein Geld nicht zurückbekomme und die Zinsen dazu, landet ein Briefchen in einem der Löwenmaulbriefkästen.«

»Das … das würdet Ihr tun?«

»Und falls ich befragt würde, würde ich die Wahrheit sagen.«

»W…elche Wahrheit?«

»Dass Ihr mir ein solches Verbrechen an dem Projekt Sternwarte vorgeschlagen habt. Ich bin natürlich nur zum Schein darauf eingegangen.«

Ducatini klappte entsetzt seinen Mund auf und zu.

»Ihr … Ihr seid ein Teufel, Demona.«

Demona lachte und ging zur Tür.

»Wie mein Name schon sagt, Messer Ducatini. Lebt wohl, sofern Ihr könnt, und denkt an mein Geld. Ich warte nicht lange.«

Ducatini lief wie ein eingesperrter Tiger im Käfig in seinem Arbeitszimmer hin und her, boxte vor Wut gegen eine der geschnitzten Säulen. Er verletzte sich dabei, fluchte und rief einen Diener, er möge ihm ein reines Tuch und Wasser bringen.

Der Gerufene schaute seinen Herrn verschreckt an und brachte das Gewünschte. Ducatini reinigte den blutigen Knöchel und wickelte das Tuch um die Hand.

Ich darf nicht verantwortlich sein, schoss ihm durch den Kopf.

Er hatte den Aufpasser für Newton aus dem Palazzo Foscari zu sich rufen lassen. Der dienerte sich in das Arbeitszimmer, in dem Ducatini ihn mit strengem Blick empfing.

»Was hast du gesehen in der Nacht? Wo sind die beiden hin? Du musst was gesehen haben!«, fauchte er ihn an.

»Ich … ich habe nicht bemerkt, dass sie abgefahren sind.«

»Du solltest auf Messer Newton aufpassen, Tag und Nacht, Kerl.«

Der Bedienstete beugte seinen Kopf ein Stück tiefer:

»Ihr habt Messer Newton und Messer Leibniz gestern Abend zu Euch eingeladen und allen frei gegeben, Signore Senatore.«

Ducatini schluckte, das hatte er vergessen.

Merda! Er hat recht.

»Und du warst gar nicht da?«

»Ich war mit Freunden in der Schänke nicht weit vom Palazzo. Als ich zurückkam, habe ich Messer Newton schnarchen gehört, glaube ich.«

»Messer Leibniz?«

»Auf den habe ich nicht geachtet. Ich war …«

»Betrunken? So betrunken, dass du nichts mehr gehört hast?«

Der Diener nickte. Ducatini schlug mit der umwickelten Hand auf den Tisch, tat sich weh, schimpfte und brüllte: »Raus! Geh mir aus den Augen.«

Der Angebrüllte ging rückwärts mit gebeugtem Rücken zur Tür. Ducatini hielt ihn auf.

»Halt! Schaff das Gepäck der beiden aus dem Palazzo, sodass dich keiner sieht.«

»Wo… wohin, Signore Senatore?«

Wohin?

»Bring es hier in den Palazzo dei Camerlenghi. Aber fahr von der Rückseite ran, da ist ein Lagerraum neben der Sickergrube. Deck was drüber. Mach es am besten heute Nacht. Jetzt raus!«

»Wie Ihr befehlt, wie Ihr befehlt, Signore Senatore!«

Ducatini war vor allem wütend auf sich selbst. Seine Schuld, dass der Aufpasser nicht aufgepasst hatte.

Was soll ich tun?

Er setzte sich und versuchte, seinen Kopf zu ordnen, trank ein Glas Wein. Bevor er einen klaren Gedanken fassen konnte, meldete sein Sekretär einen Besucher: Enrico Ziani.

Der hat mir gerade noch gefehlt.

»Sei gegrüßt, Enrico, was verschafft mir die Ehre?«

Ziani setzte sich unaufgefordert, schlug die Beine übereinander und ordnete sorgfältig seine Toga und die Stola, die ihn als Mitglied des Rates der Zehn auswies.

»Oh«, sagte er, »du hast eine Hand verbunden. Faustkampf mit dem Dogen?« Er schüttelte sich dabei vor Lachen.

Ducatini merkte, wie ihm das Blut in den Kopf stieg, und sagte so leichthin, wie er konnte, bemühte sich, dabei zu lachen:

»Eine dumme Ungeschicklichkeit, wie sie eben passiert.«

»Bist ja nicht mehr der Jüngste, Massimo.«

Unverschämter Kerl!

»Massimo, ich bin weg aus einer langweiligen Sitzung, musste mir die Beine vertreten. Mir ist eingefallen, dass ich lange nichts von dir wegen der Anleihe gehört habe. Ist nicht bald die erste Zinszahlung fällig?«

Ducatini antwortete:

»In vier Wochen, wenn ich den Plan richtig im Kopf habe.«

»Stimmt. Und wie kommt dieser Newton voran?«

»Als ich ihn zuletzt gesehen habe, wirkte er durch und durch zufrieden.«

Ziani senkte die Stimme:

»Ob Newton zufrieden ist, ist mir egal. Ob ich zufrieden sein kann, interessiert mich am meisten, Massimo. Vier Wochen. Ich habe Geld investiert, das will ich nicht verlieren. Nicht dass es uns geht wie bei den üblichen Anleihen der Republik. Hast du mich verstanden, Signore?«

»Na... natürlich. Alles ist in Ordnung, mach ... mach dir keine Sorgen. Einen Wein?«

Ziani schüttelte den Kopf, stand auf und lächelte.

»Ich gehe davon aus, dass du mich nicht belügst. Du weißt, was dir passiert, wenn es kein Gold gibt?«

»Was ... was meinst du?«

»Ich werde dich wegen Betrugs verklagen.«

»Das wirst du nicht tun. Es war Hexerei, du weißt, Enrico. Das geht nicht.«

Ziani antwortete mit deutlicher Schärfe in der Stimme:

»Lass mal meine Sorge sein, wie ich die Klage formuliere. Ich kenne mich da aus, mein lieber Massimo. Ich habe das Recht studiert. Das willst du gar nicht im Einzelnen wissen. Ich enthebe dich meiner Anwesenheit und gehe zurück in die Sitzung.«

Ziani verschwand grußlos. Ducatini sank in seinem Sessel zusammen.

Das kann er nicht. Wie sollte das gehen?
Wenn der Doge das erfährt!
Es muss Anzeichen gegeben haben.
Soll ich Mansani rufen lassen?

Es klopfte leise an der Tür.

»Wer kommt denn um diese Zeit?«, fragte Mirela.

»Kurz vor Mitternacht kann es nur ein Freund sein oder ein Inquisitor«, scherzte ich.

»Sag so etwas nicht«, antwortete meine Frau und öffnete die Tür.

»Wer? Oh Gott, Marcello. Ich hätte dich fast nicht erkannt. Komm rein.«

Seine Haare waren länger, sein Bart dichter, als ich mich erinnerte. Nur die Haut schien nicht mehr so braun.

»Willkommen, Bruder.« Wir umarmten uns, dann Mirela und er, danach wir noch einmal, ganz fest.

»Es ist so schön, wieder in Venedig zu sein. Ich spüre den Karneval und die fröhlichen Menschen. Florenz feiert auch Feste, aber kein Vergleich mit hier. Aber …«, sein Blick verdunkelte sich, »… ich will zu Lucia.«

»Nun komm erst mal zur Ruhe, Bruder. Du siehst erschöpft aus. Setz dich. Wie bist du hergekommen?«

Er legte sein Bündel auf den Boden und setzte sich.

»Zum größten Teil zu Fuß. Ab und zu hat mich ein Wagen mitgenommen.«

Mirela lachte.

»Du siehst nicht im Ansatz vertrauenerweckend aus, eher wie ein Vagabund. Ich hätte dich nicht mitgenommen.«

»Na ja, die Kleidung ist dafür zu gut«, warf ich ein.

Essen wollte Marcello nicht. Mirela brachte Wein und Wasser.

»Wir wollten eben ins Bett«, sagte sie. »Gut, dass du jetzt gekommen bist. Nachher hätten wir dein Klopfen nicht gehört.«

»Ich wäre über Nacht in das Lagerhaus gegenüber geschlüpft. Wie man da reinkommt, weiß ich.«

»Sag ich doch, Vagabund«, meinte Mirela aus der Küche.

Wir lachten befreit und tranken, bis Marcellos Müdigkeit ihren Preis forderte.

Als ich zur Baustelle aufbrach, schlief mein Bruder noch. Nach einem langen Tag traf ich ihn mit Mirela im Haus an. Er wirkte bedrückt.

»Ich habe ihm erläutert, wie ich mir die nächste Zeit vorstelle«, sagte Mirela. »Du weißt, der Plan, den wir besprochen hatten.«

Ich erinnerte mich und war gespannt, was Marcello davon hielt.

»Ursprünglich wollte ich mich sofort auf die Suche nach Lucia machen. Die Dogenvilla auf der Terraferma ist leicht zu finden.«

»Er wollte sich vor das Tor stellen und warten, bis Lucia rauskommt«, sagte Mirela.

»Keine gute Idee, das habe ich verstanden«, sagte Marcello.

»Sie hätte vielleicht der Schlag getroffen. Sie glaubt, er ist tot, und dann steht er lebendig vor ihr. Nein, das muss behutsam gemacht werden. Stück für Stück.«

»Von Frau zu Frau?«, fragte ich.

»So ähnlich. Unsere Nachbarin ist meine Wehmutter. Ich treffe sie jetzt öfter, es ist ja nicht mehr lange hin bei mir. Sie hört schlecht, aber sie ist eine wunderbare Frau, wir lachen viel. Sie hilft ab und zu bei den Nobili.«

»Damit ist Lucia nicht gefunden«, sagte ich.

»Geduld. Wenn sie nicht selbst bei Lucia hilft, sie kennt die anderen Wehmütter, man tauscht sich aus. Sie wird einen Weg finden, Lucia eine Nachricht zukommen zu lassen.«

»Ich bin nicht völlig überzeugt, dass es funktioniert, aber ein Brief von meiner Hand ist kein schlechter Weg, Lucia zu informieren. Da hat Mirela recht.«

»Und du schreibst jetzt einen Brief und wartest auf das Signal von Lucia?«, fragte ich meinen Bruder.

Er nickte.

Mirela klopfte auf ihren Bauch, schlang ihre Arme um Marcello und sagte: »Bis dahin bewacht er mein Kind und mich.«

»Und dich, Fabi. Ich stehe in deiner Schuld«, sagte er und lachte – gequält – ein bisschen dazu.

Der Besuch bei Mansani musste Klarheit bringen. Ducatini stürmte aus der Gondel auf den überraschten Baumeister zu.

»Wo sind deine gelehrten Helfer, Messer Mansani?«, fragte er rundheraus. »Ich sehe sie nicht.«

»Sie sind bis jetzt nicht erschienen. Messer Leibniz kommt eher am Nachmittag, und Messer Newton sehe ich selten hier. Dabei könnten wir ihn im Moment gut gebrauchen, nicht wahr?«

Mansani drehte sich zu seinen Zimmerleuten um, die nickten.

»Wollt Ihr sie sprechen, Signore Senatore? Ich richte es ihnen gern aus.«

»Ich würde sie in der Tat gern sprechen. Es sieht so aus, als seien sie unvermittelt und ohne Ankündigung aufgebrochen. Ich suche die beiden, es gibt einiges zu bereden. Weißt du, wo sie hin sein könnten?«

Mansani sah ihn erstaunt mit großen Augen an.

»Die beiden sprechen nicht mit mir ab, wo sie hinwollen.«

»Du, du hast dich doch gut mit Messer Leibniz verstanden, wie man hört.«

»So gut auch nicht, Signore Senatore.«

»Hattest du den Eindruck, dass sie bedroht wurden?«

»Im Gegenteil. Sie schienen sich gut zu fühlen in Venedig, auf jeden Fall Messer Leibniz. Sie waren doch gestern zu Gast bei Euch. Haben sie verängstigt oder bedroht auf Euch gewirkt, Signore Senatore?«

Ducatini hüstelte.

»Nun, wie läuft die Baustelle, Mansani?«

»Wie schon gesagt, wir warten auf Messer Newton, ohne ihn geht es mit dem Teleskopgestell nicht weiter. Er war bisher nicht zufrieden mit der Arbeit meiner Leute, und wir wissen – genau genommen – nicht, warum.«

»Und Leibniz?«

»Ihr meint den Drehturm? Das sieht gut aus, die Prüfung auf der Erde ist fast abgeschlossen. Diese Stummelräder, wie Leibniz sie neuerdings nennt, laufen recht ordentlich. Mit irgendwas ist er noch nicht zufrieden, aber Messer Leibniz ist guten Mutes, das zu richten.«

»Kriegst du das alles hin ohne die Hilfe der beiden?«

»Wie … ohne Hilfe?«

Kerl!, schoss es Ducatini durch den Kopf.

»Das war doch eine klare Frage, Mansani. Ohne Hilfe heißt ohne Hilfe.«

Mansani knetete nervös seine Hände.

»So ganz ohne Hilfe wird es nicht gehen. Den Turm ohne die drehbare Kuppel haben wir beinahe fertig, die Treppen sind geliefert und könnten eingebaut werden. Aber die Kuppelvorrichtung? Nein – ohne Messer Leibniz wird das nicht funktionieren.«

Merda!

»Und das Teleskop?« Ducatini hörte seine eigene Stimme kaum.

»Völlig unmöglich. Das Gestell ist kompliziert. Messer Newton hat keine vernünftige Zeichnung geliefert. Nur eine grobe Skizze. Er hat alles im Kopf und schimpft nur über die schlechte Arbeit der Zimmerleute, wenn er denn mal da ist.«

Ducatini schwieg, dann holte er tief Luft und sagte:

»Gut, Messer Mansani. Mach weiter. Die Baustelle darf nicht brachliegen. Tu, was du kannst, um die Sternwarte fertigzustellen. Du bekommst meine volle Unterstützung.«

Völlig verdutzt sah Mansani ihn an und fragte:

»Verzeiht, Signore Senatore, was soll das heißen?«

Ducatini drehte sich um, winkte huldvoll den Arbeitern und Mansani zu, sagte »Danke für eure Arbeit, Männer« und stieg in seine Gondel.

Ich habe keine Ahnung, was ich da eben versprochen habe.

Die Agenti berichteten Ducatini, dass die beiden Gelehrten gesehen worden waren, wie sie in aller Herrgottsfrühe nach Mestre mit einem Viererruderer übersetzten. Ein

Fremder habe sie begleitet, er habe Italienisch, aber auch Deutsch mit einem der beiden gesprochen, erzählten die Ruderer. In Mestre verlor sich die Spur.

Ducatini fluchte innerlich wie so oft in diesen Tagen. Er war zum Dogen bestellt. Als ob es nicht genug Ärger gäbe! Poggione hatte sicher Wind von der Angelegenheit bekommen. An die große Glocke schien er es nicht hängen zu wollen. Er hatte ihn zu einem der Vieraugengespräche im Schlafrock bestellt. Ducatini achtete diesmal nicht auf den Uniformstoff des Palastsoldaten, hastete die Treppen hinauf, drängte sich an dem verdutzten persönlichen Wachsoldaten mit einem schroffen »Ist schon gut, ich werde erwartet« vorbei in die Sala Erizzo und schloss die Tür hinter sich. Er deutete eine Verbeugung an, der Doge nickte huldvoll.

»So erregt, Ducatini? Was ist los?«

»Exzellenz, es ist etwas Ungeheuerliches geschehen.«

»Oh! Sprecht.«

»Die Gelehrten sind aus unerklärlichen Gründen, ohne Ankündigung, mir nichts, dir nichts abgefahren.«

Poggione hob den Kopf.

»Abgefahren? Wohin?«

»Sie haben Venedig verlassen, Exzellenz. Über Mestre.«

Der Doge drehte am Deckel einer Weinkaraffe.

»Wir verstehen nicht. Haben wir etwas verpasst? Ist die Sternwarte fertig? Hat Newton genug Gold gemacht?«

»Exzellenz, es ist schrecklich. Nichts davon ist fertig. Die beiden haben uns schlicht im Stich gelassen.«

»Im Stich gelassen? Du hast sie überwacht, wie alle Fremden, oder?«

»Schon …«

»Diesen Newton hatten wir dir doch besonders ans Herz gelegt. Du weißt, unser Fest braucht das Gold dringend. Wir haben uns voll auf dich verlassen. Die Dogaressa … müssen wir mehr sagen?«

Er wird förmlich!, dachte Ducatini.

Poggione trat näher an Ducatini heran und blickte ihm tief in die Augen.

»Exzellenz, ich … ich …«, stammelte der Camerario.

»Du bist der Camerario, hast eine neuartige Anleihe aufgelegt, die mit dem Gold von diesem Alchemisten finanziert werden sollte. Es war deine Idee.«

»Ich weiß, Exzellenz.«

»Alle müssen sich auf unsere Beamten verlassen. Wir, der Doge von Venedig, verlassen uns auf sie. Vor allem auf die in den höchsten Ämtern wie dich, Ducatini.«

»Exzellenz, ich werde …«

Poggione schlug Ducatini locker auf die Schulter.

»Du wirst die Verantwortung übernehmen, Ducatini. Wir sind kein Fachmann in Geldangelegenheiten, neumodischen Anleihen oder Sternwarten. Das ist dir doch klar?«

Ducatini schwieg und nickte.

Poggione goss sich ein Glas Wein ein.

»Wir nehmen an, du hast Wichtigeres zu tun, als jetzt Wein zu trinken, Ducatini. Du kannst gehen.«

Wie benommen wankte Ducatini aus dem Raum, stieß an der Tür mit einem Soldaten zusammen, der ihm eine Nachricht zusteckte. Ducatini las, und die Zeilen verschwammen vor seinen Augen:

»Senatore, Ihr werdet zu einer dringlichen Sitzung des Rates der Drei gebeten. Es liegt eine anonyme Anzeige wegen des Verschwindens zweier Gelehrter vor, die am Bau der Sternwarte beteiligt sind.«

Keine Unterschrift. O Gott! Der Rat der Drei! Die drei Schreckgespenster! Demona hat mich angezeigt! Er wollte doch warten!

»Liebster Marcello,

Gott, der Herr, hat mich erhört. Als mir Anna berichtete, dass du tot sein sollst, konnte und wollte ich es nicht glauben. Ich habe jeden Tag gebetet, dass es nicht wahr ist. Die Hoffnung wurde immer kleiner, aber ich habe sie nie aufgegeben. Umso größer meine Freude über deinen Brief, dein Lebenszeichen.

Nun wird unser Kind doch seinen Vater kennenlernen!

In wenigen Wochen werde ich unser Kind gebären, dann gib uns ein wenig Ruhe und komme zu dir, und dann sehen wir weiter.

Den Zorn auf meinen Vater kannst du dir nicht vorstellen. Als ich von deinem Tod erfuhr und mit welcher Lüge er dich hat verurteilen lassen, hat Mutter ihm gehörig den Kopf gewaschen. In der Familie hat sie Einfluss, wie du vielleicht weißt. Dennoch hat Vater mich auf die Terraferma verbannt, wird mich aber nicht ewig festhalten können. Du ein Gewalttäter! Er kann sich nicht vorstellen, mich mit jemand anderem als einem

Edelmann zu verheiraten. Aber ich kann es und Mutter. Glaube mir, niemand kann mich aufhalten, deine Frau zu werden. Wenn es nicht hier in Venedig ist, dann anderswo. Die Dogaressa wird mir helfen, hat sie gesagt.
Liebster, du schreibst so wenig, wie es dir ergangen ist. Ich hoffe, es war nicht zu schlimm.
Oh, ich würde dich so gern sofort in die Arme schließen, dich meinen dicken Bauch streicheln und das Kind fühlen lassen.
Wie gern wäre ich bei dir …
Ich herze und küsse dich und sehne mich nach dir. Schreib mir bald wieder, der Weg über die Wehmütter funktioniert prächtig.

Deine Lucia«

Marcello hatte mir Lucias Brief mit Tränen in den Augen gezeigt.

»Sie liebt mich wirklich. Sie will meine Frau werden. Ist das nicht wunderbar?«, fragte er mich.

Ich fasste ihn an der Schulter.

»Das ist es, Bruder. Aber es heißt jetzt, nüchtern zu denken und zu planen.«

»Ich weiß«, flüsterte er, »es ist nicht so einfach, wie sie denkt.«

»Wenn ihr Vater nicht will, müsst ihr fliehen.«

»Tochter eines Nobile, des Nobile, und ein Goldschmied …«

»… ohne Werkstatt.«

Marcellos Blick verdüsterte sich.

»Sie haben sie mir weggenommen. Ich bin heimlich da gewesen. Sie steht leer.«

»Ihr habt in Venedig nur eine Zukunft, wenn der Vater zustimmt.«

»Ich kann mich nicht öffentlich zeigen. Ich bin ein entflohener zum Tode Verurteilter.«

»Wenn du erkannt wirst, wirst du endgültig hingerichtet.«

»Nur Lucia kann mit ihrem Vater reden.«

»Mach dir mal keinen Kopf«, warf Mirela ein, die zu uns getreten war. »Lucia hört sich nicht so an, als würde sie so leicht aufgeben. Marcello und Lucia zusammen könnten die falsche Anklage in sich zusammenfallen lassen.«

»Der Doge wird nie und nimmer bekennen, dass er die Anklage erfunden hat«, sagte ich.

»Das ist zu befürchten«, bemerkte Marcello niedergeschlagen.

»Und ich glaube, dass Lucia einen Weg finden wird«, sagte Mirela mit fester Stimme. Sie klang überzeugter als wir.

Der Papst besuchte Ravenna. Das war günstig für Demona, so konnte er ihn persönlich nach einer Reise von zwei Tagen in einer schnellen Kutsche im Bischofssitz über die neuesten Entwicklungen in Kenntnis setzen.

»Demona, ich bin nicht im Geringsten erfreut darüber, dass die Protestanten entkommen sind! Es hätte unserer Gerichtsbarkeit gut zu Gesicht gestanden, dass wir vor berühmten Namen keine Ausnahmen machen. Sodomie und Hexerei! Gelehrsamkeit schützt nicht vor der Sünde.«

»Ich nehme die Schuld auf mich, Heiliger Vater. Möglich, dass ich die falschen Leute beauftragt hatte. Aber sie haben mir bisher immer gute Dienste geleistet.«

»Das Kirchengericht hat die Anschuldigungen zur Kenntnis genommen. Die beiden Sünder sind nicht aus der Welt, und unser Arm reicht weit. Das nächste Mal musst du besser planen.«

Nicht in England und in den deutschen Landen … egal.

Der Papst hielt Demona seine Ringhand hin. Der Nuntius beugte sich tief und küsste den Fischerring.

»Doch, lieber Demona, natürlich gereicht es mir zu großer Freude, dass die Sternwarte nicht gebaut werden wird.«

Demona hüstelte.

»Nun, Heiliger Vater, das ist nicht …«

»Wie? Sie bauen weiter?

Wenn es mir mein Amt nicht verböte, würde ich jetzt fluchen, Demona. Aber wir sind unter uns. Das kann doch nicht sein. Wie soll das gehen?«

»Dieser Baumeister, Mansani, soll fähig sein.«

»Hattest du nicht mit Ducatini die Entführung geplant, um die Sternwarte zu verhindern?«

»Schon, Heiliger Vater …«

»Dann darf sie auch nicht fertiggestellt werden! Verhindere das, Demona!«

»Es ist nicht sicher, ob weitergebaut wird, Ducatini wusste es nicht.«

»Ich kann es mir – so weit weg ich von dem Ganzen auch bin – nicht vorstellen. Die beiden Gelehrten waren doch die Voraussetzung für das Observatorium. Der Baumeister kann höher bauen als die Pestkirche, aber diesen

Drehturm und das Teleskop, das beherrscht er nie und nimmer.«

»Ihr habt sicher recht, Heiliger Vater.«

»Das habe ich, Demona. Und ich will diesen drehbaren Turm für unsere Sternwarte, der Turm der Winde unserer Specola Vaticana ist – ich sträube mich, es auszusprechen, aber es trifft zu – primitiv gegen diese Idee von diesem Leibniz. Ein kluger Kopf …«

»Eure Heiligkeit …«

»Unterbrich mich nicht. Ich bin nicht fertig. Das Teleskop von Newton soll moderner sein als das, was er in Greenwich eingebaut hat. Mit neuen Linsen und Spiegeln. Das will ich hier haben, in Castel Gandolfo, für meine Jesuiten-Astronomen.«

»Heiliger Vater, ich …«

Der Papst brauste auf.

»Und diese – nennen wir sie immer noch Sternwarte – darf nie und nimmer die Kirche Santa Maria della Salute an Höhe übertreffen. Niemals!«

»Aber wie …«

»Demona, du bist vor Ort. Du hast das dichteste Netz an Spionen in Venedig, wie ich vermute. Du hast die Schatulle des Vatikans zur Verfügung. Mach, dass das so kommt, wie ich es wünsche. Beeile dich, du musst kein Quartier nehmen in Ravenna. Ruhe dich in der Kutsche aus, du hast in Venedig zu tun!«

Der Papst hielt dem Nuntius die Hand hin. Demona blieb stumm, verneigte sich, küsste den Ring zähneknirschend zum zweiten Mal an diesem Tag und zog sich zurück.

Ich konzentrierte mich auf die Baustelle, so gut ich konnte. Ohne Helfer, mit einem Ducatini in Aufruhr und Mirela, die kurz vor der Niederkunft stand, blieb kaum Platz für Ideen, den Bau der Sternwarte erfolgversprechend fortzuführen.

Mirela hatte mich beruhigt.

»Ein Kind zu bekommen ist die natürlichste Sache der Welt. Mach dir keine Sorgen.«

Ich machte aber. Ich hatte schon von so vielen Frauen gehört, die bei der Geburt gestorben waren. Hauptsächlich bei der ersten. Mirela war zum ersten Mal schwanger.

Nicht auszudenken, wenn …

Meine Männer bemerkten meine Unruhe und sprachen mir Mut zu. Viele von ihnen waren schon Väter und kannten meine Gefühle.

»Sei froh, dass *du* nicht das Kind gebären musst, Fabrizio. Ich habe es miterlebt, furchtbar …«

»Ich auch, aber nur beim ersten Mal, dann bin ich in eine Schänke gegangen und habe auf die Nachricht der Wehmutter gewartet.«

»Das solltest du auch tun, Proto. Wein und Warten ist das beste Rezept.«

»Das geht gut, Kopf hoch. Ihr seid beide jung.«

Was wissen die schon von meiner Angst?

»Dank euch, Männer. Es geht schon. Ich bin nur ein bisschen durcheinander.«

»Ein bisschen?« Sie lachten.

»Wie lange hat sie schon Wehen? Wie häufig? In welchem Abstand?«

Ich wusste es nicht.

»Keine Ahnung«, sagte ich.

»Hat sie dich weggeschickt?«

»Das hat sie, heute Morgen, mit Nachdruck.«

»Dann ist es bald so weit. Glaub uns, das ist ein untrügliches Zeichen.«

So ging es eine Weile hin und her. Unschlüssig, was ich tun sollte, stieg ich aufs Gerüst und wieder hinunter und wieder nach oben und wieder runter, bis plötzlich Tonio gelaufen kam und schon von weitem rief:

»Fabrizio, das Kind kommt! Mirela will, dass du dabei bist!«

Ducatini hatte die Amtsräume des Rats der Drei noch nie von innen gesehen. *Gott sei Dank*, sagte er sich jedes Mal, wenn von den drei Schreckgespenstern, I Tre Babài, wie der Volksmund sie nannte, die Rede war.

Man wusste nicht, wann sie sich trafen. Zwei gehörten dem Rat der Zehn an, wurden geheim für ein Jahr gewählt. Sie waren ganz in Schwarz gekleidet. Der Dritte war einer der sechs Dogenberater und stets scharlachrot gekleidet. Man munkelte, sie würden sich nur vermummt gegenübertreten. Sie hatten die Macht, heimlich anzuklagen, zu verhören, zu foltern und jegliche Art von Strafen auszusprechen. Ausgerichtet auf Verbrechen gegen die Republik, verfolgten sie mit einem dichten Netz von Spitzeln unerbittlich Spione und alle Gegner der Republik. Wer das Ansehen Venedigs gefährdete oder zu gefährden drohte, konnte sicher sein, dass ihn Spitzel der Babài im Auge behielten. Ausgang waren oft die vermaledeiten Löwenmaulbriefkästen rund um den Dogenpalast, die Bocce di Leone, in die jeder Venezianer jederzeit eine Anzeige einwerfen konnte, auch anonym. Sie wurde in jedem Fall verfolgt.

Sabotage! Sie werden mich der Sabotage bezichtigen. Demona hat mich verraten. Warum?, dachte er.

Ducatini hatte in seinem Kopf keinen Platz für andere Gedanken, als er dem Soldaten der Palastwache hinterherstolperte. In einem kleinen dunklen Zimmer ohne jeden Schmuck empfing ihn ein Sekretär mit hochmütigem Blick.

»Setzt Euch, Senatore«, sagte er und zog ein zusammengefaltetes Schreiben aus einer Schublade.

Ducatinis Knie schlotterten, der Magen zog sich zusammen. Er wusste, die Vernehmungen übernahmen Sekretäre der Drei. Angeklagte sahen die Inquisitoren nie persönlich.

Sie warten nebenan auf den Bericht des Sekretärs und dann …

»Senatore, uns wird angezeigt, dass der Bau der ersten Sternwarte der Republik sabotiert wurde. Stimmt das?«

Ducatini würgte ein »Das ist … trifft zu« hervor.

»Die vom Dogen eingeladenen und von der Republik bezahlten Gelehrten …«, der Sekretär las stockend die fremdsprachigen Namen vor, »Hofrat Gottfried Wilhelm Leibniz und Isaac Newton sind heute vor zwei Tagen ohne Ankündigung mit ihrem gesamten Gepäck verschwunden und haben somit die Baustelle unabgesprochen verlassen.«

Er hob den Kopf, sein Blick bohrte sich in Ducatinis Augen.

»Ist das richtig?«

Ducatini vergaß, dass ihm kein Nobile gegenüberstand, und sagte:

»Es stimmt, Signore.«

»Ihr seid für den Bau und die Fremden verantwortlich, Senatore?«

Ducatini brachte kein Wort heraus, nickte nur.

»Senatore?«, wiederholte der Sekretär.

Jetzt, jetzt … gleich …

»Ich bin es.«

»Dieser Newton sollte Gold für die Republik machen und wird es jetzt nicht tun?«

Oh, Gott, das auch …

»Es gab den Plan …«

»Ihr habt eine Anleihe gegen das Gold ausgegeben in Höhe von 150.000 Dukaten?«

»Im … im Namen der Republik …«

»Die Summe muss den Zeichnern nach Ablauf von fünf Jahren gezahlt werden? Zinsen jährlich?«

Ducatini fühlte, wie ihm das Blut in den Kopf schoss.

»So … so steht es im Vertrag.«

Der Sekretär ließ das Papier sinken.

Jetzt … jetzt kommt es …

Ducatini merkte, wie ihm Schweiß den Rücken herunterrann, seine Hände krampften sich um die Stuhllehnen.

Der Beamte hob das Papier wieder an.

»Der Proto, Fabrizio Mansani, wird in dieser Anzeige beschuldigt, die überstürzte Abreise der Gelehrten herbeigeführt zu haben, um so die Sternwarte und die Herstellung von Gold für die Republik zu sabotieren.«

Was? Mansani? Nicht ich?

»Was könnt Ihr dazu sagen, Senatore?«

Eine riesige Last fiel von Ducatini ab, gleichzeitig überschlugen sich die Gedanken.

Was läuft da? Wieso Mansani? Was hätte der für ein Interesse?

Eine Erkenntnis brach sich Bahn, die ihn unwillkürlich lächeln ließ.

Es geht nicht um mich! Demona hat mich nicht verraten. Ich bin nicht verantwortlich für das Scheitern der Baustelle.

»Verzeiht, Senatore. Ihr lächelt?«

»Oh, es ist nichts. Ein Gesichtsleiden, das mich manchmal überfällt und einem Lächeln gleicht. Wie war die Frage?«

Der Sekretär wiederholte, was er gefragt hatte, und Ducatini antwortete:

»Messer Mansani ist zweiter Baumeister unter unserem berühmten Proto Beretto und arbeitet eng mit den Gelehrten zusammen. Zu dem Deutschen hat er, so schien es mir, ein auffällig enges Verhältnis entwickelt. Ebenso zu dem englischen Gelehrten. Sie waren über die Aufgaben an der Sternwarte hinaus des Öfteren zusammen. Was und worüber sie sich ausgetauscht haben, kann man nur vermuten.«

»Haltet Ihr es für möglich, dass Mansani sie zur Abreise überredet hat, um der Republik zu schaden?«

»Ich kann es nicht ausschließen, Messer Secretario.«

Dann kam Ducatini eine Idee.

»Er hat es schon einmal getan!«

Erstaunt hob der Sekretär den Kopf.

»Wie?«

»Er hat einen zum Tode Verurteilten, seinen Bruder, vor dem Ertränken retten wollen. Dazu hat er einen Capo bestochen.«

Der Sekretär runzelte die Stirn und zog ein leeres Blatt Papier aus der Schublade vor ihm.

»Habt Ihr Einzelheiten, Senatore?«

Ducatini setzte sich entspannt hin und schilderte, was er aus dem Spitzelbericht an ihn selbst wusste. Der Sekretär notierte jede Einzelheit.

Beschwingt verließ Ducatini anschließend den Dogenpalast und beeilte sich, Demona die 5.000 Dukaten und die Zinsen bringen zu lassen.

Tonio setzte mich zu Hause ab. Sein »Viel Glück!« hörte ich kaum, sprang von der Gondel, bevor sie angelegt hatte, und stürzte ins Haus. Drinnen empfing mich meine Schwiegermutter.

»Gut, dass du kommst. Mirela kämpft und will dich dabeihaben«, sagte sie.

Wieso kämpfen? Geburt ist doch kein Kampf?

»Ich bin gekommen, so schnell ich konnte. Wo ist sie?«

»Im Schlafzimmer mit der Wehmutter.«

Ich hastete hinauf. Mirela lag schweißgebadet auf dem Rücken in ihrem, unserem Bett, nackt, die Beine angezogen. Die Wehmutter nickte mir nur zu, sie hielt eine Hand Mirelas.

»Komm, Fabrizio, hilf mir«, keuchte Mirela, »ich glaube, ich kann das nicht, ich will das nicht.«

»Natürlich kannst du das, alle Frauen können das. Du bist stark, Mirela«, sagte die Wehmutter.

Ich griff die schweißnasse Hand meiner Frau und streichelte sie, fühlte mich total hilflos.

»Beruhige sie«, flüsterte die Wehmutter mir zu, »sprich mit ihr. Lenk sie ab.«

Bevor ich etwas sagen konnte, stöhnte Mirela, wie ich es noch nie gehört hatte. Ein langgezogenes Stöhnen aus tiefster Kehle, das zu einem Röhren wurde, wobei ihr die Tränen über das Gesicht liefen. Sie sah durch mich hindurch, ihr Leib hob sich, die Beine streckten sich.

»Gut machst du das, weiter so«, sagte die Wehmutter.

»Es tut so weh«, krächzte Mirela, und dann kam ein Schrei aus ihrem Mund, wie ich vorher nie einen gehört hatte. Mein Magen krampfte sich zusammen. Sie krallte ihre Hand um meine, ihr Leib wurde durchgeschüttelt. »Verfluchte Männer. Was macht ihr mit uns?«, keuchte sie, und ich erschrak.

»Mein Gott, was meint sie damit?«, fragte ich die Wehmutter im Flüsterton.

»Es geht nicht gegen dich, Fabrizio. Hör nicht hin. Halt ihre Hand, streichle sie.«

Ich tat es, Mirela beruhigte sich. Dann schüttelte eine Wehe sie wieder durch.

Ich halt das nicht aus ...

»Die Wehen sind stark, aber regelmäßig«, erklärte die Wehmutter. »Nimm das Tuch und tupfe ihre Stirn ab.«

»Welches Tuch? Ich seh kein Tuch!«, schrie ich.

»Es liegt vor dir. Nimm es, tauch es in die Schüssel und kühl ihre Stirn. Bleib ruhig und mach!«

Ich gehorchte wie im Nebel mit zitternden Händen. Meine Frau litt, stöhnte, wand sich, schrie, und das sollte die Schönheit der Geburt sein, von der die Mütter schwärmen?

Die Wehmutter schob Mirelas Beine hoch und auseinander, griff dazwischen, fühlte und sagte zu Mirela:

»Es geht voran. Mach weiter. Drück, Mirela.«

Wieder so ein Schrei, der mir durch Mark und Bein ging, und ich konnte nichts tun. Ich wischte über Mirelas Stirn. *Bekommt sie überhaupt mit, dass ich da bin?*

»Ich will das nicht. Ich kann das nicht. Ich will sterben!«, jammerte sie.

Entsetzen packte mich. Ich dachte wieder an die vielen Frauen, die bei der Geburt ums Leben kamen.

»Warum ist kein Arzt hier?«, fauchte ich die Wehmutter an.

»Wir brauchen keinen Arzt, Fabrizio. Ich habe alles im Griff. Du stirbst nicht, Mirela, du bist stark. Mach weiter, das Kind ist tief unten, ich fühle das Köpfchen.«

Es kommt!

Wieder schüttelte eine Wehe meine Frau, sie schrie, lauter als eben.

»Ich will weg. Fabrizio, hilf mir!«, heulte sie.

»Wie, mein Herz, wie kann ich dir helfen?«

Mir stiegen Tränen hoch. Was konnte ich nur tun?

»Halt ihre Hand und sprich mit ihr. Beruhige sie. Erzähl irgendwas. Es geht gut voran«, hörte ich die Wehmutter.

Ich fasste Mirelas Hand fester, streichelte ihren Arm, küsste sie auf die Stirn und erzählte von der Baustelle, unzusammenhängendes Zeug. Sie reagierte mit einem erneuten Schrei und drei-, viermaligem Zucken des Unterleibs.

Mein Gott, was ist das?

Da waren zwei braune Kleckse Exkrement unter ihrem Po. Ich erschrak, zeigte drauf und stotterte:

»Was, was hat sie?«

»Kommt vor, Mann. Das ist das Leben. Das Kind drückt. Nimm das Tuch und wisch es weg. Verbrenn es später, es bringt Unglück im Haus, sagen die Alten.«

Ich konnte kaum hinsehen, ließ Mirelas Hand los, wischte sie sauber und knüllte das Tuch sofort zusammen. Wollte es aus dem Haus bringen. Die Wehmutter hielt mich fest.

»Bleib! Nimm ihre Hand, Fabrizio, das lenkt sie ab und beruhigt sie. Du kannst es, Mirela, du schaffst es. Du bist stark. Alles ist gut.«

Und dann ging alles schnell. Die Wehen kamen in immer kürzeren Abständen. Ich bekam es nicht genau mit. Plötzlich hielt die Wehmutter ein verschmiertes, blutiges Bündel in den Händen, das zu schreien anfing. Sie schnitt die Nabelschnur durch und legte das neue Menschlein auf Mirelas Brust.

»Du hast es geschafft, Mirela. Alles dran. Ein gesunder Junge.«

Ein Junge!

Meine total erschöpfte Mirela strahlte auf einmal, als habe sie sich kurz vorher nicht die Seele aus dem Leib geschrien. Sie nahm mich endlich wahr.

»Schatz, wir haben einen Sohn. Wir haben unseren Salvatore.«

Auf den Namen hatten wir uns vor langer Zeit schon geeinigt.

Ich küsste sie und stammelte:

»Ich bin so glücklich, ich bin dir so dankbar – und der Wehmutter.«

»Ach, ist doch die natürlichste Sache der Welt«, entgegnete Mirela trocken und lachte. Das sah komisch aus, so verschwitzt, erschöpft und glücklich zugleich. Sie schaute auf den Sohn, dann auf mich und sagte:

»Sieht aus wie du.«

In diesem schrumpeligen Gesichtchen, mit geschlossenen Augen, von einer Schmiere überzogen, das gerade zu brüllen aufgehört hatte, konnte ich mich nicht erkennen. Ich sagte nicht, was ich dachte.

»Ich bin so froh, dass er da ist, dass du gesund bist, dass er gesund ist.«

»Glückwunsch euch beiden«, sagte die Wehmutter. »Komm, Mirela, wir kümmern uns um die Nachgeburt.« Und zu mir: »Geh besser jetzt, Fabrizio, das willst du nicht sehen.«

Ich hatte davon gehört und wandte mich eilends zur Tür.

»Geh ruhig, mein Schatz. Wir kommen zurecht«, ergänzte Mirela mit fester Stimme.

»Der Herr weiß, warum die Frauen die Kinder bekommen«, sagte meine Schwiegermutter, die mit einer Schüssel heißem Wasser ins Zimmer gekommen war.

Und ich bin ihm dankbar dafür …

»Herzlichen Glückwunsch, Töchterchen«, sagte sie. »Gib mir das Kind. Ich mach es sauber.«

Aber das bekam ich beim Rausgehen nur halb mit.

Ich bin Vater! Alle sind gesund! Wir sind Eltern!

Draußen vor dem Haus stand Tonio.

»Na? Alles gutgegangen?«

»Alles in Ordnung. Wir haben einen Sohn.«

»Mutter und Kind gesund?«

»Und wie«, sagte ich.

Meine Schwiegermutter kam aus dem Haus. Sie hielt mir Salvatore hin, dick in Tuch gewickelt.

»Da, Vater, nimm deinen Sohn, damit er dich riecht.«

Ich erschrak und wusste nicht, was tun, zögerte.

Wie fasst man ein Baby an?

»Nimm schon, er ist nicht zerbrechlich. Er schläft tief und fest.«

Ich hatte Angst, etwas falsch zu machen, und zögerte weiter. »Sonst bringe ich ihn wieder zu seiner Mutter.«

Ich legte das bewusste Tuch auf den Boden und nahm ihn vorsichtig. Wie klein und zart. Er roch eigenartig, aber anziehend, schlief. Unbändiger Stolz erfüllte mich.

Tonio grinste. »Ich weiß, wie du dich jetzt fühlst. Ich habe zwei Babys im Arm gehalten so wie du. Genieße es.«

Ich machte ein paar Schritte, ließ Salvatore auf den Canale schauen.

Das ist dein Zuhause, mein Sohn. Wir werden alle Schwierigkeiten überwinden. Alles wird gut.

Tief im Inneren wusste ich, dass es keinen Grund gab, mir zu glauben.

Die Wehmutter trat aus dem Haus.

»Warte einen Moment, dann kannst du noch etwas mitnehmen zum Verbrennen.«

»Gib mir Salvatore«, sagte meine Schwiegermutter und nahm mir meinen Sohn wieder ab.

Ich wusste nicht, was mich erwartete, hob das Tuch auf und hielt es hin. Das tropfende Etwas aus Blut und Fleisch, das die Wehmutter hineinlegte, schockierte mich.

»Das … das … in Mirela?«

»Ja. Gehört dazu«, sagte sie. »Verbrenn es, bringt auch Unglück, wenn es im Haus bleibt.«

Ich beeilte mich, das zu tun. An mir sollte es nicht scheitern, Unglück abzuwenden.

5 Der Prozess

ZWEI AGENTI HOLTEN mich von der Baustelle. Sie wirkten in ihren geschlitzten Wamsen mit Puffärmeln, Berrettoni auf dem Kopf, geteilten Hosen mit breiten Ledergürteln, braunen Lederstiefeln und Hellebarden bedrohlich. Ich teilte gerade meine Arbeiter ein. Die Agenti kamen von hinten, und ich merkte, wie meine Handwerker erstarrten, und drehte mich um.

»Fabrizio Mansani, Ihr seid verhaftet im Namen der Republik. Kommt!«, schnarrte ein Agente mich an.

»Weswegen?«, stotterte ich.

Der zweite Agente packte mich am Arm und schnauzte: »Wir führen nur Befehle aus.«

»Männer, arbeitet weiter, ich habe nichts getan und komme bald zurück. Andrea, übernimm du die Leitung der Baustelle, bis ich zurück bin. Gebt meiner Frau Bescheid«, konnte ich noch rufen, dann wurde ich in eine dunkle Gondel gezerrt, nein, geworfen. Ich tat mir weh.

Gott im Himmel! Was geschieht mit mir? Ist es wegen der Gelehrten? Ich habe sie doch gerettet. Mirela, was wird sie denken?

Auf meine Fragen antworteten die beiden nicht. Einer brummte:

»Dir wird die Anklage verlesen werden, Kerl.«

Wer klagt mich an? Venedig hatte so viele Gerichtshöfe, von denen ich gehört hatte, unter denen ich mir aber nichts vorstellen konnte. Nur Strafverfahren vor dem Rat der Zehn oder dem Rat der Drei sagten mir etwas. Vom Rat der Zehn wurden innere und äußere Feinde der Republik angeklagt. Aber ich war doch weder das eine noch das andere. Der Rat der Drei kam noch viel weniger infrage. Ich war kein Spion. Doch ich hatte schon so viel Schreckliches gehört. Warum sollte man mich dort anklagen?

Erleichtert atmete ich durch.

Es muss ein Irrtum sein, eine Verwechslung.

Ich glaube, es gelang mir sogar, kurz zu lächeln, um mich zu beruhigen.

»Was sagst du, Ducatini? Dieser Mansani hat seinen Bruder retten wollen, den ich zum Tode habe verurteilen lassen?«, schnaufte der Doge.

Ducatini stand mit gebeugtem Kopf vor ihm und sprach mit leiser Stimme.

»Ob er ihn gerettet hat, wissen wir nicht. Er hat den Capo des Hinrichtungskommandos mit 50 Dukaten zu bestechen versucht. Der ist zum Schein darauf eingegangen und hat die Summe ordnungsgemäß an die Staatskasse bezahlt«, beschwichtigte Ducatini.

»Ist er nun ertrunken oder nicht, dieser Kerl?«

»Der Capo hat nur einen Schnitt in den Steinsack gemacht. Die Fessel blieb intakt.«

»Sprich lauter, Ducatini. Ist er ertrunken?«

»Der Kerl ist mit Sicherheit ertrunken, Exzellenz.«

»Wäre auch noch schöner. Ich ordne etwas an, der Rat der Drei folgt dem Zeugen und meinem Wunsch, und dann das.«

»Wirklich unvorstellbar, Exzellenz.«

»Nun zum neuen Fall. Er hat die beiden aus der Stadt geschafft. Warum?«

»Es muss vorbereitet worden sein. Leibniz und Newton sind mit ihrem gesamten Gepäck unbemerkt aus der Stadt, mitten in der Nacht.«

»Welchem Zweck diente das? Wieso macht ein kleiner Baumeister so etwas?«

Ducatini zuckte die Schultern.

»Was sagt Mansani dazu?«

»Der Vatikan habe die beiden entführen und vor ein Kirchengericht im Vatikan stellen wollen.«

»Wo hat er das her? Und weswegen sollte der Vatikan das wollen?«

»Mansani sagt, er habe zuerst eine Nachricht von einem Boten erhalten, dass die beiden in Gefahr seien, und dann einen angetrunkenen Capo der Agenti belauscht. Er konnte die beiden soeben noch retten. Den Boten, einen kleinen Jungen, könne er nicht weiter beschreiben.«

»Was sagt der Capo dazu?«

»Leugnet das, seine Männer auch.«

Das war teuer, aber wichtig, dachte er.

»Hätte ich mir nicht vorstellen können. Weswegen wollte der Vatikan … Was sagt denn der Nuntius?«

»Ist empört, dass wir ihm so etwas unterstellen. Streitet eine solche Absicht ab.«

Gott sei Dank!

»Noch mal. Weswegen sollte der Vatikan angeblich die beiden entführen wollen?«

»Ach so, Exzellenz. Sodomie bei Leibniz, Hexerei bei Newton, wegen der Alchemie.«

»Hmmm. Nicht schön, aber gleich vor Gericht? Wir haben Karneval. Moment – das bedeutet, Newton macht uns kein Gold?«

Ducatini zog die Schultern zusammen.

»R... richtig, Exzellenz.«

»Das ist ja furchtbar, Ducatini. Was tun wir mit den Zeichnern der Anleihe? Das Geld ist doch schon so gut wie ausgegeben.«

»Es ist noch etwas da, aber alles ist verplant.«

»Das ganze Thema darf in keinem Fall öffentlich verhandelt werden. Auch nicht die versuchte Befreiung des Bruders.«

»Er sitzt nicht in den Bleikammern, sondern in den Pozzi, Exzellenz. Da ist es schwer, etwas geheim zu halten.«

»Kann man da nichts machen?«

»Ich fürchte, nein. Die Piombi sind für Edelleute.«

»Hmm. Das wollen wir nicht aufweichen.«

»Aber der Rat der Drei ist zuständig in diesem Fall?«

»Was sonst, Ducatini? Und ich brauche einen Vorschlag, wo wir das Geld für die Anteilscheine herkriegen. Es war deine Idee, lass dir gefälligst etwas einfallen.«

Ducatini fühlte sich gut. Der Kelch schien an ihm vorbeizugehen. Rat der Drei, die höchste Stufe der Heimlichkeit. Es würde einen kurzen Prozess gegen Mansani geben.

Umso verstörender die Nachricht, die er eben erhalten hatte. Der Prozess würde vor dem Rat der Vierzig stattfinden, der Quarantia criminal. Wie bei einem völlig normalen Verbrechen. *Ein Nichtedelmann vor der Quarantia! Wieso?*, fragte er sich.

Ein Mitglied des Rats der Drei hatte widersprochen. Ein Spitzel berichtete Ducatini, der Inquisitor sehe eine monetäre Angelegenheit im Mittelpunkt der Anklage. Verbrechen gegen die Schatulle seien seit Beginn der Republik Sache des Rats der Vierzig.

Verdammt! Das Gold. Er hat investiert und will das Thema öffentlich, um an sein Geld zu kommen!

Langsam kroch Angst in ihm hoch.

Er griff nach einer Birne aus seinem Obstkorb. Obst beruhigte ihn, das wusste er, biss hinein, hielt sie in der Hand.

Nicht dass doch ein schlechtes und teures Licht auf ihn fiele, das ihn seine Karriere oder mehr kosten könnte.

Wut gesellte sich zur Angst.

Dieser Mansani! Er macht alles kaputt!

Seine Hand zerquetschte die Birne, Saft lief auf den Tisch. Die Absprache zur Goldmacherei hatte ohne Zustimmung des Rats der Zehn und des Großen Rats stattgefunden. Dafür hatten schon andere den Kopf verloren …

Poggione mit seiner Feiersucht!

Etwas Birnensaft war ihm auf die Toga getropft. Ärgerlich warf er den Birnenrest aus dem offenen Fenster in den Kanal und fluchte leise.

Zuerst brachte man mich in die Pozzi neben dem Dogenpalast, in das neue Gefängnis. Wie betäubt trottete ich zwischen zwei Agenti über die Seufzerbrücke, und mein Mut sank mehr und mehr in sich zusammen, bis er verschwunden war.

Mirela weiß nicht, wo ich bin. Hoffentlich sagt ihr einer meiner Männer Bescheid …

Eine Zelle mit einem Fenster, nein – einem handbreiten Spalt, durch den sich etwas Licht zwängte. Fast dunkel, nachdem der Agente mit seiner Laterne verschwunden war. Muffig. Holzverkleidete Wände. Der Boden feucht vom letzten aqua alta. Ein Tisch, ein Schemel, ein Strohballen und ein stinkender Eimer in der Ecke.

Mein Gott, was geschieht mit mir?

Ich tastete zum Schemel und setzte mich hin, versuchte, einen klaren Gedanken zu fassen.

Was wirft man mir vor? Ist es wegen Marcello? Wegen Leibniz und Newton? Ich habe doch ein Verbrechen verhindert, keines begangen.

Wer kann mir helfen?

Ich hatte nicht die geringste Ahnung, was ablaufen würde.

Plötzlich erschrak ich, weil etwas mein Bein hochkrabbelte. Ich spürte es durch die Strumpfhose. Es musste groß sein! Panisch schlug ich drauf. Ein Insekt, ein Käfer, irgendetwas, vor dem ich mich ekelte. Bei dem Licht konnte ich nicht erkennen, was es war. Ich streifte es ab und schleuderte die Reste von meiner Hand, die nach dem Tier stank. Widerlich. Insekten hasste ich. In unserem Haus hatten Mirela und ich deswegen überall helle Wände und Böden, damit man Krabbeltiere sofort sehen und sie erschlagen konnte.

Als am Morgen ein Gefangenenwärter, ein Secondino, die Zellentür öffnete, hatte ich keine Sekunde ein Auge zugemacht. Obwohl es in der Zelle ohnehin so gut wie dunkel war, hatten sich in der Nacht Heerscharen von Käfern und Spinnen über mich hergemacht. Auf dem Strohsack lag ich deshalb nur kurz, bis die ersten auf mir herumzukrabbeln versuchten. Ich stand in einer Ecke, schlug um mich und trat unentwegt gegen unsichtbare, aber spürbare Gegner. Eine schreckliche Nacht. Der Secondino zwang mich, den Eimer für meine Notdurft, den ich kaum benutzt hatte, nach außen zu tragen und in eine Tonne zu leeren, die ein anderer Gefangener an den Zellen vorbeischob. Dann bekam ich ein Stück Brot und einen Krug Wasser auf den Boden gestellt und durfte bei geöffneter Tür frühstücken. Ich zählte den Gang entlang zwölf Türen, bei drei offenen saßen andere Gefangene und kauten ihr Brot. Soweit ich von der Seite sehen konnte, niemand, den ich kannte.

Als ich fertig war, kam der Wärter, nahm mir den Holzteller und den Krug weg.

»Was geschieht mit mir? Kann ich meine Frau sehen?«, fragte ich.

Er sah mich an, grinste, sagte: »Wart ab«, und schob mich zurück in mein Loch.

Das kann doch nicht sein: Ich sitze hier und weiß nicht, warum.

Herr im Himmel, mach, dass Mirela und dem Kind nichts geschieht!

Das wiederholte sich dreimal. Tagsüber hockte ich auf dem Schemel, nachts stand ich solang in einer Ecke, bis mich die Müdigkeit übermannte und ich auf den stinkenden Strohsack sackte. Morgens wachte ich zerstochen auf, ekelte mich vor mir selbst. Brot und Wasser gab es morgens und abends, der Eimer wurde nur bei Tagesanbruch geleert.

Am vierten Tag wurde ich nach dem, was ein Frühstück sein sollte, gefesselt über die Seufzerbrücke durch einen Nebeneingang in den Dogenpalast geführt. In einem kleinen, aber hellen Raum musste ich mich auf eine harte Bank vor einem rohen Tisch setzen.

Ich wartete und genoss den Sonnenschein, der durch ein Fenster fiel. Meine Arme, Hände waren übersät von roten Insektenbissen, in meinem Gesicht fühlte ich Dutzende andere. Seit vier Tagen nicht gewaschen in derselben Kleidung, ich stank.

Wenn Mirela mich so sähe, würde sie schreien …

Was meine Männer auf der Baustelle wohl machen?

Die Tür ging auf, ein Mann in schwarzer Beamtentracht und einer Mappe betrat den Raum. Ein anderer folgte ihm.

»Guten Morgen«, sagte er, schob den Tisch in eine Ecke, möglichst weit weg von mir, und setzte sich zusammen mit seinem Begleiter.

Er weicht meinem Gestank aus.

»Fabrizio Mansani, ich bin Adriano Volta, der Avogador di Comun des Gerichtshofs des Rates der Vierzig, der Quarantia criminal, und befrage dich zur Anzeige, die gegen dich vorliegt. Mein Schreiber wird deine Aussage notieren.«

»Anzeige? Welche Anzeige?«

»Ein Bürger hat gesehen, wie du mitten in der Nacht die zwei von der Republik angestellten Gelehrten Leibniz und Newton heimlich aus der Stadt geführt hast.«

O Gott, wir sind beobachtet worden. Aber da war doch niemand?

»Du wirst der Sabotage am Bau der Sternwarte beschuldigt. Du hast damit verhindert, dass Isaac Newton einen besonderen Auftrag für den Dogen erledigen konnte, und die Rückzahlung einer Anleihe in Höhe von 150.000 Dukaten verunmöglicht.«

»Auftrag, welcher Auftrag?«

»Wegen der Höhe dieses Schadens wird über dich als Nicht-Nobile die Quarantia criminal richten. Sei dir der Ehre bewusst, Kerl.«

»Ehre?«

»Des Weiteren liegt uns ein Bericht vor, dass du einen Capo der Agenti der Signori di Notte al criminal bestochen und deinen Bruder, den zum Tode verurteilen Marcello Mansani, befreit hast.«

Ducatinis Bericht!

»Was hast du dazu zu sagen, Mansani?«

Der Avogador zog ein Blatt aus seiner Mappe, der Schreiber spitzte seine Feder.

Ich schilderte den Ablauf der Flucht von Leibniz und Newton und die Bedrohung, vor der ich sie gerettet hatte. Den Capo und den Ort, an dem ich zufällig von der geplanten Entführung gehört hatte, musste ich genau beschreiben. Zu dem Boten, der mir die Nachricht gebracht hatte, konnte ich keine näheren Angaben machen. Er hatte wie Tausende andere Jungen in Venedig ausgesehen. Zur Befreiung Marcellos sagte ich kein Wort, so sehr er mich auch drängte.

»Du weißt, dass das Gericht dich durch Folter zu einer Aussage zwingen kann?«

Ich wusste das, hatte wie alle Venezianer die schrecklichen Geschichten über die Folterkammer im Dogenpalast gehört.

Der Gedanke daran schüttelte mich. Was sollte ich tun?

Unter der Folter würde ich mit Sicherheit reden. Also gab ich zu, was mir vorgeworfen wurde. Der Schreiber notierte. Als der Avogador fertig war und gehen wollte, fragte ich:

»Kann ich meine Frau und meinen Sohn sehen? Ich bin vor ein paar Tagen Vater geworden. Bitte, Signore.«

Er antwortete:

»Es steht nicht in meiner Macht, Besuche zu genehmigen«, und ging. Der Schreiber warf mir einen mitleidigen Blick zu und folgte ihm.

Wenig später führte mich ein Agente zurück in meine Zelle.

Die Verzweiflung ließ mich kaum schlafen und essen. Der aussichtslose Kampf gegen das Ungeziefer machte mich wahnsinnig. Ich vergoss bittere Tränen in meinem Loch, aber es half nichts. Niemand kam, um mich aus dem Gefängnis zu holen.

Wie lange ich warten musste, bis sich etwas tat, weiß ich nicht. Es waren mindestens drei Wochen, in denen es mir vorkam, als wolle man mich in meinem Loch verfaulen lassen. Einen Tag durfte ich den Wagen mit dem Notdurftbottich durch den Gang schieben und sah die anderen Jammergestalten, die mit dumpfem Blick aus ihren Zellen schlurften und ihre Eimer ausleerten. Beim Anblick erschrak ich und wusste endlich, wie ich aussah. Den Bottich schüttete ich auf Geheiß eines Secondino in eine Sickergrube am Ende des Ganges. Vom Geruch wurde mir so übel, dass ich fast hineingefallen wäre.

Der Wärter packte mich im letzten Moment und knurrte:

»Komm mir nicht abhanden, Freundchen. Ersäuft wirst du noch früh genug.«

Am nächsten Tag ging die Tür auf, und ein Secondino warf mir ein Bündel Kleidung in die Zelle. Ein anderer stellte einen Eimer Wasser daneben und einen zweiten mit Essig, wie ich sofort roch.

»Wasch dich, reib dich mit dem Essig ab und zieh das an.«

Ich wusste nicht, wie mir geschah, und tat ohne Zögern, was man mir sagte. Eine Wohltat, wenn auch der Erfolg mit einem Eimer Wasser beschränkt blieb. Der Essig brannte wie Feuer, aber tat meiner Haut gut. Als ich fertig angezogen war, bespritzte mich der Wärter, der mir zugesehen hatte, mit Parfüm. Von oben bis unten. Mir schwante, dass ich irgendwohin gebracht werden sollte, wo Gerüche aus Zellenlöchern nicht erwünscht waren.

Zuerst wurde ich in den Raum geführt, den ich schon kannte. Dort wartete ein Mann, den ich noch nie gesehen hatte. Unverkennbar ein Nobile.

»Seid gegrüßt, Messer Mansani, ich bin Enrico Ziani und werde Euch vor Gericht verteidigen.«

Mir verschlug es die Sprache.

»Verteidigen? Ein Edelmann verteidigt einen Proto? Ich kenne Euch doch gar nicht. Was passiert hier mit mir?«

»Zuerst soll ich Euch Grüße ausrichten von Eurer lieben Frau, Messer Mansani.«

Ich setzte mich. Eine Riesenlast fiel mir von der Seele. Ich bekreuzigte mich.

»Gott sei Dank, sie weiß, wo ich bin. Wie geht es ihr und meinem Sohn?«

»Sie sind alle wohlauf, und ich soll Euch ausrichten, dass sie für Euch beten, auch Eure Schwiegermutter.«

Die Tür ging auf, es wurde eine Platte mit Obst, Gemüse, Brot, Fleisch, Wein und Wasser hereingetragen, auf die ich mich wie ein Wilder stürzte.

»Esst, Ihr müsst hungrig sein.«

Ziani sah zu, wie ich verschlang, was auf dem Teller war. Auf Wein verzichtete ich, trank nur Wasser.

»Ziani, die Bankiers-Familie? Wie komme ich dazu, dass Ihr mich verteidigt, Signore?«

»Ihr habt einen Kredit bei Salomon Sem aufgenommen?«

Ich nickte.

»Salomon Sem ist ein Geschäftsmann, mit dem ich Geschäfte mache. Er erzählte mir von Eurer Verhaftung und hat Angst um sein Geld. Ein normales Verhalten. Aus Gefälligkeit fragte ich bei den Inquisitoren nach und erfuhr von der Anzeige und dem Vorwurf, die Auszahlung einer Anleihe durch Sabotage verhindert zu haben.«

»Die 150.000 Dukaten?«

»Richtig. Mir schuldet die Republik einen Teil davon. Da Ihr, verzeiht, Messer Mansani, mit Sicherheit kein solches Interesse gehabt haben könnt, musste etwas anderes oder jemand anders dahinterstecken. So bewegte ich den Dogenberater, der momentan Inquisitor ist, Einspruch gegen einen heimlichen Prozess einzulegen, den Ihr mit Sicherheit nur kurz überlebt hättet.«

Mir schwirrte der Kopf.

Anleihe. Inquisition. Einspruch. Heimlicher Prozess.

»Weiter, Signore Ziani. Weiter bitte.«

»Salomon Sem hat einen Bruder, den berühmten Arzt David Sem, der Euch kennt.«

»Ich habe ihm ein Stockwerk auf sein Haus gebaut.«

»Ich weiß, und er war mehr als zufrieden mit Eurer Arbeit. David behandelt Nuntius Demona wegen eines chronischen Ausschlags und hat im Nebenzimmer die Absprache mit Ducatini zur geplanten Entführung der Gelehrten mitgehört, weil er etwas im Behandlungszimmer vergessen hatte und zurückkehrte. Er hatte den Deckel vom Tiegel mit der Salbe für den Nuntius vergessen. Die Tür war einen Spalt offen. Er hat jedes Wort verstanden. Der Vorschlag für die Entführung kam von Ducatini. Er wollte nicht schuld sein, wenn Newton nicht imstande sein würde, Gold zu machen. Der Dottore hat einen Jungen mit einer Nachricht für Euch zur Baustelle geschickt.«

Die wussten, in welche Taverne wir gegangen waren …

»Dottore Sem wird als Zeuge im Prozess auftreten. Sein Bruder hat ihn gedrängt, vor Gericht auszusagen.«

»Gold? Darum ging es? Deshalb war Ducatini so wenig am erfolgreichen Fortgang der Baustelle interessiert. Jetzt verstehe ich.«

»In diesem Punkt der Anklage wird man Euch mit Sicherheit freisprechen, Messer Mansani.«

Der Schreck fuhr mir in die Glieder.

Marcellos Befreiung!

»Die … die Befreiung meines Bruders, was ist damit?«

»So leid es mir tut, Messer Mansani, da werde ich Euch nicht helfen können. Esst doch noch was.«

Ich saß wie gelähmt und vergaß zu fragen, ob es eine Besuchsmöglichkeit geben könnte und ob er eine Nachricht an Mirela weitergeben würde. Ziani verabschiedete sich mit: »Gehabt Euch wohl, Messer Mansani. Seid guten Mutes.« Mein Kopf rauschte wie im Nebel und bekam das nicht richtig mit. Ich wurde erst wieder klar, als ich in frischer Kleidung, gewaschen, parfümiert und das erste Mal seit Wochen satt in meinem Drecksloch von Zelle verschwinden musste.

Die Sala di Quarantia criminal sah ich zum ersten Mal. Ich war wieder wie für den Besuch meines Verteidigers vorbereitet worden. Vergeblich hoffte ich auf ein bekanntes Gesicht außer dem von Ziani.

Ich saß in einem Holzkäfig in einer Ecke, und mein Sinn stand nicht danach, die wundervollen Deckenschnitzereien und prächtigen Teppiche und Wandgemälde zu bewundern.

»Eine Ausnahme auf mein Betreiben hin, Messer Mansani, dass Ihr überhaupt hier sein dürft. Ducatini hat ausdrücklich zugestimmt. Er hofft auf Euch als den ihn entlastenden Sündenbock. Verhaltet Euch mucksmäuschenstill«, flüsterte Ziani mir zu.

Ich tat wie geheißen und verfolgte das Geschehen mit angehaltenem Atem.

Der Avogador di Comun, den ich ja kannte, trug die Anklage und die Beweise vor. Kein Wort von Marcellos Befreiung.

Es geht nur um die Sabotage!

Dann erteilte man der Verteidigung das Wort. Ziani hatte einen Kollegen dabei. Mein Verteidiger schilderte zuerst meine Aussage und kündigte dann den Entlastungszeugen an.

David Sem berichtete, wann, wo und aus welchem Grund er was gehört hatte.

Unruhe kam auf unter den Räten in schwarzer Amtstracht. Ducatini erbleichte, sprang auf und schrie:

»Lüge! Wer glaubt schon einem Juden!«

»Mäßigt Euch, Senatore«, herrschte Ziani ihn an. »Ich bin sicher, dass drei Viertel der hier anwesenden Senatoren nicht Eurer Meinung sind. Speziell, wenn sie an die zufriedenen Patientinnen zu Hause denken.«

Ich sah, dass ein großer Teil der Nobili in ihren Bänken Ducatini missbilligende Blicke zuwarf. Einer der drei Capi des Rates erhob sich und sagte:

»Wir werden bei der Abstimmung über das Urteil sehen, in welchem Maße man dem Zeugen Glauben schenken wird.«

»Ich bin nicht fertig«, fuhr Ziani fort.

Er wandte sich an seinen Kollegen und sagte:

»Lass die Sachen reinbringen.«

Die Tür ging auf, und Bedienstete des Gerichts mühten sich, eine Reihe von Taschen, Körben und Bündeln in den Saal zu tragen.

Ducatini wurde eine Spur blasser.

»Ich erinnere an die Aussage des Camerario, dass die Gelehrten – von Messer Mansani angestiftet – Venedig mit all ihrem Gepäck verlassen haben. Messer Mansani hat mir berichtet, dass die beiden bei ihrer Flucht so gut wie nichts mitnehmen konnten. Sie flohen in panischer Angst vor den Schergen des Vatikans. Was hier zu sehen ist, ist das Gepäck der beiden Gelehrten Leibniz und Newton. Messer Mansani hat niemanden angestiftet, er hat die beiden gerettet.«

Auf den Bänken entstand Unruhe, und Ducatini sank in sich zusammen. Ziani hob die Hand, als wolle er die Zuhörer beruhigen.

»Wo ich das Gepäck gefunden habe? Ich habe Agenti beauftragt zu suchen, und sie sind fündig geworden im Palazzo dei Camerlenghi, neben der Sickergrube des Camerario. Er mag ein intelligenter Erfinder betrügerischer Anleihen sein, ein begabter Verbrecher ist er nicht.«

Ich zuckte zusammen, als Tumult unter den Mitgliedern des Rates ausbrach.

»Einen letzten Augenblick noch«, versuchte Ziani, sich Gehör zu beschaffen. Es gelang mit Mühe.

»Der Zeuge Sem hat ausgesagt, dass der Nuntius sein Geld und die Zinsen als Gegenleistung für das Komplott wollte. Meine eifrigen Agenti haben die Bediensteten Ducatinis eine Weile beobachtet. Und tatsächlich, eines späten Abends haben zwei Diener einen Kasten zum Palazzo des Nuntius transportiert. Die Agenti haben die Kiste öffnen lassen. Sie enthielt wie erwartet 6.000 Dukaten. Die Einlage des Nuntius mit den Zinsen. Er behauptet übrigens, dass er nur zum Schein auf das Komplott eingegangen sei, um diese Dukaten zurückzubekommen. Wir haben sie für die Schatulle der Republik konfisziert.«

»Ungeheuerlich!«, schallte es vielstimmig aus den Reihen der Ratsherren.

»Müssen wir abstimmen?«, fragte Ziani triumphierend in den Saal.

Draußen, das hatte mir mein Verteidiger vor der Verhandlung erklärt, würden drei Urnen, die Bossoli, für die

Abstimmung über »schuldig« oder »nicht schuldig« stehen. Eine weiße für die Verurteilung, eine grüne für Freispruch und eine rote für Enthaltungen.

»Hat sich erübrigt!«

»Steckt Ducatini in die Bleikammern!«

»Hängt Ducatini auf!«

»Den Nuntius gleich mit!«, riefen die aufgebrachten Senatoren durcheinander. »Bringt nur die grüne Urne«, schlug einer vor, nachdem die Unruhe sich gelegt hatte. Das geschah angesichts eines leichenblass in seinem Sessel sitzenden Ducatini. Die Vierzig stimmten ab. Es wurde gezählt. 39 Stimmen in der grünen Urne. Ratsmitglied Ducatini hatte nicht mit abgestimmt. Die drei Häupter des Rats berieten sich kurz, und der Älteste verkündete:

»Der Angeklagte ist sofort freizulassen …«

Ich wollte nicht glauben, was ich da hörte, die Freude machte mich schwindlig. Ich umklammerte die Gitterstäbe meines Käfigs, die Tränen liefen mir ungehemmt über das Gesicht.

Mirela! Salvatore! Ich komme nach Hause!

Nur mit halbem Ohr hörte ich, wie der Senator weitersprach:

»… und für einen weiteren Anklagepunkt dem Rat der Drei zu übergeben. Agenti, führt Messer Mansani zurück in seine Zelle und verhaftet den Camerario Massimo Ducatini. Bringt ihn in die Bleikammern. Enrico, lass das Gepäck hier rausschaffen.«

Die Dogaressa Angelina war geladen. Lucia hatte ihr in einem Brief geschrieben, dass ihr Vater sie belogen hatte. Es stimmte nicht, dass ihr geliebter Marcello verschwunden und nicht aufzufinden gewesen war. Der Doge hatte ihn heimlich zum Tode verurteilt und ebenso heimlich hinrichten lassen – wegen des erfundenen Vorwurfs, er habe Lucia vergewaltigt. Angelina kannte ihren Mann, der sich gegen seine Frau selten durchsetzen konnte. Da an Marcellos Tod nichts mehr zu ändern war, versuchte Angelina, die Flamme der Wut in der Familie klein zu halten. Lucia weit weg vom Dogen ihr Kind zur Welt bringen zu lassen, schien die beste Idee. Sie reiste zu ihrer Tochter und tröstete sie, so gut es ging. Doch dann kam die Nachricht, dass Marcello lebte – gerettet von seinem Bruder.

Sie musste etwas unternehmen. Auf der Fähre von Padua zurück in die Stadt traf sie zufällig Enrico Ziani. Er hatte wie sie im Hafen von Portello in einem Gasthaus gewartet und bestieg gleichzeitig mit ihr das Fährschiff. Üblicherweise traute sie ihm nicht über den Weg, vor allem wenn er sie mit Komplimenten zu überschütten versuchte.

Was will er von mir?

»Dogaressa, Ihr seht bezaubernd aus wie immer. In diesem Licht, hier morgens auf der Brenta …«

»Enrico, was willst du? Ich weiß, wie alt ich bin. Da ist Morgenlicht das schlechteste Licht.«

»Ihr täuscht Euch, Dogaressa, Eure Haut wirkt so zart …«

»Halt ein. Plumper geht es nicht. Spar dir diese Komplimente für deine Geliebten. Also, was ist los?«

Zianis Lächeln erstarb.

»Ich will Euch vor einem Fehler bewahren, einem teuren Fehler Eures Mannes, Seiner Exzellenz.«

»Wie das?«

Ziani erzählte von dem anstehenden Prozess gegen Mansani und den beiden Anklagen, deren zweite wegen der Rettung des Bruders er nicht verhindern könne.

»Und wieso soll mich dein Bericht vor einem teuren Fehler des Dogen bewahren?«

»Wenn Mansani vom Rat der Drei verurteilt wird, kann es nur die Todesstrafe sein. Niemals wird er begnadigt. Dann ist der Einzige weg, der die Sternwarte fertigbauen kann. Ducatini wird aus seinem Besitz die Anleihe nicht zurückzahlen können. Es wird auf den Dogen zurückfallen.«

»Welche Anleihe?«

Ziani schilderte, was es mit der Anleihe auf sich hatte.

»Davon wusste ich nichts, Enrico. Ein starkes Stück. Und welche Rolle spielt dann Mansani?«

»Er kann weiterbauen und den Anschein des offiziellen Zwecks der Sternwarte bewahren, Besucher anlocken et cetera.«

»Aha.«

»Ansonsten steht sogar die Abwahl des Dogen im Raum. Es könnte Euch persönlich treffen, Dogaressa. Der inoffizielle Teil der Anleihe war mit niemandem abgesprochen. Ihr seid nicht arm, aber so einige Annehmlichkeiten …«

»Enrico, du musst nicht weiterreden. Du hast investiert, nehme ich an?«

Ziani lächelte, verbeugte sich und sagte:

»Es freut mich immer, werte Dogaressa, wenn ich Euch helfen kann.«

»Lass mich allein, ich muss nachdenken.«

Angelina dachte nach, und ihr wurde immer deutlicher, sie musste handeln.

Kaum hatte sie den Dogenpalast erreicht, ließ sie dem Dogen ausrichten, dass sie ihn nach der täglichen Ratssitzung zu sprechen wünsche.

Sie erwartete ihn in seinem Arbeitszimmer. Poggione kam verschwitzt aus der Sitzung und warf Kappe, Stola und Toga über einen Stuhl, nachdem er gestutzt und einen Kuss in Richtung seiner Frau angedeutet hatte. Er griff eine Karaffe und schenkte sich Wasser ein. Sie stand auf und sagte:

»Oh, wie du dich freust, mich zu sehen, Agostino. Es geht mir ähnlich.«

Sie machte einen Schritt auf ihn zu, umarmte ihn und drückte ihm einen Kuss auf die Wange.

Erstaunt sah er sie an.

»Was ist mit dir?«

Mit samtweicher Stimme sagte sie:

»Ich freue mich, mit einem der erfolgreichsten Dogen der Republik verheiratet zu sein.«

Seine Augen wurden größer.

»Wie meinst du das?«

»Du ziehst weltberühmte Gelehrte in die Stadt, baust eine großartige Sternwarte, gibst eine neuartige Anleihe heraus, …«

»Was?«

Sie wechselte in eine scharfe Tonlage und fuhr fort:

»… die leider nicht gedeckt ist und …«, sie machte eine Pause, »… und zerstörst das Leben deiner Tochter Lucia, die du doch so liebst.«

»Was … was soll das, Angelina?«

»Du hintergehst Lucia und mich. Erfindest eine Vergewaltigung, damit du ihren Geliebten umbringen lassen kannst …«

Poggione hob abwehrend die Hände. »Ich konnte mir nicht vorstellen, dass meine Tochter sich einem hergelaufenen Niemand hingibt.«

»Der hergelaufene Niemand hat dir vor zwei Jahren den Ring für die Sensa gemacht, mein Lieber.«

»Na und? Er ist kein Mann von Stand. Meine Tochter hat etwas Besseres verdient.«

»Sie liebt ihn!«

»Was heißt das schon?«

»Wir haben uns auch einmal geliebt, Agostino. Du bist für mich bei Mondlicht den halben Canal Grande entlanggeschwommen.«

»Lange her, Angelina, lange her. Außerdem – ich bin der Vater. Ich bestimme, wen sie heiratet.«

»Du willst deine Tochter zur Ehe zwingen? Ich habe nicht die Mühe einer späten Geburt auf mich genommen und Lucia zur Welt gebracht, damit du sie an die Seite irgendeines verarmten Patriziersohns verdammst, den du mit ein paar Tausend Dukaten bestichst. Denk daran, dass du selbst aus einer nicht standesgemäßen Verbindung stammst.« Sie zeigte auf das Tintoretto-Gemälde an der Wand. »Ich weiß, warum das Bild von Jacopo Soranzo hier hängt. Deine Urgroßmutter ist aus einer Ehe zwischen einer Dogentochter und einem Möbeltischler, den man in die Patrizierfamilie aufgenommen hat, entsprungen. Sag nicht, dass es bei Lucia etwas anderes ist! Hätte man diese Ehe verhindert, wie du es jetzt bei deiner Tochter willst, gäbe es dich nicht hier!«

Entgeistert sah Poggione seine Frau an.

»Das … weiß doch keiner.«

»Ich weiß es. Dein Großvater hat es mir einmal erzählt. Ich weiß, dass du dich deswegen schämst.«

»Aber ich kann doch nicht …«

»Den Möbeltischler haben die Soranzos damals mit einer großen Mitgift reich gemacht. Er wurde ein beliebtes Ratsmitglied.«

»Das soll ich …?« Er stand auf und stampfte mit dem Fuß auf. »Und wenn ich nicht will?«

»Dann will Lucia auch nicht, hat sie mir gesagt. Wenn sie Marcello Mansani nicht heiraten darf, wirst du deinen Enkel nie sehen!«

Poggione erbleichte.

»Das … das macht sie nicht.«

»Das macht sie, Agostino. Sie hat meinen Dickkopf.«

Poggione ließ sich in einen Stuhl fallen.

»Puhhh. Was für ein Tag.«

»Es ist noch nicht alles. Lucia sagt weiter, wenn du Fabrizio Mansani wegen der Rettung seines Bruders heimlich vom Rat der Drei zum Tode verurteilen und nicht freisprechen lässt, gilt das auch – das mit dem Enkel.«

Poggione schlug die Hände vors Gesicht.

»O Gott, womit habe ich das verdient?«

»Deine eigene Dummheit und Gier sind schuld. Begnadige Fabrizio Mansani, begnadige Marcello Mansani und lass Lucia ihn heiraten, gib ihr eine ordentliche Mitgift, und ich werde versuchen, mit einem Scheusal wie dir weiterzuleben. Wenn du das nicht tust, kann ich nicht an deiner Seite bleiben. Ich habe Familie in Florenz, wie du weißt, die mich gern aufnimmt.«

»Du darfst nicht ohne Genehmigung des Rates aus der Stadt …«

»Pah. Der Rat – alte Männer wie du! Denk an deine Herkunft. Ich werde gehen, wenn es nötig wird!«

Sie drehte sich um und ließ ihren Mann allein.

Ich lag in meiner Zelle und weinte hemmungslos.

Die drei Gespenster würden über mich richten! Mich erwartete der nasse Tod in der Lagune, gefesselt, mit einem Sack Steinen an den Händen! Mirela und Marcello würde ich nie wiedersehen. Mein Sohn würde seinen Vater nie kennenlernen.

Ich betete, obwohl ich das nicht oft tat. Leben wollte ich, leben. Sterben würde ich wegen einer erfundenen Anklage gegen Marcello. Und eben diese Inquisitoren sollten entscheiden, ob ich lebe oder sterbe. Heimlich, ohne Zeugen, ohne einen Avogador, der mich verteidigte.

Es ist so hoffnungslos … wenn ich wüsste, wie, würde ich lieber von eigener Hand sterben als durch den Capo, den ich so gut kenne …

Nach dem üblichen vergeblichen Kampf in der Nacht gegen das nimmermüde Heer an Ungeziefern wurde ich nach dem Stück Brot und dem Becher Wasser von einem Agente in den Dogenpalast geführt. Je näher wir dem Raum kamen, in dem ich das erste Mal vernommen worden war, desto stärker klopfte mein Herz. Die Angst schnürte mir die Brust ab, Schweiß lief mir den Rücken herab. Meine Schritte wurden kürzer. Der Agente merkte es und gab mir einen so groben Stoß in den Rücken, dass ich stolperte und beinahe hinfiel.

»Vorwärts, Kerl!«

Man hatte mich nicht auf Kontakt mit Hochgestellten vorbereitet, ich war nicht gewaschen oder parfümiert, meine Kleidung glich noch nicht der nach den ersten Wochen, aber näherte sich nach einer Nacht schon an.

Klar, den Inquisitoren ist egal, wie ich aussehe oder stinke.

Tatsächlich fand ich mich kurz danach wieder auf der Bank in dem Vernehmungszimmer und harrte mit weichen Knien der Dinge, die geschehen würden.

Die Tür ging auf. Ich schlug die Augen nieder.

»Guten Morgen, Messer Mansani«, sagte eine sanfte weibliche Stimme.

Ich hob den Kopf und traute meinen Augen nicht. Eine noble Dame hatte den Raum betreten.

Sie trug ein hochgeschlossenes, enges, bodenlanges schwarzes Kleid mit einem silbergrauen Mieder darüber. Ihre lockige, weiß gepuderte Haarpracht war zu beiden Seiten des Kopfes auftoupiert und von einem Schleier bedeckt – einem goldenen Schleier!

Die Dogaressa! Die Dogaressa Angelina Poggione hier!

Ich sprang von der Bank auf und verbeugte mich, so tief ich konnte.

Wie redet man sie an?

»Si… Signora Dogaressa, Ihr … hier … bei mir?«, stotterte ich.

»Erhebt Euch, Messer Mansani.«

Ihre Stimme hatte sich nicht verändert, ihr Blick war unverändert freundlich. Meine Anrede hatte sie nicht verärgert.

Sie rückte den Tisch vor der Bank nicht in die Ecke wie der Avogador bei der Vernehmung. Sie setzte sich mir gegenüber, eine Armlänge entfernt. Mein Aussehen und der Gestank, den ich verbreitete, schienen sie nicht zu stören.

»Signora Dogaressa, womit habe ich das verdient?«, fragte ich mit brüchiger Stimme. Mein Herz klopfte bis zum Hals.

»Beruhigt Euch. Ich muss Euch etwas erzählen. Hört mir gut zu.«

Ich nickte, so heftig ich konnte.

»Die Geschichte einer Liebe muss ich Euch erzählen. Meine Tochter Lucia hat sich in einen jungen Mann verliebt. Keinen Mann von Stand. Etwas, was ich als Mutter nicht gutheißen konnte. Ich habe versucht, es ihr auszureden, den Kontakt verboten. Aber sie ist meine Tochter. Sie lässt sich nur schwer etwas aus dem Kopf schlagen.«

Sie spricht von Marcello.

»Wie sie es geschafft haben, entgegen meinen Anordnungen und Kontrollen doch zusammenzukommen, weiß ich nicht. Ich vermute, die Dienerschaft hat mitgespielt. Jedenfalls erwartete sie ein Kind, was sie nicht verbergen konnte. Wir stritten, und sie nannte unabsichtlich den Vater, was der Doge mitbekam. Wie Ihr wisst, ist es Euer Bruder Marcello Mansani, der Goldschmied. Um Lucias Ruf zu wahren, wollte mein Mann sie in ein Frauenkloster schicken. Das habe ich verhindert. Ich habe sie aufs Land geschickt, und er begann, einen geeigneten Ehemann aus dem Kreis der Edelleute für sie zu suchen, wie er mir sagte.

Erst über Lucias Dienerin erfuhr ich, dass eben jener Marcello von den Inquisitoren zum Tode verurteilt und ertränkt worden war, weil er Lucia geschwängert hatte und ihr dabei Gewalt angetan haben soll.

Das wollte ich nicht glauben, das hätte mir meine Tochter nie und nimmer verschwiegen. Aber da Marcello tot war, konnte ich nichts mehr daran ändern. Der Doge hat einen Zeugen gekauft und diese Anklage an die Inquisitoren gegeben, weil er sich nicht vorstellen konnte, dass sich Lucia, seine geliebte jüngste Tochter, freiwillig einem Mann, der nicht von Stand war, hingegeben haben könnte. Aber sie hat.«

»Warum erzählt Ihr mir das, Signora Dogaressa?«

»Wartet ab. Vor kurzem schrieb mir Lucia, dass Marcello lebt, weil Ihr ihn gerettet habt. Da im Zuge der Anklage gegen Euch um dieses Verschwinden der gelehrten Baustellenhelfer diese Rettungstat als Verbrechen gegen die Obrigkeit an die Inquisition gegeben werden sollte, habe ich mich eingeschaltet. Erzählt es niemandem, aber ich habe meinem Gemahl die Hölle heißgemacht – wie man wohl gemeinhin sagt.

Das Todesurteil gegen Marcello war nicht gerecht, genauso wenig wäre es ein weiteres jetzt gegen Euch.

Mein Mann hat sich mit Händen und Füßen gewehrt, weil er sein Gesicht gegenüber dem Rat der Drei nicht verlieren will und die drei Gespenster – so nennt man sie doch? – noch nie ein Urteil aufgehoben haben, das sie einmal gefällt haben.

Aber dieses Urteil muss gestrichen werden! Lucia hat ihrem Vater bedeutet, dass er seinen Enkel – ach ja, Ihr wisst es sicher noch nicht, sie hat einem Sohn das Leben geschenkt – dass er seinen Enkel nie sehen werde, wenn er Marcello ein zweites Mal töten lässt.

Ihr werdet folglich freigelassen, Messer Mansani. Euer Fall wird nicht vor dem Rat der Drei verhandelt werden.

Ich bin rechtzeitig gekommen. Man wollte Euch heute dorthin überstellen.«

Das Gehörte nahm mir die Luft. Ich wollte etwas sagen, doch die Dogaressa war noch nicht fertig und hob die Hand.

»Das Urteil gegen Euren Bruder wird aufgehoben, aber ebenso heimlich, wie es gefällt worden ist. Wie seine und Lucias Zukunft aussehen kann, wird noch bedacht. Ich berate mich mit meinem Mann, und Ihr könnt davon ausgehen, es wird eine gute Lösung für alle. Berichtet es Eurem Bruder. Er wird von uns hören.«

Ich hatte der Dogaressa gebannt zugehört und wurde von einer Welle der Freude und Dankbarkeit überrollt. Ich stürzte zu Boden, küsste ihre Füße und stammelte:

»Habt Dank! Ich bin Euch unendlich dankbar und auch Eurer Tochter …«

Dann wurde es dunkel um mich.

Als ich wieder zu mir kam, lag ich in meiner Zelle auf dem Boden, die Tür war offen.

»Er ist wach«, hörte ich jemanden sagen.

»Stell ihm das Wasser, den Essig und das Parfüm rein«, sagte ein anderer.

Wieder ein Prozess, eine Vernehmung?

Der Secondino lachte und sagte:

»Damit er sauber zu seiner Frau kommt.«

Es war wirklich wahr, ich war frei. Die Dogaressa hatte nicht gelogen. Wie im Traum machte ich mich sauber und wurde anschließend, frei von Gestank und Ungeziefer, von zwei muffigen Soldaten auf die Piazza San Marco entlassen. Mein zerstochener Körper würde sich erholen. Ich atmete tief durch, kein Soldo füllte meine Taschen. Ich machte mich auf die Suche nach Tonio. Fand ich ihn nicht, musste ich einen langen Umweg zu Fuß machen. Tatsächlich konnte ich ihn nirgends ausmachen, aber die zweieinhalb Meilen fielen mir nicht schwer nach den Wochen im Loch der Pozzi.

Das erste und letzte Mal. Das will ich nie wieder.

Mirela hielt Salvatore im Arm, als ich durch die Haustür trat. Sie hätte ihn um ein Haar fallen lassen. Sie strahlte mit meiner Schwiegermutter um die Wette vor Freude.

Wir herzten und küssten uns, sogar Mirelas Mutter bekam ein paar Küsse ab. Salvatore begrüßte mich schlafend. Mirela legte ihn in seine Wiege, mit einem Pentagramm an beiden Seiten.

»Gegen Dämonen«, erklärte meine Schwiegermutter. »Hat schon Mirela drin gelegen, und es hat geholfen.«

Ich hielt Mirela fest umschlungen und erzählte, warum ich wieder frei und zu Hause war. Nach einiger Zeit sagte Salvatores Oma, sie müsse zum Rialto, etwas erledigen.

Als sie zurück war, schickte sie mich aus der Küche, es ging um ein festliches Essen aus Anlass meiner unverhofften Rückkehr.

Sie hatte ein sündhaft teures Lendenstück gekauft, das sie mit Mirela zusammen zubereitete. Zuerst am Spieß braten, dann in Stücke schneiden und in ein Gemisch aus Wasser, Essig, Brühe, Pfeffer und Salz legen, dazu Knoblauch, Schalotten, Zitronen- und Orangenschalen, Muskat und Kapern. Das Fleisch darin eine Viertelstunde kochen und es würde wunderbar zart und betörend im Geschmack – so kündigte sie das Mahl an.

Mir hätten Brot, Sardinen mit Zwiebeln und Weißweinessig und ein bisschen Obst gereicht. Aber es trat genau ein, was meine Schwiegermutter versprochen hatte. Es schmeckte köstlich. Sie erzählte stolz, sie habe das Rezept von einer Freundin, die als Köchin bei feinen Leuten arbeitete.

Als Wein gönnten wir uns einen Friauler, den Mirela sogar in rot funkelnden Gläsern servierte. Ich fragte nicht, woher sie die hatte. Ich vermutete, von der Nachbarin. Als Wehmutter erhielt sie oft Geschenke von zufriedenen Müttern aus Patrizierfamilien.

Satt und zufrieden saßen wir nach dem Essen auf einer Bank vor dem Haus, hörten glücklich fernen Karnevalslärm.

»Mein Gott, ist das schön daheim«, flüsterte ich.

»Willst du erzählen, wie es in den Pozzi war?«, fragte Mirela.

Ich zögerte einen Augenblick, dann schüttete ich mein Herz aus und befreite meine Seele von den bedrückenden Erlebnissen.

»Du Armer«, sagte Mirela leise, »aber jetzt bist du wieder hier, bei deiner Familie.«

»Ja, jetzt sind wir endlich eine. Das macht mich so glücklich.«

Meine Schwiegermutter kam aus der Küche.

»Alles sauber. Ich glaube, ich schlafe heute wieder im Nebenzimmer und lasse euch euer Bett.«

»Das ist wirklich lieb von dir. Ich danke dir auch für das wunderbare Essen.«

»Wenn ich Vater davon erzähle, wird er zuerst neidisch sein, dann wird er sich für euch beide … euch drei freuen. Ich werde bald nach Hause zurückkehren. Die junge Mutter kommt gut allein zurecht, das merke ich jeden Tag mehr.«

»Ich weiß nicht, wie ich dir danken kann, Mama«, sagte Mirela.

»Nicht nötig, es macht Freude, euch zu helfen. Gute Nacht.«

»Eine wunderbare Mutter hast du«, sagte ich.

»Wirklich, sie hat mir sehr geholfen.«

Wir schwiegen uns eine Weile glücklich an, sie schmiegte sich an mich, ich mich an sie.

Ein wunderschöner Moment. Ob das so bleibt?

»Woran denkst du?«, fragte Mirela. »Ich spüre, du hast was.«

»Ich denke an unsere Zukunft. Jetzt mit Salvatore. Mit einer Baustelle, von der ich nicht weiß, wie es weitergehen soll. Mit Schulden, die sich nicht von allein bezahlen.«

Mirela streichelte meine Hand an ihrem Arm.

»Jetzt ist jetzt. Zukunft beginnt frühestens morgen. Komm ins Bett.«

Ich spürte ein Ziehen in der Lendengegend.

Gelten die sechs Wochen auch nach der Geburt?

Sie wird wissen, was sie tut.

Der neue Camerario, Senator Morino, bestellte mich in sein Amtsgebäude. Ein eigenartiges Gefühl, an diesem Ort nicht mit Ducatini zu sprechen. Morino war sein Vertreter gewesen und vorübergehend in das Amt berufen worden. Ich hatte nicht gewusst, dass er Vertreter des Camerario war, ihn aber schon ein paarmal gesehen, wie er aus dem Amtszimmer kam, und ihn für einen der unzähligen Beamten der Behörde gehalten. Kahlköpfig, dick und rund, wie er war, schien er eher dem Wein als der Arbeit zugetan. Gemütlich und redselig erzählte er mir, dass Ducatini für zehn Jahre in den Bleikammern verschwinden würde. Um ein Haar hätte man ihn auf die Galeere geschickt. Sein Vermögen würde eingezogen und sollte für die Rückzahlung eines Teils der Anleihe genutzt werden, von der jeder wusste, aber über die keiner öffentlich sprach.

»Messer Mansani, ich sitze auf diesem Stuhl nur für – hoffentlich – kurze Zeit. Man hat mich beauftragt, den Fortgang des Baus der Sternwarte zu überwachen. Ich setze auf Euch als den einzigen Fachmann, den wir hatten und haben. Wie weit sind wir? Wie ist der Stand?«

Ich berichtete ihm, was Sache war.

»Hmm«, sagte er, »das heißt, es bleibt noch einiges zu tun, richtig?«

»Das ist so, Signore Senatore.«

»Wann werden wir fertig sein?«

»Wollt Ihr die Wahrheit?«

»Was sonst?« Er klang empört.

»Ich frage, weil Euer Vorgänger sich weniger für den Bau als für die Alchemie des Mister Newton interessiert hat.«

»Das ist vorbei. Die Wahrheit, Mansani!«

Ich räusperte mich und antwortete:

»Ich weiß nicht, wann der Bau abgeschlossen sein wird. Das Wissen von Leibniz und Newton fehlt. Was wir fertigstellen können, ist ein Aussichtsturm höher als die Pestkirche mit einer komfortablen Treppe und einem Fernrohrgestell ohne Fernrohr, Signore Senatore.«

»Oh«, sagte er, schwieg eine Weile und fuhr fort: »Das ist nicht viel.«

»Ob die von Messer Leibniz erfundene drehbare Kuppel funktioniert, müssen wir noch erproben.«

»Sie reißt uns nicht heraus, oder?«

»Sie wäre ein Unikum, wie ich Messer Leibniz verstanden habe.«

»Gut. Probiert sie aus. Was hat der Bau bisher gekostet?«

»Die genauen Zahlen hatte der Camerario, ich habe nur die Aufstellungen über Materialbestellungen und Arbeitsstunden eingereicht.«

»Bisher habe ich nichts gefunden ...«

Passt zu Ducatini, der eigentliche Bau war ihm egal ...

»Ich fürchte, ich kann Euch nicht helfen, Signore Senatore.«

»In Ordnung. Das muss ich selbst herausfinden.«

»Wie lautet Eure Anweisung wegen der Baustelle? Meine Männer wollen wissen, wie es weitergeht, wann sie bezahlt werden.«

»Baut den Aussichtsturm, wie Ihr es nennt, fertig. Dann werdet Ihr anteilig Euren Lohn bekommen.«

»Welchen Anteil?«

»Was war denn vereinbart?«

Der hat keine Ahnung oder ist zu faul nachzusehen ...

»Dreiviertel bei Fertigstellung des Turms, der Rest, wenn alles eingebaut ist und funktioniert.«

Morino überlegte einen Augenblick, runzelte die Stirn und sagte dann:

»Baut den Turm zu Ende und kommt dann wieder. Dank Euch für die Unterstützung.«

Er winkte mit der Hand, ganz und gar nicht mehr so leutselig wie am Anfang.

»Ach ja, das ist dieses Gepäck der Geflohenen, das Ducatini hier versteckt hatte. Kümmert Euch drum, Ihr wart am nächsten dran an diesen Gelehrten. Um die vermaledeite Alchemiewerkstatt muss ich mich selbst kümmern, hat der Doge angeordnet.«

Ich verabschiedete mich und hörte Morino murmeln:

»Hoffentlich wählen sie bald den Nachfolger.«

Das Gepäck ließ ich zu mir nach Hause schaffen.

Ein seltsames Gefühl, in anderer Menschen Sachen zu wühlen. Leibniz gehörten zwei Truhen mit Kleidung und Toilettenartikeln und zwei mit Büchern, Papieren, Notizen und Skizzen. Die Bücher in fremden Sprachen konnte ich nicht lesen. Bei den Notizen und Skizzen musste es sich um Aufzeichnungen nach den Besuchen in den Archiven handeln. Er hatte einen Auftrag für seinen Herzog.

Die muss man ihm nachschicken.

Doch eine Skizze kannte ich, eine Vorstufe hatte er bei mir erstellt. Das Räderdrehlager, er hatte es in einer Fassung in allen Einzelheiten von allen Seiten und unterschiedlicher Detaillierung fein säuberlich aufgezeichnet.

Wie für einen Vortrag! Damit kann man etwas anfangen!

Die Beschriftung konnte ich nicht lesen, aber da würde sich jemand finden.

Newtons Gepäck beschränkte sich auf eine Tasche mit Büchern und eine Truhe mit Kleidung. Von seinem Drehgestell existierte nur die kümmerliche Skizze, mit der er die Zimmerleute abgespeist hatte. Erstaunlich, dass sie überhaupt etwas daraus gemacht hatten. Ich suchte nach Zeichnungen zum Teleskop, dieser Linse und dem neuartigen Spiegel und fand nichts.

Da fiel mir etwas ein, und ein wohliges Gefühl durchrann meinen Körper: Ich hatte eine Idee und schlug vor Freude auf den Tisch.

»Was ist passiert?«, meldete sich Mirela aus dem Nebenzimmer. »Hast du dir was getan?«

»Nichts, mein Schatz. Ich glaube, ich weiß, wie ich dem Dogen helfen kann.«

Salvatore begann zu brüllen.

»Du hast deinen Sohn erschreckt, Papa«, rief Mirela.

»Tut mir leid, aber du schaffst das schon, ihn zu beruhigen.«

Beschwingt packte ich die Skizze von Leibniz ein und machte mich auf den Weg zu Morino.

Morino war in der Behörde, und man ließ mich zu ihm durch. Ich erklärte ihm meine Idee, und er schickte sofort einen Boten zum Dogen.

»Es ist Montag, er hat heute keine Sitzung des Pien Collegio, er könnte Zeit haben. Ich darf ausnahmsweise wegen der Krise um die Sternwarte allein zu ihm und nehme dich mit. Ich lasse dich rufen.«

Sprach's, und ich war wieder entlassen. Tonio saß in seiner Gondel und machte Pause. Er bot mir von seinem Brot und Käse an. Dankend nahm ich an.

»Hmm, der Käse ist gut. Habe ich dir schon mal gesagt, wie sehr du mir in der letzten Zeit geholfen hast?«, fragte ich ihn.

»Nicht nötig, ich merke doch, dass es dich freut, wenn ich dir helfen kann«, antwortete er. »Und – mit dir ist immer etwas los, Fabrizio, und die Stadt bezahlt den Gondoliere des Proto gut.«

Er hatte recht, die gelegentlichen gemeinsamen Fahrten hatten sich zu regelmäßigen entwickelt, wenn ich in meiner Rolle als Proto unterwegs war.

»Das schließt nicht aus, mich bei dir zu bedanken, mein Lieber. Mirela sagt, ich solle dich zum Essen einladen, und du sollst deine Frau mitbringen.«

»Wir kommen gern, sag mir nur, wann.«

»Werde ich.«

»Weswegen wartest du hier?«

»Morino nimmt mich mit zum Dogen.«

»Aha. Will er sich bei dir entschuldigen?«

»Der Doge? Bei mir? Die Sonne entschuldigt sich nicht, wenn sie dich blendet. Unvorstellbar.«

»Die Sonne sitzt wie du und ich auf der Latrine.«

»Da hast du recht, aber ich will …«

Ich hielt kurz inne und überlegte, dann schilderte ich ihm ausführlich meine Idee. Bevor er mir seine Meinung sagen konnte, rief mich ein Beamter Morinos in den Palazzo.

»Wir treffen Seine Exzellenz. Er wartet auf uns.«

Während der Fahrt zum Dogenpalast sprach Morino kein Wort mit mir. Ich folgte ihm ebenso schweigsam bis zum Arbeitszimmer des Dogen. Was hätte ich ihm auch erzählen sollen?

Man fängt kein Gespräch mit einem Nobile an, das gehört sich nicht.

Morino nahm mich nicht mit hinein, ich wartete draußen mit zwei Soldaten, die hochmütiges Schweigen und hochmütigen Blick perfekt beherrschten. Ich stand neben der Statue eines schlanken Jünglings, betrachtete sie neidisch. Der, der da Modell gestanden hatte, sah gut aus. Dann blickte ich nach oben an die Decke, die Bemalung erschlug meine Sinne. Fein und feinst verästelte bunte Blumen und Geschöpfe, die ich nicht kannte. Am Boden fanden sie sich wieder. Die Wände schmückten kostbare Teppiche und Gemälde. Ich kannte keinen der Abgebildeten. Nur, dass sie frühere Dogen sein mussten. Sie trugen die Kleidung eines Dogen, vor allen Dingen die Kappe. Mirela und ich freuten uns über ein paar gebrannte Keramikkacheln, die wir aufgehängt hatten. So eine Pracht im Gang. Wie musste es nur drinnen aussehen?

»Komm, Mansani. Seine Exzellenz will dich sprechen«, tönte Morinos Stimme durch die geöffnete Tür.

Ich fasste meinen Mut zusammen, ging hinein, verbeugte mich und wartete darauf, angesprochen zu werden.

»Tretet näher, Proto Mansani. Senatore Morino berichtet mir, du hättest eine Idee? Setz dich her.«

Ich hatte keine Zeit, mich im Raum umzublicken, nahm Platz auf einem herrlich geschnitzten Stuhl mit einem weichen roten Kissen.

»Danke, Exzellenz«, flüsterte ich.

»Du kannst laut sprechen«, schnarrte Morino mich an. »Seine Exzellenz hört dann besser.«

»Ein Glas Wein?«, fragte der Doge.

Ich nickte, er schenkte mir ein.

Die Sonne, die mich blendet, gießt mir Wein ins Glas, schoss mir durch den Kopf.

»Sprich, was hast du für eine Idee?«

»Wir verkaufen die Sternwarte an den Papst«, sagte ich.

Der Doge sah mich verständnislos an. Morino kannte meinen Vorschlag, hatte ihn offensichtlich noch nicht von sich gegeben.

»Was soll das heißen? Warum sollte der Papst sie kaufen wollen?«

»Er hat sie von Anfang an bekämpft, Exzellenz.«

Ich erzählte, wie der Nuntius mich abwerben wollte, bevor der Bau angefangen hatte, und von den anderen Sabotageakten bis hin zum Messeranschlag auf meinen Vorarbeiter.

»Dass der Nuntius auf den widerlichen Vorschlag des Camerario Ducatini eingegangen ist, beweist, wie sehr ihm daran gelegen ist, den Bau zu verhindern«, sagte ich.

»Du meinst, er bezahlt uns den Abriss einfach so?«

»Verzeiht, Exzellenz, ich maße mir nicht an zu wissen, wie der Papst denkt. Aber ich weiß, dass er an den Erfindungen von Messer Leibniz und Messer Newton mehr als interessiert ist.«

»Woher?«

»Der Nuntius hat mich immer wieder danach ausgefragt. Messer Leibniz hat es mir erzählt. Bei Messer Newton bin ich noch sicherer, denn das Fernrohr der Specola Vaticana ist 100 Jahre alt. Newton hat sich darüber lustig gemacht.«

»Hmm. Das klingt bemerkenswert.«

»Beides zusammen, Abriss und die Erfindungen, könnten dem Vatikan das Geld wert sein, das – verzeiht erneut, ich weiß, das darf ich gar nicht wissen – die Anleihe zurückzahlt. Das wiederum dürfte den – wie nennt man sie – Inhabern der Anteilscheine gefallen.«

Poggione war aufgestanden und hatte begonnen, im Kreis um seinen Mahagoni-Schreibtisch zu laufen. Morino folgte ihm wie ich mit den Augen.

»Beide gewinnen, Exzellenz. Venedig und Rom, jeder hat einen Vorteil von dem Handel. Wenn der Papst nicht zustimmt, bauen wir weiter. Wir haben alle Unterlagen, brauchen die Gelehrten nicht mehr!

Das behaupten wir nach außen. *Vielleicht würde es sogar funktionieren …*

Das Risiko abzuwarten, ob es wahr wird, wird er nicht eingehen. Eine Sternwarte, moderner als seine und höher als die Pestkirche, wird er nicht aushalten.«

»Warum arbeitet dieser Mann nur als Baumeister für die Republik?«, fragte Poggione Morino. »Er sollte als Diplomat für uns tätig sein.«

Ich musste mein letztes Detail loswerden.

»Von dem drehbaren Turm haben wir eine genaue Konstruktionszeichnung des Messer Leibniz und das fast fertige Bauteil. Newton hat nichts Vergleichbares dagelassen, aber der Glasmacher in Murano hat die Linsen und den Spiegel gefertigt. Er hat das Wissen. Es ist in der Republik.«

Stolz schaute ich dem Dogen in die für sein Alter erstaunlich klaren Augen.

»Proto Mansani, ich bin beeindruckt. Du hast in jede Richtung gedacht. Sagt doch was, Senatore.«

»Ich habe uns sofort bei Eurer Exzellenz angemeldet, als er mir seinen Vorschlag geschildert hatte«, antwortete Morino.

»Zu viel der Ehre, Exzellenz. Euch gefällt meine Idee?«, fragte ich.

»Außerordentlich, Proto Mansani. Außerordentlich gut«, sagte er und klopfte mir auf die Schulter.

Er drehte sich zu Morino.

»Schreibt dem Papst einen Brief. Stimmt ihn mit meinen Beratern ab. Macht dem Vatikan das Angebot und vergesst nicht, egal wie seine Heiligkeit handelt, dieses Monster Demona muss aus Venedig verschwinden! Ich will ihn hier nicht länger sehen.«

Morino verbeugte sich.

»Ich eile, Exzellenz.« Er sah zu mir und nickte Richtung Tür. Ich verstand, verbeugte mich ebenfalls und machte zwei Schritte rückwärts zum Ausgang.

»Halt, Proto Mansani. Bleibt noch ein wenig. Bis morgen, Senatore. Bringt mir den Brief vor der Sitzung des Pien Collegio hierher. Denk daran, er muss einen offiziellen Teil haben, der muss durch den Rat. Der inoffizielle nicht. Du weißt, was ich meine?«

Morino nickte und verschwand aus dem Zimmer.

Ich wusste nicht, wie mir geschah. Der Doge rückte seinen Stuhl nah an meinen und sagte:

»Erzähl mir von deinem Bruder.«

»Was soll ich über meinen Bruder erzählen, Exzellenz?«

»Meine Tochter liebt ihn. Meine Frau akzeptiert ihn. Ich will wissen, was er für ein Mensch ist.«

»Er ist vier Jahre älter als ich, war immer ruhiger und besonnener als ich. Er ist ein guter Goldschmied.«

»Hatte er was mit anderen Frauen?«

»Nicht dass ich wüsste, Exzellenz.«

»Ist er ein guter Katholik?«

»Unsere Eltern haben uns katholisch erzogen. Wir leben so katholisch, wie Venedig es zulässt.«

»Hmmm. Lassen wir das.«

»Kannst du dir vorstellen, mit mir verwandt zu sein?«

O Gott, daran habe ich noch gar nicht gedacht.

»Nicht wirklich, Exzellenz.«

»Ich – ehrlich gesagt – auch nicht, Mansani. Aber die Frauen in meiner Familie sind gegen mich.«

Ich dachte an Mirela und meine Schwiegermutter.

»Frauen haben Macht.«

»Dein Bruder hat mich zum Opa gemacht …«

»So wie Ihre Tochter, Exzellenz.«

Der Doge stand auf, schritt zum Fenster und sagte:

»In der Geschichte der Republik wäre es nicht das erste Mal, dass eine Dogentochter einen Handwerker heiratet, Mansani.«

Das wusste ich nicht …

Ich schwieg und wartete, was da noch kam.

»Einmal war es ein Glasbläser, einmal ein Möbeltischler«, fuhr der Doge fort. »Die haben beide ihren Weg gemacht – und ihre Kinder auch. Heute spricht niemand mehr davon.«

»Das höre ich zum ersten Mal, Exzellenz.«

»Es soll nicht die Regel werden. Aber ich denke, es wird ein drittes Mal geben.« Poggione trat nah an mich heran. »Noch etwas anderes, Mansani. Du hast Mut bewiesen, deinen Bruder zu retten, aber er und du, ihr habt euch auch gegen ein Urteil des Rats der Drei gewandt …«

Ich zuckte zusammen.

»... deshalb kann ich deinen Bruder nicht in der Stadt Venedig leben lassen, sonst verliere ich mein Gesicht. Verstehst du das?«

»Nicht ganz, Exzellenz.«

»Dein Bruder, meine Tochter, ihr Kind vor den Augen der Bevölkerung. Sie erinnern jeden Tag an meine Schwäche. Ein schwacher Doge. Nein, das geht nicht.«

»Was bedeutet das?«

»Dein Bruder und Lucia heiraten und gehen nach Padua. Wir haben dort ein Anwesen, das ich den beiden schenke.«

»Und was ist mit mir?«

»Sehen wir, was aus deiner Idee wird. Wenn der Vatikan akzeptiert, rettest du mich und die Republik. Noch schlimmer als ein schwacher Doge, der sich nicht gegen seine Frau durchsetzen kann, ist einer, durch den die Patrizierfamilien Geld verlieren, Mansani.«

»Was tun wir?«, fragte Papst Sebastiano II. Er hatte den Brief der Stadt Venedig gelesen, hielt ihn in der Hand.

»Sie schlagen einen Handel vor, Eure Heiligkeit.«

»Das sehe ich, Demona. Ich kann lesen. Was hältst du von dem Angebot?«

Demona wiegte seinen Kopf hin und her.

»Hmmm. Einerseits bekämen wir, was wir wollen, andererseits – 150.000 Dukaten sind eine Menge Geld, Eure Heiligkeit.«

»Das ist richtig, aber was für einen anderen Vorschlag hast du?«

»Man könnte den Baumeister beseitigen?«

»So wie du den englischen Hexer und den deutschen Sodomiten entführt hast? Erlaube mir zu lächeln, Demona. Außerdem bleibt der Turm dann stehen, der die heilige Kirche beleidigt. Nein, das ist keine Lösung.«

»Dann wollt Ihr das Angebot annehmen?«

»Ich denke, ja, wobei du davon 10.000 Dukaten bezahlen wirst, mein lieber Demona. Als Strafe für dein Versagen. Nicht mehr, weil es einen weiteren Vorteil mit sich bringt.«

»Ich verstehe nicht.«

»Die Jesuitenmission in China berichtet zunehmend von Schwierigkeiten. Newtons Teleskop könnte uns helfen, den Kaiser zu weiteren Zugeständnissen in der Liturgie zu bewegen. Es gibt immer mehr Christen in China. Ich träume von einem christlichen Land dort, Demona. Auf ewig wäre mein Name damit verbunden. Meine Astronomen entdecken einen neuen Stern oder sagen eine Sonnenfinsternis präzise voraus wie im Jahre des Herrn 1644, und der Kaiser frisst uns aus der Hand.«

»Aus Euch spricht die Weisheit Gottes, Heiliger Vater.«

»Kümmere dich um die Abwicklung. Ach ja, und du kommst zurück nach Rom.« Der Papst schwieg einen Moment, dann hob er den Kopf und sagte: »Bist du nicht auch Jesuit? Du könntest zusammen mit dem Teleskop nach China gehen. Dann muss ich dich nicht abberufen aus Venedig, sondern befördern.« Der Papst schlug sich auf die Schenkel und lachte glucksend.

»Das ist gut. Schreib das in die Antwort, Demona.«

Demona presste die Lippen aufeinander und nickte. Er verließ den Raum und vergaß vor Wut, rückwärts zu gehen.

Er hörte den Papst ihm nachrufen:

»Und deine Contessa di Birigli kannst du gern mitnehmen, wenn du willst.«

Wir ließen für jeden Beobachter keinen Zweifel daran aufkommen, dass die Stadt Venedig die Sternwarte fertigbauen würde. Meine Handwerker und ich schützten emsige Tätigkeit vor und warteten. Morino hatte versichert, mich zu informieren, wenn es Neues vom Vatikan gäbe.

Es tat sich aber nichts, zwei Wochen lang, drei Wochen lang. Allmählich gingen mir die Ideen aus, womit ich meine Leute noch beschäftigen wollte. Genau informieren, was Sache war, konnte ich sie nicht. Die Unruhe war nicht zu übersehen, sie warteten auf die abschließende Bezahlung.

Tonio fuhr mich eines Abends nach Hause.

»Hast du den Schatten gesehen?«, fragte er mich, kurz bevor er bei mir anlegte. Ich schüttelte den Kopf.

»Er hat sich an die Hauswand gedrückt, nicht weit von deiner Tür, als er uns kommen sah. Hinter der ersten Laterne. Es hat etwas aufgeblitzt, er hat ein Messer dabei, denke ich.«

Mir fiel die Morddrohung ein, die man mir einst geschickt hatte.

»Du meinst, der will was von mir?«

»Von dir oder deiner Frau. Hat man dich nicht schon einmal bedroht?«

»Man hat.«

»Hast du unterwegs Agenti gesehen?«

»Keine Laternen beobachtet.«

»Warum nehmen wir es nicht selbst in die Hand?«

»Du bist verrückt, Tonio.«

Er klang mit einem Mal kampfeslustig. »Es ist nur einer. Ich setze dich ab, fahre ein Stück zurück ins Dunkle und komme mit meinem Knüppel, den ich für alle Fälle immer dabeihabe.«

»Hmm. Ich gehe ins Haus und hole mir meinen. Der hängt innen gleich neben der Tür. Er hat vielleicht gehofft, dass ich zu Fuß komme. Er wird verschwinden wollen und dir in die Arme laufen. Ich komme von hinten. Zu zweit schnappen wir ihn, egal, wie er bewaffnet ist. Pistolen haben die unteren Ränge der Agenti nicht.«

»Machen wir. Los. Ich bin in wenigen Minuten da.«

Bin ich wahnsinnig? Wenn mir etwas passiert? Egal, ich will wissen, wer da um mein Haus schleicht …

Betont langsam stieg ich aus, verabschiedete Tonio und öffnete leise die Tür. Es brannte kein Licht. Mirela war zum Glück nicht unten. Ich griff mir den Knüppel, drückte mich außen an die Hauswand und wartete. Vorsichtig lugte ich um die Ecke und erkannte eine Gestalt, die sich langsam entfernte. Doch dann sah ich Tonio schon kommen. Im Schein der zweiten Laterne, die etwa 30 Schritt weit weg war, war seine massige Gestalt gut zu erkennen. Der Fremde – schemenhaft zu sehen – blieb stehen, zögerte.

Ich rannte mit hoch erhobenem Knüppel los und schrie: »Tonio, ich komme.« Tonio tat das Gleiche. Der Weg am Kanal war schmal, wie fast überall an den Kanälen der ärmeren Gegenden.

Wenn er nicht ins Wasser springt, kriegen wir ihn.

Er versuchte es, als wir jeder drei, vier Schritte von ihm weg waren und ihm die Gefahr klar wurde. Doch er strauchelte, in der Hand seinen Kurzdegen. Tonio machte einen Hechtsprung in seine Richtung und hieb ihm den Knüppel gegen die Knie, dass er aufschrie und den Degen fallen ließ. Dann war ich schon bei dem Schurken und schlug ihm meinen Knüppel über den Kopf. Er sackte zusammen. Wir zogen ihn ins Helle, und ich erkannte den Capo zum dritten Mal. Den, den ich bestochen hatte und der meine Gelehrten entführen wollte. Seit damals war er verschwunden, niemand hatte ihn mehr gesehen.

Warum die Agenti der Nacht so gefürchtet waren, erkannten wir einen Augenblick später. Wie aus dem Nichts standen zwei Männer mit Laternen vor uns.

»Was ist hier los?«, fragten sie.

Ich erklärte die Situation. Einer war erstaunlich gut informiert, wusste von dem Mordanschlag auf meinen Vorarbeiter, der Morddrohung und der versuchten Entführung.

»Wir kennen ihn, verdächtigen ihn schon länger, dass er krumme Geschäfte macht«, sagte einer. »Wir nehmen ihn mit.« Sie fesselten ihn.

Der Capo wachte auf und fluchte.

»Was wollt ihr von mir? Ich habe nichts getan.«

»Wer hat dich beauftragt?«, fauchte ich ihn an.

»Beauftragt? Wozu beauftragt?«, fragte er zurück.

»Mich zu ermorden!«

»Mich hat niemand beauftragt damit«, antwortete er.

»Und was wolltest du mit dem gezogenen Degen vor meiner Tür?«

»Lasst ab, Messer Mansani«, schaltete sich ein Agente ein. »Wir beobachten ihn schon eine Weile. Warte, Freundchen, wir kriegen das schon raus. Die Streckbank hat schon viele überzeugt.«

»Ich bin Capo, ich befehle euch, mich freizulassen!«, schrie der Gefesselte.

Die beiden Agenti lachten.

»Nicht unser Capo. Unser Condottiere hat dich seit dem Prozess gegen Senatore Ducatini im Verdacht, gelogen zu haben und im Auftrag des Nuntius zu arbeiten. Du holst dir dreckige Halunken aus Genua für deine Nebengeschäfte, stimmt's? Du warst ja bis heute verschwunden, nicht wahr? Was Messer Mansani berichtet, reicht für eine körperliche Befragung, da bin ich sicher. Komm.«

»Nein, bitte keine Folter«, wimmerte der Capo.

»Wer hat dich beauftragt?«, herrschte ich ihn an.

»Der Nuntius. Nuntius Demona«, winselte er.

Der wird alles abstreiten wie schon einmal.

Da schoss mir eine Idee durch den Kopf.

»Was habt ihr vereinbart? Sag schon!«

»150 Dukaten. 50 vorher und 100, wenn …«

»Ist klar! Wann und wo?«

»Morgen Mittag, an der Einmündung des Rio del Vin in die Lagune in einer anonymen Gondel.«

»Von Demona selbst?«

»Er war maskiert, aber er ist es. Ich kenne ihn.«

»Klar, du hast schon ein paarmal für ihn gearbeitet.«

Zu den Agenti sagte ich:

»Meldet eurem Condottiere, dass er mich ermordet hat. Der Halunke ist so groß wie ich. Gebt mir seine Maske, seinen Tabaro und den Kurzdegen.«

Ich nahm die Sachen an mich und machte mich mit Tonio auf den Weg zum Palazzo von Morino.

Demona wartete ungeduldig, aber zufrieden mit dem Beutel mit den 100 Dukaten in der Gondel. Ein Spitzel im Umfeld des Condottieri hatte ihm von der erfolgreichen Arbeit seines Capo berichtet. Mansani tot hieß Ende der Bauarbeiten, so viel verstand Demona von der Angelegenheit; ohne Gelehrte und den Baumeister würde sich Venedig verheben. Der Heilige Vater könnte das Geld sparen, er selbst auch. Vielleicht würden sie mangels Verwendung diese Drehkuppel und das Teleskop billiger anbieten. Er war sicher, dem Papst einreden zu können, es für erheblich weniger Geld zu kaufen, wenn nur genug Zeit verstrichen sein würde. Und er könnte Nuntius bleiben. Jesuitenmission in China, unvorstellbar. Die Contessa würde nie mitkommen.

Es war Mittag. Wo blieb der Capo?

Da hörte er Schritte. Er rückte seine Maske zurecht, schob den Vorhang zur Seite und lugte hinaus. Der Capo näherte sich.

Abgerissen wie immer … Vielleicht kann er sich mit dem Geld einen neuen Tabaro und eine nicht so schmutzige Maske leisten. Dieser lächerliche Degen.

»Seid gegrüßt, Eminenz. Ich komme mir mein Geld abholen. Mansani ist mausetot.«

»Ich weiß. Gut gemacht, Capo. Ich wusste, dass ich mich auf dich verlassen kann. Hier sind deine 100 Dukaten.«

In diesem Moment wurde der Vorhang der Gondel vollends zur Seite gerissen. Zwei Agenti sprangen in die Gondel, der Condottiere in voller Uniform baute sich am Ufer auf und sagte:

»Nehmt ihm die Maske ab. Wir haben genug gehört.«

Mansani entledigte sich seiner Maske, sprang auf den völlig überraschten Nuntius zu und entriss ihm das Stück Stoff.

»Mansani, du lebst. Was ist das, was soll das?«, stammelte der Kardinal.

»Es ist das Ende Eurer Umtriebe in Venedig, Eminenz«, sagte Mansani triumphierend.

»Nuntius Demona, ich verhafte Euch wegen Verschwörung gegen die Republik Venedig«, schnarrte der Condottiere. »Legt ihm Fesseln an und führt ihn so über den Markusplatz zu den Piombi, dass es jeder sehen kann.«

»Danke, Signore Condottiere«, sagte Mansani. »Richtet bitte meinen Dank an Senatore Morino aus, dass er mitgespielt hat.«

Ich saß in der Taverne, in der alles angefangen hatte. Wir hatten heute den Bau der Sternwarte beendet. Ich hatte meinen Männern den Lohn ausbezahlt und sie auf einen Wein eingeladen. Noch saß ich allein und wartete auf sie.

Es war so geschehen, wie der Doge angekündigt hatte. Lucia und Marcello heirateten in aller Stille und zogen nach Padua in eine Villa, ein prächtiger Palladio-Bau. Weit weg aus den Augen der Öffentlichkeit. Lucias Mitgift von 50.000 Dukaten machte Marcello zum reichen Mann. Er schenkte mir davon 10.000 und stieg ins Schmuck- und Juwelengeschäft ein. Erfolgreich, wie ich hörte. Salomon Sem bezahlte ich den Kredit sofort mit allen Zinsen zurück.

Die Nachricht, dass Ducatini für zehn Jahre in den Bleikammern verschwand, verbreitete sich wie ein Lauffeuer in der Stadt. Dass er die angebotene kürzere Zeit von fünf Jahren auf einer Galeere ablehnte, verstand jeder. Die meisten Sträflinge auf einem solchen Schiff erlebten das zweite Jahr nicht. Sein Besitz wurde eingezogen. Longhena, der sich auf den Grundstücksbetrug durch die Urkundenfälschung Demonas eingelassen hatte, ließ man keine Wahl, er verschwand für drei Jahre auf einer Galeere. Seine Bauruine neben der Sternwarte erhielt ich geschenkt, weil ich die Finanzen und das Gesicht der Republik gerettet hatte. Mit dem Geld meines Bruders würde ich meiner Familie einen prächtigen Palazzo bauen.

Morino hat mir erzählt, wie es mit Demona weiterging. Der Papst tobte, als er erfuhr, dass seinem Nuntius der Prozess gemacht werden sollte und es keine Aussicht auf Freispruch für ihn gab. Die Beweise waren erdrückend. Der Doge kündigte auf diplomatischem Wege eine harte Strafe an, bis hin zur Galeere. Einen Kardinal angekettet auf einer venezianischen Ruderbank, das konnte Sebastiano II. nicht hinnehmen und bot ebenso diplomatisch heimlich 150.000 Dukaten für seine Freilassung. Doge und Rat der Zehn handelten ihn auf 200.000 hoch. Demona – sichtbar abgemagert nach Monaten in den Bleikammern – verschwand im Vatikan. Die Anleihe wurde verzinst sofort zurückgezahlt. Der Doge gab über Monate rauschende Feste aus Anlass seines vierten Amtsjahres.

Das Wissen um den Drehturm und das Teleskop blieb in der Stadt. Alle waren zufrieden.

Zuvor musste ich mit meinen Männern die Sternwarte fertigbauen. Die Kuppel funktionierte, auch wenn wir schnell feststellten, dass wir häufiger schmieren mussten, als Leibniz es berechnet hatte. Vielleicht müsste man die Konstruktion mit haltbareren Rädern als aus Holz versehen. Auf dem Rundlauf um die Kuppel drängten sich bald gefährlich viele Besucher, um den Ausblick auf Venedig zu genießen. Wir verstärkten sie und beschränkten den Zugang, sodass sich Schlangen bildeten.

Das Teleskop funktionierte nicht wie gewünscht. Der Glasmacher konnte den Hohlspiegel nicht so genau fertigen, wie es Newton vorgegeben hatte. Er versuchte es eine Zeit lang immer wieder vergeblich. Doch das machte nichts. Auch ohne den neuartigen Spiegel konnte man bei Nacht in den Himmel sehen und vergrößert Sterne beobachten. Es zog die Besucher an, wie von Ducatini behauptet. Alle waren zufrieden.

Von Leibniz erhielt ich einen Dankesbrief, nachdem er das zugeschickte Gepäck erhalten hatte. Der Dolmetscher musste mir übersetzen. Leibniz bedankte sich überschwänglich für seine Rettung und die Notizen im Gepäck. Er konnte so seinen Herzog mit neuen Informationen zu seinen Vorfahren zufriedenstellen. Newton rührte sich nicht.

Wer die anonyme Anzeige gegen mich in einen Löwenmaulbriefkasten geworfen hatte, ließ sich nicht klären. Ich zermarterte mir den Kopf, doch ich konnte mir niemanden vorstellen. Solche Feinde hatte ich nicht. Außer vielleicht Verwandte des Verräters unter meinen Handwerkern, der jetzt in Pozzi vegetierte. Sie hatten mich möglicherweise beobachtet. Aber so war das eben mit Briefen ohne Absender.

Die Tür ging auf, und meine Handwerker stürmten bestens gelaunt herein. Es waren nur wenige andere Gäste in der Schänke. Der Wirt stellte uns zu essen und zu trinken im Übermaß auf den Tisch. Das hatte ich so bestellt, ich kannte meine hungrige und durstige Meute. Die Stimmung stieg mit jedem Bissen und jedem Schluck.

Ich äugte vorsichtig zum Nebentisch und drehte mich erleichtert zurück. Da saß diesmal kein betrunkener Capo mit seinen Männern und wollte am nächsten Tag einen Goldschmied versenken oder einen Proto erstechen.

Er ist ja auch in Padua und kein Goldschmied mehr.

»Trinken wir auf Marcello, meinen Bruder, und seine Frau Lucia!«

»Und auf dich, Proto Mansani. Den besten Proto, den Venedig je hatte«, antworteten meine Männer wie aus einem Munde.

Ich widersprach nicht, ich würde sie ja für meinen Palazzo brauchen.

6 Bemerkungen

1 Camerario Massimo Ducatini fungiert in dem Roman als eine Art Kämmerer, den es in der Republik Venedig in dieser Form niemals gab. Die Macht über die Finanzen hatte der Senat in Händen, aber auf eine Reihe von Behörden und Amtsträger verteilt.

2 Venedig hat nie versucht, eine Sternwarte in Konkurrenz zu der seit 1576 existierenden des Vatikans zu bauen.

3 Leibniz hat Venedig mehrmals besucht, auch in dem Zeitraum, in dem der Roman spielt. Er sollte für seinen Herrn, den Herzog Ernst August von Braunschweig-Calenberg, eine Geschichte der Welfen schreiben. Der Herzog residierte von 1685–1686 im Palazzo Foscari. Leibniz' Abstecher in die konstruktive Gestaltung einer Sternwarte ist fiktiv, hätte aber zu seinem Ingenieurinteresse gepasst. Leonardo da Vincis Idee eines Wälzlagers in Form eines Kugellagers dürfte Leibniz bekannt gewesen sein. Praktisch verwertbare Kugellager sollten erst im Industriezeitalter auftauchen. Windmühlen, Kräne und Ähnliches waren damals (meist) mittig in einem Zapfen gelagert, um gedreht werden zu können, was erhebliche Abnutzung, Schmierungsaufwand und geringe Stabilität

mit sich brachte. Die Konstruktion eines Radscheibendrehlagers für eine Turmkuppel ist fiktiv, hätte aber zu Leibniz' unablässigen Bemühungen gepasst, Windkraft mit Windmühlen (Windkunst) optimal – stabil und mit geringerer Abnutzung und Schmiernotwendigkeit – zu erzeugen.

Ob Leibniz homosexuell war, wie im Roman unterstellt, ist nicht bekannt. Es kann sein oder auch nicht. Es gibt keine belegte Beziehung zu Frauen (außer seiner wohl platonischen zu seiner Gönnerin, der Herzogin von Braunschweig), aber auch keine zu Männern.

Durch Leibniz' gestelzte und mit lateinischen Brocken durchsetzte Sprechweise wird beispielhaft die tatsächliche Weise Gebildeter des 17. Jahrhunderts angedeutet, in deutschen Landen zu reden.

Lebensbeschreibungen schildern Leibniz als von unablässiger Neugier Getriebenen, den es »überall hintrieb, so suchte er ebenso die Nähe von Erfindern und Goldmachern, wie er in Konkurrenz trat zu den größten Gelehrten seiner Zeit«. (Hirsch, *Der berühmte Herr Leibniz*)

4 Newton war nie in Venedig (Im Jahr 1689 wurde er Parlamentsmitglied in London). Sein venezianisches Teleskop ist fiktiv, weil er bereits das Spiegelteleskop entwickelt hatte, nur bis dato keine zufriedenstellende Herstellung von Hohlspiegeln gelang. Ein Zeitgenosse Newtons (James Gregory) und vermutlich er selbst auch wussten, dass Parabolspiegel die besseren Teleskope ermöglichen würden. Der erste wurde 1721 gefertigt. Im Wissen um die hohe Kunst der Glasmacher in Murano wäre ein Ver-

such Newtons plausibel gewesen, in Venedig solche Spiegel zu erhalten.

Alchemie wurde in der katholischen Kirche, wie seit 1404 auch im englischen Königreich, als Hexerei verfolgt. Aber Newton floh nicht vor drohender Verfolgung als Alchemist nach Venedig. Seine heimliche Leidenschaft zur Alchemie hingegen ist historisch belegt und zeigt sich in der beträchtlichen Zahl an Schriften zu diesem Thema in seiner Bibliothek (3.000 Druckseiten). Er hat eine Vielzahl praktischer Versuche durchgeführt und war bis zu seinem Lebensende von der Möglichkeit überzeugt, Metalle in Gold umwandeln zu können.

Seine im Roman geschilderte spröde und mürrische Art entspricht den Lebensbeschreibungen Newtons. In einer heißt es: »Haltepunkte eines konventionellen Lebens, wie Essen, Kleidung und Umgang mit anderen, vernachlässigte er mehr und mehr.« (Schneider, Ivo, *Isaac Newton*)

5 Sodomie = Homosexualität.

6 Edelleute duzten sich untereinander, wenn dem nicht zu große protokollarische Rangunterschiede entgegenstanden.

7 Ein Fuß (piede) = 34 cm, eine Meile (miglia) = 1,85 km, ein Dukaten = 100 Soldi mit der Kaufkraft etwa eines Handwerkerwochenlohns.

8 Die Dogaressa, die Frau des Dogen, war ohne offiziellen Einfluss. Sie unterlag den strengen Auflagen (keine Geschenke, keine Ämter, keine unbegleiteten Reisen

außerhalb der Stadt und anderes) wie ihr Mann. Doch zweifellos zog sie ihre Strippen im Hintergrund wie jede kluge Ehefrau. Diese Binsenweisheit habe ich künstlerisch ausgeschlachtet. Vor allem, um die Liebesgeschichte, die tragisch zu enden droht, zu einem glücklichen Ende zu führen. Es ist nicht belegt, ob es Beispiele für eine unstandesgemäße Verbindung wie der Marcellos mit der Dogentochter in der Geschichte Venedigs gegeben hat.

9 Da es bildliche Darstellungen von Gondeln gibt (zum Beispiel 1496), die von einem einzelnen Gondoliere gesteuert werden, habe ich dies aus dramaturgischen Gründen für die Figur des Tonio angenommen. Häufiger schien zu sein, dass überwiegend zwei Gondolieri eine Gondel führten.

10 Dass ein jüdischer Arzt als zufälliger Mithörer von Ducatinis Verschwörung dies nicht sofort offen bezeugt oder anzeigt, nur eine anonyme Warnung schickt und von seinem Bruder aus Angst um einen ausfallenden Kredit zur Aussage gedrängt werden musste, ist nachvollziehbar. Das Verhältnis Venedigs zur jüdischen Gemeinde ist von stetigem Auf und Ab gekennzeichnet. Das führte dazu, dass sich jüdische Mitbürger in der Regel bemühten, nicht aufzufallen und sich nicht einzumischen.

11 Auch wenn *Der Alchemist von Venedig* keine wissenschaftliche Arbeit darstellt, halte ich es für geboten, auf die benutzten Quellen hinzuweisen, die mir geholfen haben, ein historisch plausibles Bild der Zeit, der Orte, Personen und Handlungen zu zeichnen:

Berlinsky, David (2000); Newton's Gift.
De Montaigne, Michel (1988), Tagebuch einer Reise durch Italien.
Dumler, Helmut (2001); Venedig und die Dogen.
Eickhoff, Ekkehard (2007); Venedig spätes Feuerwerk.
Heller, Kurt (1999); Venedig – Recht, Kultur und Leben in der Republik.
Hirsch, Eike Christian (2007); Der berühmte Herr Leibniz.
Huse, Norbert (2013); Venedig, Von der Kunst, eine Stadt im Wasser zu bauen.
Kretschmayr, Heinrich (2015); Geschichte von Venedig, Dritter Band.
Liske, Michael-Thomas (2000), Gottfried Wilhelm Leibniz.
Schmidtchen/Ludwig Hrsg. (1997); Propyläen Technik Geschichte, Bd. 2 und 3.
Schneider, Ivo (1988), Isaac Newton.

12 Als Letztes sei noch angemerkt, dass es sich bei den Schreibweisen von Gebäuden, Straßen, Plätzen, Kanälen und Behörden teilweise um die venezianischen des Barock handelt, die sich von den heutigen Venedigs unterscheiden können.

7 Personenübersicht

Fabrizio Mansani: Zweiter Baumeister Venedigs (Proto), wird mit dem Bau einer Sternwarte beauftragt.

Massimo Ducatini: Camerario Communis (Kämmerer), verantwortlich für Finanzen und öffentliche Bauten der Republik; will offiziell eine Sternwarte bauen, um Besucher anzuziehen, inoffiziell mit Alchemiegold Finanzprobleme lösen.

Sergio Demona: Päpstlicher Nuntius in Venedig, will Sternwarte um jeden Preis verhindern.

Isaac Newton: Physiker, Astronom, Theologe und Alchemist, soll inoffiziell Gold für Venedig machen.

Gottfried Leibniz: Universalgelehrter, Hofrat des Herzogtums Braunschweig, will Kuppel der Sternwarte auf neuartige Weise drehbar machen.

Agostino Poggione: Doge der Republik Venedig, will unstandesgemäße Verbindung der Tochter verhindern, Gelder für rauschende Feste auftreiben, sich im Licht weltberühmter Gelehrter sonnen und den Papst ausstechen.

Lucia Poggione: Vergötterte Tochter des Dogen, will ihren Geliebten (Marcello) heiraten.

Angelina Poggione: Frau des Dogen (Dogaressa), will, dass Tochter Lucia glücklich wird; Stand hin, Stand her.

Marcello Mansani: Goldschmied und Bruder von Fabrizio, liebt Lucia und will sie heiraten.

Mirela Mansani: Ehefrau und Ratgeberin von Fabrizio, will mit ihm aufs Festland (die Terraferma) ziehen.

Danksagung

Für ihre frühen, wertvollen Anregungen zu diesem Roman danke ich meiner Frau Heidi.

Für die detaillierten textlichen und inhaltlichen Beiträge zur Qualitätssicherung danke ich meiner Lektorin, Frau Claudia Senghaas.